燕子号 与 亚马孙号
探 险 系 列

SECRET WATER

ARTHUR RANSOME

秘密水域

〔英〕亚瑟·兰塞姆 —— 著　茹静　顾文冉 —— 译

人民文学出版社
PEOPLE'S LITERATURE PUBLISHING HOUSE

图书在版编目(CIP)数据

秘密水域//(英)亚瑟·兰塞姆著;茹静,顾文冉
译.—北京:人民文学出版社,2024
(燕子号与亚马孙号探险系列)
ISBN 978-7-02-018436-1

Ⅰ.①秘⋯　Ⅱ.①亚⋯　②茹⋯　③顾⋯　Ⅲ.①儿童小
说-长篇小说-英国-现代　Ⅳ.①I561.84

中国国家版本馆 CIP 数据核字(2024)第 003542 号

责任编辑　朱卫净　周　洁
装帧设计　汪佳诗

出版发行　人民文学出版社
社　　址　北京市朝内大街 166 号
邮政编码　100705

印　　制　山东临沂新华印刷物流集团有限责任公司
经　　销　全国新华书店等

开　　本　720 毫米×1000 毫米　1/16
印　　张　27.5
字　　数　300 千字
版　　次　2024 年 3 月北京第 1 版
印　　次　2024 年 3 月第 1 次印刷

书　　号　978-7-02-018436-1
定　　价　88.00 元

如有印装质量问题,请与本社图书销售中心调换。电话:010 - 65233595

目 录

第一章

告别探险

海军大臣是风磨坊最不受欢迎的人。

"我讨厌他。"罗杰坐在妖精号前甲板上，晃着两条腿说道。

"谁？"提提说。

"第一海军大臣。"罗杰说。

"我们都讨厌他。"提提说。

约翰和苏珊也许对第一海军大臣没有特别讨厌，但是他们和罗杰一样对海军部感到气愤。

"我看不出来爸爸回家有什么好处。"布里奇特说。

一点不错。爸爸回家了，他一直盼着在去肖特利工作前有一周左右的自由时间。吉姆·布莱丁被他的姑妈匆匆送回家之前（她说脑震荡的年轻人回家比在游艇上好，哪怕游艇被改建成了医疗船），他做的最后一件事就是把妖精号借给了爸爸。另外，他还给了爸爸一个地方的地形图，这个地方很近，有内海和几十座岛屿。一切都安排好了，沃克全家要乘着妖精号航行，在地形图中吉姆用十字标出的地方上岸。爸爸和妈妈将睡在船上，燕子号的五个船员和猫咪辛巴德将在岸上露营。他们将进行真正的探险，给那些秘密水域和未知岛屿制作他们自己版本的地图。爸爸一直期待着探险，仿佛他不是半生都在海上度过似的。他准备了一张空白地图，他们的发现会画在上面。他把露营的装备寄送到了北方，还给他们准备了竹子做的探测竿。他和妈妈储备的东西好像计划要去沙漠

远征一样。艾尔玛农庄的房间里堆满了帐篷、睡袋和各种包裹。一切都已准备妥当，然后，那天早晨，邮递员送来信件，当时爸爸还在念叨着让约翰用指南针从调味架那里测量咖啡壶的方位。接着，他看到其中一封信上写着"为国王陛下效劳"，打开信，说了一句"该死"，仿佛他真的这样想。

"怎么了？"妈妈问。

"我们走不了了。一切都结束了。第一海军大臣打乱了我们的计划。"

"真的去不了了？"

他把信递给她。

"你看，他们想要这个那个的，这意味着后天我要到伦敦去。他们还想让我一回来就开始在肖特利的工作。你要和我一起去伦敦，玛丽，如果你想及时准备好你需要的全部东西的话。对你们大伙儿，我非常抱歉，真的没办法。命令就是命令，探险取消了，明年再去吧。"

就像哑剧第一幕刚开始，帷幕就拉下来了。

早餐刚吃完，一个穿着海军制服的年轻人把车停在巷子里小屋的台阶下面，跑上来，敬了个礼，报告了一个消息，然后就把爸爸妈妈带走了。约翰、苏珊、提提、罗杰、布里奇特和猫咪辛巴德排成一列去妖精号那里，兑现他们对妖精号主人的承诺。虽然他们不乘着它出航了，也要替他把这艘小船打扫干净。

提提坐在船舱顶上。

"海军部就会破坏所有的事情，"她说，"那个过来把他们带往肖特利的上尉很得意，我看见他讨厌地咧嘴笑了。"

"全都计划好了，"苏珊说，"爸爸妈妈和我们一样盼着这次探险。"

"他们放他走的时候，我们都要准备回学校了。"约翰说，"唉，光坐着也没用。我们开始吧，把船打扫干净。"

"要不是那个可恶的海军部，我们现在正往船上装载货物。"罗杰说。

"不要让辛巴德挡路，"约翰说，"我们不想把它扫下船。"

干活让每个人都感觉好了点，虽然没有好太多。约翰把大拖把从船侧浸到水里，拿出来时水沿着甲板洒了一地，从栏杆下面的排水孔里流淌出来。苏珊发现妖精号上的炖锅虽然里面很干净，但是外面被烟熏黑了，花了好多工夫才擦干净。罗杰和提提中间放了一罐金属光亮剂，他们弯下身来擦亮舷窗和船上的挂钩。辛巴德在船舱顶和甲板上四处走动，它先抬起一只爪子，然后再抬起另一只，踩在约翰冲洗过的地方后，还把爪子甩一甩。布里奇特跟辛巴德说它应该穿上水手靴。其他人没怎么说话，他们都知道这不是航行的开始，相反，这次打扫妖精号像是一本书最后一页上写的"结局"。

整个上午工作在有条不紊地进行。甲板变得一尘不染。绳子被重新卷好了，漂亮得就像雕刻出来的装饰品。约翰和苏珊也加入到擦亮小船的队伍当中，之前由于盐碱和铜锈而黯淡无光的舷窗被擦得在阳光下闪闪发亮。就连布里奇特也贡献了自己的力量，把一扇舷窗擦得能在玻璃上看见自己的脸。

不时地有驳船驶过，上面耸立着高高的船帆，随着潮水驶向伊普斯

维奇。游艇从海上驶来，在妖精号上打扫的人们看着它们逆风而行，前甲板上有人把支索帆拉下，用钩竿去够系船浮标。

"天啊，"罗杰最后说，"最后哪儿也去不了太糟糕了。"

"哎，"提提说，"看那艘小船，就像燕子号，只不过它的船帆是白色的。"

"有两艘。"约翰说。

"三艘，"罗杰说，"还有一艘正要驶离登陆点，正在张帆。"

这两艘小艇和第三艘会合了，然后三艘小船一起穿过停泊着的游艇队。妖精号上的工作停下来了。其中一艘船上有一个女孩，另外两艘上各有一个男孩，他们的船离妖精号很近。

"大圆布丁脸。"罗杰说，不是因为这几位舵手的脸长得多像布丁，只不过因为他嫉妒他们。

"要是他们知道你去过荷兰，他们也会叫你'布丁脸'。"约翰说，"天啊！他们船开得真好。"

三艘小船来到一艘停泊着的大船旁——一艘黄色的独桅纵帆船。两艘小船停在帆船的一侧，另一艘停在帆船的另一侧，一点轻微的碰撞都没有发生。假如悬挂在船侧的不是护舷垫而是蛋壳，蛋壳也不会碎的。船帆被放下来了，随后三艘小船的船长登上了黄色大帆船，一个接一个地消失在船舱里。

"布丁脸，"罗杰又说道，"他们很可能要去某个地方，而我们去不了。"

这些小船让他们想起了遥远的北方湖面上的其他小船。

"我想知道亚马孙号船员、迪克和桃乐茜都在干什么。"提提说。

"不管怎样他们还能在船屋玩打仗游戏，"罗杰说，"还可以让蒂莫西和弗林特船长走跳板①。"

"一切都让人讨厌，"约翰说，"如果我们不准备出航，倒没多大关系。"

"让第一海军大臣见鬼去吧，"罗杰说，"我说，我希望他在这里，走在晃晃悠悠的船板上，水里有成群的鲨鱼。"

"叮铃铃……"

苏珊先前带到妖精号上的闹钟在船舱里响了起来。

"快点，"苏珊说，"我定了十二点五十分的闹钟。爸爸妈妈要回来了，你们知道鲍威尔小姐有多讨厌她烧的饭菜变冷。"

两分钟后他们都进到小艇里，约翰把小艇拖到登陆点边。

爸爸在登陆点迎接他们。

"你们一直在干吗？"他说。

"打扫妖精号。"罗杰说。

"把它擦亮。"布里奇特说。

"我希望能开着它航行，"爸爸说，"但是不行。我今天下午要回肖特利。那个小伙子午饭后来接我。"

"那个讨厌鬼？"提提说，"那个幸灾乐祸的讨厌鬼？"

"噢，好了，提提，"爸爸说，"他也没办法。就连海军中尉也是普通

---

① 走跳板，海盗处理俘虏的一种办法。

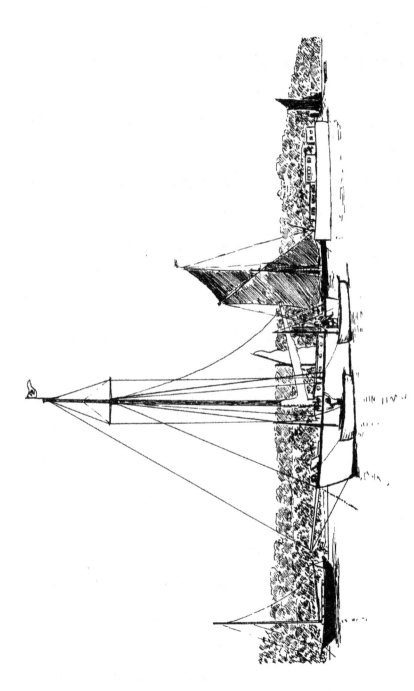

"布丁脸，"罗杰又说道，"他们很可能要去某个地方，而我们去不了。"

人，虽然有时难以相信。”

他们跟着爸爸迈上台阶走进艾尔玛农庄，这时提提看见一个女人沿着小巷走来，向着他们挥手。她停住了脚步。

“这是给你妈妈的吗？”这个女人递过来一封信，说道，“邮递员送错了，送到我家了。”

提提看了看信封。“是的。”她说。然后她看了下邮戳，跑向小屋喊道：“妈妈，妈妈，这里有封贝克福特来的信。”

妈妈已经在客厅里的圆桌旁就座，正在把烤羊肉切成薄片。她接过信，看了看爸爸。“噢，天啊，”她说，“我真希望信上写的是‘不’。”

“什么不？”罗杰问。

“就是我问她的事情。”妈妈说。她打开信封，拿出信浏览了一遍，然后递给了对面的爸爸。“我到底该怎么回信？”她问。

“他们有人生病了吗？”苏珊看着妈妈的脸说。

“噢，没有，不是那样，”妈妈说，“他们都很好，布莱克特太太说爱你们。”

“迪克和桃乐茜怎么样？”提提问。

“他们回家了。”

“噢，好吧，”提提说，“还有蒂莫西和弗林特船长。”

爸爸读完了信。“无能为力，”他说，“不可能。我没法不去伦敦，无论如何这都会把我们的时间全占了，等回来后我会深陷于……”

“水里？”罗杰说。

“是工作。”爸爸说，然后他很认真地看着妈妈，“你只需要告诉她我

们的困境。"

他把信折起来，递到桌子对面。妈妈折好后装进了信封。

她装的时候，发现信在信封里放不平整，有什么东西在信封底部挡着。她把信封倒过来摇了摇，一张上面画着画的窄窄的卡片掉了出来。上面没有字，甚至连地址都没有，只有一个骷髅头和交叉腿骨在卡片的一角，还有一幅野人跳舞的画。

"我想这是给你们大伙儿的。"妈妈说，然后把卡片给了苏珊。

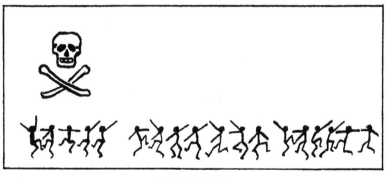

南希递来的消息

苏珊看着卡片。"第一个字母是什么，约翰？"她说，"左手举过头顶，右手指向十点半的方向……是 T……下一个是 H……两只手臂伸直……这是 R……等一下……"

"让我也看看。"提提说。

约翰从口袋里掏出一支铅笔，在每个跳舞的小人下写出一个字母。"T.H.R.E.E（三）……M.I.L.L.I.O.N（百万）……C.H.E.E.R.S（欢呼）……三百万次欢呼。"

沃克指挥官发出一阵笑声。"就在你的眼皮子底下，"他说，"我们应

9

该让那位年轻小姐教教海军军校学员怎么发旗语。"

"三百万次欢呼，"提提说，"欢呼什么？她肯定做了什么事，以为我们全都知道。"

"我猜是攻占了船屋。"罗杰说。

"或者淹死了姑奶奶。她不会无缘无故发出三百万次欢呼的。"

在风磨坊，没有人想发出三百万次欢呼。他们对南希的信息的感受就像约翰对"布丁脸"的感受一样。这不公平！真的，还三百万次欢呼呢！当有史以来最好的计划遭到铁石心肠的海军大臣破坏，谁还会期待为什么事情欢呼呢？

从客厅里的圆桌边，他们能看到里屋里的情形，房间的墙角竖着探测用的竹竿、打成捆的毛毯、装着物品的箱子、卷起来的帐篷，以及他们为探险准备的其他东西。

提提从椅子上站起来，悄悄地关上了房门。

午餐刚吃完，爸爸就又赶去肖特利了。接着妈妈说她不能和他们出门了，因为她要写信。布里奇特和辛巴德在花园里玩，其他人没有心思想船的事，于是沿着河边的树林散步。但是即使是在那里，他们还是忘不了今天发生的事情。游艇沿着河驶来了，又顺着河开走了。每一艘船都要去某个地方，要么是从哪里回来。罗杰喋喋不休地说他确信这艘或那艘游艇正在进行爸爸计划的远征，正在去往他们要去探险的那些岛屿，直到其他人让他闭嘴。

然后，当他们回到鲍威尔小姐家喝下午茶时，得知发生了什么事，让爸爸心情大变。下午茶结束后，他笑眯眯地走了进来。

"出去，"他欢快地说道，好像世界上没什么不好的事似的，"我要和妈妈开个会。"

他们出来了，出来的时候只听到两句话。

"发了几封电报，"爸爸说，"肯定有六七封。一件事接一件事。"

"看一眼我的信，看看这么写行不行。"妈妈说。

"不行，"爸爸说，"我发了电报后就不行了。"

"噢，泰德，"妈妈说，"你去干什么了？"

然后他们听到爸爸开心的笑声，开心而且相当顽皮。

"爸爸想到什么了。"提提说。

"要我说，"罗杰说，"你不会以为他想到指责第一海军大臣的办法了吧？"

他们又回到妖精号上，看着罗杰眼里的"布丁脸"飞快地驾驶着他们的小船。然后他们又把舷窗擦了一遍。虽然没必要，他们还是点亮了妖精号的锚灯，最后才回到岸上。它停在那里，灯光在前桅支索下闪着亮光，就像在吉姆·布莱丁的指挥下停泊着的夜晚一样。

"想到我们明年才能出航真是糟糕。"提提说。

"可要是爸爸教训了那个海军大臣……"罗杰说。

"他不可能那么做的。"约翰说。

他们进来时爸爸正收起一张地图。接着，他和妈妈一起上楼哄布里奇特睡觉。

"他们有秘密。"提提说。

"他们可能有很多秘密。"苏珊说。

“和我们有关的秘密，”提提说，“你们没有听见他说的话吗？”

“他说什么了？”

“他说：‘最好明天早上前只有妈妈知道。’”

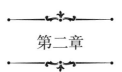

第二章

探险在前方

"全体人员！"他们坐下吃早餐时，爸爸说道。

"等他们吃完麦片粥。"妈妈说。

爸爸笑了。

"噢，现在就告诉我们。"提提说。

"你们听到妈妈说什么了。"

"噢，妈妈！"

"你们把粥吃完，"妈妈说，"可别吃太快。"

"也别吃太慢。"罗杰快速地吞咽着说，"咽下去，布里奇特。布里奇特不知道怎么吃粥。你嘴里塞满食物的时候，不要到处乱挥勺子，咽下的同时舀一勺粥。"

"不着急，布里奇特，"爸爸说，"等会儿再公布消息。"

"还有人要再来点粥吗？"妈妈立即说。

"没人。"提提说。

"罗杰呢？"

有一两分钟每个人都看着布里奇特，她的视线从一个人的脸上移到另一个人的脸上，一边一勺一勺不停地吃粥。罗杰看了看她盘子里剩下的麦片粥。他还可以再吃一点，而且能跟她同时吃完。

"好的，请再来点。"罗杰说着把盘子递了过去。

布里奇特恶狠狠地看着他，加快了速度。他们几乎同时吃完，苏珊

擦掉布里奇特下巴上的粥渣时，罗杰还在吞咽最后一口。

爸爸看了看妈妈，妈妈点点头。

大家屏住呼吸。

"现在，看这里，"爸爸说，"妈妈和我讨论过了。我们不能去。我要去伦敦，妈妈要和我一起去。这事完全取决于约翰和苏珊。如果约翰和苏珊能保证看着你们其余几个不惹麻烦，你们自己去探险怎么样？"

"天啊！"罗杰说。

"我们不惹麻烦，不需要看着。"提提说。

"约翰，你怎么想？"爸爸说。

"可是没有您在，吉姆·布莱丁会让我们用妖精号吗？"

"不，他当然不会。如果他有办法的话，肯定不会。一次也不会。我提议我带你们乘着它转转，在他跟我们说的那个地方把你们大家放下后我再回来，然后海军大臣们一给我机会离开，我就去把你们接回来。怎么样，苏珊？"

"我们会非常小心的。"苏珊说。

"你们必须小心，"爸爸说，"那里是潮汐水域。这不像在湖区露营。地形图在哪里？还有空白地图呢？"

爸爸给他们看吉姆借给他的地形图，上面用十字标示了最好的登陆点。"这是我们上岸的地方，"他指着这个地点说，"这里有一座农场，你们看那个小方块。"

"当地的农庄。"提提说。

"我们可以留着这张地形图吗？"约翰问。

爸爸给他们看一张空白地图，这是他为本次探险准备的，他原以为带领大家的是自己而不是约翰。"不，"他说，"你们用这个。我粗略地仿照这张地形图画了这个，不过足够你们用了。它是那种人们用在从来没有探索过的地方的地图。那些圆块可能是岛，也可能不是。潮汐会让情况大不相同。许多沼泽涨潮时会被淹没。我在上面只标出了三个地方，其中两个是从地形图上临摹下来的，那个十字是我准备把你们放下的地方。那个方块是农场，但是这条虚线是最重要的。大家都看到了吗？任何人，无论什么理由，都不能越过这条线。有雾时不能漂去海上。同意吗？"

"同意。"

"我们都没有船，怎么漂？"罗杰说。

"没有船你们没办法探索小岛，不是吗？"爸爸说，"我给你们借了艘船，出发时我们拖着它走。"

"棕色的船帆吗？"罗杰问，"像燕子号一样。"

"它叫什么名字？"

"它在哪儿？"约翰问道，从桌旁站了起来。

"早餐后有充足的时间。"妈妈说。约翰又坐了下来，向窗外张望。靠近造船工人棚屋的地方，有两个人正在清洗一艘小艇，他们旁边，靠墙竖着一张绕在桅杆上的棕色船帆。

"是那艘船吗？"

"可能是。"

"但是不准越过虚线航行，"妈妈说，"不准到海上去，哪怕无意中去也不行。"

"不会再发生这样的事了。"苏珊说。

"乘着小艇无论如何都不会的。"约翰说。

"让我把话说完好吗?"爸爸问。

"快说。"提提说。

"你们将从一张空白地图开始,这只不过是粗略地显示哪里是水面,哪里不是。你们会有帐篷、储备物,一切我们以为要一起去时准备好的东西。你们比哥伦布的情况好那么一丁点。鉴于你们有过多次探险方面的实践,我想你们会做得很好的。你们将会处于完全孤立无援的境地,只能依靠自己。不会有人每天过去,确保你们一切都好。"

"孤立无援?"罗杰说。

"就像本·葛恩①那样,"提提说,"他们给了他一把枪,把他放到一座岛上,然后就开着船走了,再也没有回来。"

"哦。"罗杰说。

"到时候我们会回来找你们的。"爸爸说。

"什么时候?"苏珊说。

"别说,"提提说,"我们不知道会好得多。我们会变老,头发变白,一直眺望等待着远方的船帆……"

"不会太老的,"爸爸说,"而且没等头发变白,你们就要停止探险回学校去了。"

"别破坏气氛呀。"提提说。

---

① 本·葛恩,英国小说家罗伯特·路易斯·史蒂文森创作的小说《金银岛》中的人物。

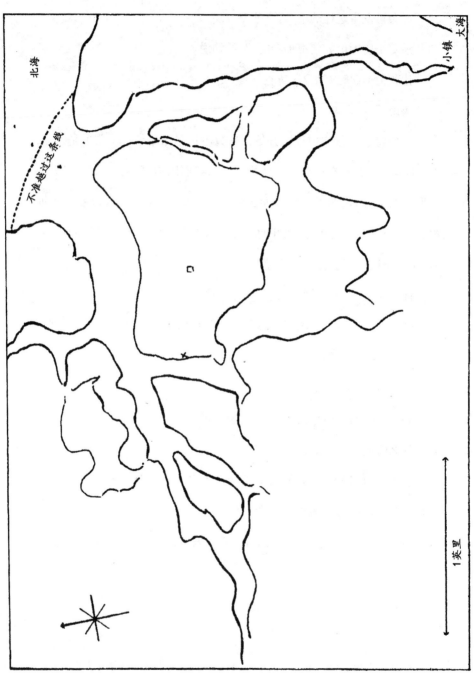

北海

不准越过这条线

小镇　大海

空白地图

1英里

18

"你们真的认为自己能行？"

"我们能行。"几乎每个人都立即说道。

"我怎么办？"布里奇特说，她的表情变得越来越严肃，"我们都要去的时候你们说了要带着我。不要让他们又把我留下。我长大了，可以去了。"

"你问苏珊要不要带你，"爸爸说，"如果她带你，我很愿意。我们不在的时候不妨把你们都留在那里。"

"你们会是一支强大的探险队，"妈妈说，她微笑着安慰自己，"一位船长、一位大副、两个一等水手，还有一个船宝宝。"

"辛巴德怎么办？"

"我们不能让鲍威尔小姐照看它，"妈妈说，"船上还会有一只猫咪。"

"那我不是年龄最小的那个。"布里奇特说。

"你比它大了好几岁呢。"爸爸说，"啊，谢谢，鲍威尔小姐……"

鲍威尔小姐走进来，在沃克指挥官面前放了一只巨大的盘子，上面用布蒙了起来。她把布掀开，小小的房间里充满了煎培根的味道。有一两分钟，人们忙着传递装了培根的滚烫盘子，手指都被烫到了。

"别再说话了，"爸爸说，"把你们的早餐吃完。如果可以，没有一个水手会让热培根和吐司冷掉。也没有时间可浪费了。今天大概两点一刻涨潮。我们要在这之前到达小岛。那些东西全都要装到船上，十二点以前我们要起航。"

"天啊！"罗杰说，"今天……"

他忙得顾不上说别的了，除了吃吐司时会发出的咀嚼声，屋子里安

静了下来。

　　四个人把小帆船抬到登陆点下水。四个探险者一个小时之前还想着至少今年夏天他们的探险结束了，现在却追着小船跑向登陆点。爸爸跟着他们，不那么急切。布里奇特留下来帮着妈妈把一条厚厚的毛毯变成探险者的第一只睡袋。

　　"它跟燕子号一样大。"约翰说。

　　"它叫巫师号。"提提看着船尾的名字说。

　　"我猜这是因为它跑起来飕飕作响。"罗杰说。

　　他们把它滑入水中。爸爸看了看船上的装备，然后升起了棕色的船帆。约翰和爸爸试航了一下，其他人在岸上等着。约翰上岸后，苏珊接替他。接下来爸爸带着罗杰和提提一起驾船，看着他们轮流操作。每个人的表现都是满分，包括巫师号。

　　"现在，"爸爸说，"我们最好借一辆手推车。要把那些东西全运到船上去。"

　　造船工人借给他们一辆手推车，他们把手推车推到鲍威尔小姐小屋的台阶下。妈妈正坐在台阶上面的木头凳子上缝布里奇特的睡袋。布里奇特正在跟辛巴德说它要出海了。鲍威尔小姐正在切一大堆给他们航行时吃的三明治。爸爸匆匆上山把村子里的所有排骨都买了回来，以便能做好带上，让岛上的头几顿饭更容易做一些。

　　"我不相信你能把那些东西全塞到妖精号上。"妈妈说。

　　"上面有很多地方。"约翰说，但是鲍威尔小姐家里的房间看起来确

实满满当当的。

"来吧，"提提说，"每个人都拿点东西。"

从艾尔玛农庄到漂浮在登陆点的小艇，他们跑了一趟又一趟。约翰，也可能是买排骨回来后的爸爸，推着手推车跑，其他人就跟着一起跑，防止东西掉下来。他们一趟趟地从登陆点到妖精号。渐渐地，那间里屋开始看起来像一个人家里的房间，不太像一间储藏室了。每个人的心情都发生了翻天覆地的变化。昨天，似乎冒险至少在这个假期已经结束了；今天，冒险就在前方……即将开启。真正的探险……一张即将被他们自己的发现填满的空白地图。上游一点的地方，在其他游艇中，他们看到了那艘有三艘小艇围绕着的黄色大帆船，还有一艘造船工的小船在快艇船尾，人们正在上面工作。那个女孩和两个男孩跳上小船，在河上航行。但是今天罗杰甚至都想不起来叫他们"布丁脸"。不需要嫉妒他们了，他们那天晚上不会在一座不为人知的岛上睡觉。他们不会被流放。他们不会看着一艘船远离，把他们留下来搭起帐篷，独自面对一切。罗杰看着他们，为他们感到遗憾。"又是那些孩子。"他说。

"我相信东西全都运上船了。"苏珊回到小屋，在房间里环顾着四周说。桌上已经清空了，一度东西摞得高高的椅子现在又可以坐了。剩下的都是属于这个房间的东西，而不是探险队的。苏珊仔细看了看四周，把桌布拉直，还把一把椅子（不知为何被拖开了）靠墙放回原处。"我想我们没有落下任何东西。"

"燕子号的旗帜。"提提说着，冲上楼去拿。

"挂在巫师号上合适吗？"她拿着旗帜下楼时罗杰问。

"我们要把它挂在营地。"提提说。

妈妈的声音从外面传来。"每人一杯牛奶,"她说,"你们都跑上跑下的,这杯牛奶是给你们的奖励。"

"做得相当不错,"沃克船长拿出烟斗说道,"干得好,一等水手们。"

"我还有多久算一等水手?"布里奇特问。

"学会游泳前都不算。"约翰说。

"这次她绝对不能学游泳,"妈妈说,"因为有潮水。"

"还有泥。"爸爸说。

"还有鲨鱼。"罗杰说。

然后爸爸问其他人有没有救生证,罗杰和提提说在学校的夏季学期拿到了,约翰和苏珊去年拿到了,听到这个,他给了他们每人两个半先令。

"给你一便士,告诉我你在想什么,约翰。"约翰沉默了一两分钟后,妈妈说道。

"我刚使他成为一个富人,这时候给他一便士不好,"爸爸说,"但还是拿着吧,约翰。"

"我只是在想真遗憾,南希和佩吉不能去。"

爸爸妈妈对视了一下,但是什么也没说。

"南希船长喜欢被流放,"提提说,"不过我希望她们也在忙乎。一定的。她们很可能会写信告诉我们。除非她们要做什么特别好玩的事情,不然不会给我们寄来三百万次欢呼的。"

"她们做的事情肯定不如我们的好玩。"罗杰说。

现在不需要嫉妒他们了

沃克船长看了看他的手表。

"准备好了吗，玛丽？"他说，"全体人员上船。快点，和鲍威尔小姐说再见。我们马上要出发了，要确保顺流而行。"

第三章

进入未知领域

离开风磨坊驶向未知领域时，妖精号吃水比往常深得多。以前它从来没有装载过这么多东西，船上都没有可以走动的地方了。船舱的地板上和铺位上堆满了塞得满满当当的背包、成箱的姜汁啤酒、铁盒子和包裹。巨大的防水油布和露营垫捆绑在船舱顶上，一捆探测用的长竹竿牢牢地系在甲板的一侧。除了他们的装备，所有的探险队成员也都在船上：约翰、苏珊、布里奇特（她第一次出海），还有在驾驶舱的猫咪辛巴德；提提和罗杰在前甲板上；下面船舱的客厅里，沃克指挥官一边在清单上画勾，一边告诉妈妈一切都很顺利，没有什么可担心的。

"又不是苏珊不在，"他说，"约翰也不蠢。我说，约翰，你在河中央直行。我来发动引擎，逆流而上走得更快。"

引擎发动了，在他们下方突突地响起来。罗杰赶快跑到船尾，他得到允许把操纵杆挂上挡。妖精号拖着长长的航迹，小艇巫师号拖在船尾，水花拍打着小艇的船头。

在驾驶舱里，他们得大声叫喊才能盖过引擎的噪声让对方听见，也听不见船舱里友好的原住民在说些什么。不过也没必要说话，每个人，就连开船的约翰，都在忙着吃三明治，喝姜汁啤酒。

他们经过几艘挂着帆、慢悠悠航行的船只，也遇见过顺着潮水快速迎面而来的航船。他们对所有的船都很感兴趣，但是他们知道妖精号是唯一一艘正在前往小岛的船，它将把一群探险者送到岛上。绿木成荫的

河岸轻快地掠过，留在了后面。妖精号来到一个宽阔的港口，他们眺望着斯托尔河，指给布里奇特看他们乘坐妖精号度过的第一个夜晚，当时船在肖特利码头的停泊点。他们驶过了那座码头，当时起雾了，在雾气像条毛毯似的将他们包裹之前，他们看到吉姆·布莱丁把船划进码头买汽油（似乎是很久以前的事了）。他们又一次来到了海滩尾浮标跟前。

"听！"提提用最大的嗓门说。

"我能听到。"罗杰叫道。

"哐啷……哐啷……哐啷……"

现在和爸爸妈妈一起在船上听着打钟浮标的声音，到处都是明亮的阳光，这和以前大不相同。曾经，这声音在浓雾中越来越近，却不知道来自哪里。

"我们差不多到海上了。"约翰说。

"约翰说我们差不多到海上了。"布里奇特朝下面的船舱喊道。

沃克指挥官伸出头看了看周围，然后又下去了。引擎突突的声音停止了。

"我们现在不需要开着引擎了。"爸爸平静地说。他又来到甲板上，引擎停下来后，突然显得很安静。

孩子们尽可能地给爸爸腾出地方，他坐在后甲板上看着吉姆的地形图。

"现在我来开船。"他说，"约翰，你的视力最好，去前面桅杆旁边瞭望。注意看一只黑色的小浮标，顶部有方形的标记。"他改变妖精号的路线，看了看指南针，"我们现在要去那里。"

约翰跑到前面去。海面平静，微风吹拂，但是妖精号似乎比开着引擎经过港口时跑得更快。现在是顺风行驶，岸上的建筑让他们知道航行得有多快。可是没有人觉得晕船。

南面是一座小山，上面有一座又高又窄的塔。他们前方是又宽又深的海湾，远处则是直直的低矮的海岸线。约翰站在桅杆旁边寻找浮标，突然他看到一个黑点在水面上荡漾。

"黑色小浮标，几乎就在正前方。"约翰叫道。

"小黑人。"罗杰说。

"上面有什么东西。"提提努力举着望远镜，顺着约翰的视线看去。

"就是它，"爸爸说，"看到其他浮标了吗？"

"那边还有一只。"

"很好。"

他们很快就靠近了浮标。那是一只涂了柏油的黑色圆桶，顶部有一根棍子，棍子上顶着一只方形的箱子。他们前面还有另一只黑色圆桶，前方远处有一只尖顶的红色圆桶。

"现在正通过海峡。"爸爸说。妈妈走上升降梯，举目远望两侧似乎绵延数千米的水面。

"就是这里，航道很窄。"爸爸说。

"看不出来。"妈妈说。

"反正很窄。那边的水面下是硬沙，另一边是浅滩，有很多岩石。退潮时我们过不去。"

"我们去那里会怎么样？"罗杰说，"这样我们就能好好看看那座塔。"

出发

"一次严重的撞击，"爸爸说，"不幸的话，妖精号就散架了。很多船都在那上面撞坏了。"

"您确定这里的水够深吗？"苏珊问。

"十分确定。"爸爸说。

"我没看见任何岛屿。"布里奇特说。

"就在我们前面。"爸爸说。

在他们前方，地面几乎和海面一样高，感觉仅仅是沿着水面的一条又长又低的线，后面很远的地方地势才高了一些。但是这条低低的海岸线看起来绵延不断，似乎一路延伸到海湾开始的地方。可是爸爸一个个地勾掉吉姆地形图上的浮标，似乎对航线很有把握。一艘小船上，有两个人正在收一张拖网，一群海鸥在他们上方盘旋。前方出现了一艘摩托艇，向他们驶来，然后又从他们旁边驶过，激起阵阵水花。

"它肯定是从什么地方冒出来的。"提提说，可还是看不到海岸线上有任何缺口。

"我们快到了。"爸爸终于说，"仔细找一只圆形浮标，上面有一根棍子，棍子顶上有一个十字。"

"在那儿，"约翰叫道，"靠近岸边。"

几乎与此同时，每个人都看见向南延伸出去的海岸线沙地上有一个缺口，一股水流向那里涌去，沙丘上方还露出一两根高高的桅杆。当靠近那只上面有个十字的圆形浮标时，他们看见一条宽阔得多的海峡展现在面前，平缓的水流波光粼粼，向西流淌，两边是低矮的堤岸。

"到了，"爸爸说，"那只浮标表示十字路口。向左转，沿着那条支

流，经过那些桅杆，就能来到一座小镇。"

"我现在能看到房子了，"罗杰说，"还有很多船。"

"涨潮时你们可以乘坐小艇直接到镇上去，只是不要在那儿逗留太久，不然退潮就回不去了。"

"可是我们要去的是座岛，是吗？"提提说，"不是一座小镇。"

"是的，"爸爸说，"我们向右拐，然后继续直行。"

"十字路口浮标。"他们经过的时候罗杰说。

一两分钟后他们离开了开阔的海湾，妖精号沿着内陆海的平静水面轻快地航行。一处带堤坝的低洼岬角挡住了通往小镇的小河，不过他们仍能看见远处的桅杆顶。另一边很远的地方，还有一道低矮的堤坝。站在甲板上或是驾驶舱里，能看见堤坝上到处是灌木丛。他们面前的内陆海看起来一望无际。

"它叫什么？"提提在前甲板上问。

爸爸微笑起来。"你想知道吉姆地形图上的名字吗？我想你们要自己给它命名了。"

"这是一个隐秘的地方，"罗杰说，"一直到差不多进去后才能看见它。"

"秘密水域，"提提说，"我们这么叫它吧。"

"有何不可呢？"爸爸说。提提跑到驾驶舱，用铅笔在爸爸的空白地图上写下第一个名字。

"它有多大？"约翰问。

"涨潮时很大。"爸爸说。

"就像一片湖，只是周围没有山。"提提说。

"可是岛在哪儿？"

"就在我们周围。"爸爸说。他看着地形图。"这是一座，就在前面。那是另一座，在那边。这是你们要停泊的岛，"他指着左舷方向，"涨潮时你们可以通过比这里还宽的内陆海围绕它航行，通过这条支流去小镇。退潮时可能全是泥。吉姆的地形图显示有一条小路横穿过去……我的空白地图会给你们一个大致的概念，不过你们自己可以把所有的地形探索出来。"

"这里从未被探索过，"提提说，"等着我们去探索。"

"就是这样。"爸爸说。

"天啊！"罗杰说，"这一切都是真的。嗨！那边还有一条支流。这儿也有一条……"

"我想，我们要去的就是那里。"爸爸说。

妖精号继续行驶。船舷右侧出现了一条宽阔的支流，可是爸爸没有理会。他正望着另一侧渐渐露出的一条小一点的支流，不时地扫一眼吉姆的地形图。

"肯定就是那里。"他说，"我想我们现在可以开进去。把三角帆卷起来，约翰。"

"是，长官。"

"准备好了吗？使劲拉，快，现在来船尾，固定好。"

约翰拽着绳子，三角帆自动整整齐齐地卷了起来。他把绳子固定好，防止船帆再张开，然后爬到拥挤的驾驶舱里。妖精号已经离开秘密水域，

驶入了支流，现在只张着一张主帆，于是速度慢了下来，航行在苍翠的
两岸之间。

"一直这样开。"爸爸说着去前面整理船锚。铁链在甲板上被拖来拽
去，发出叮铃哐啷一阵响声。然后爸爸又忙着在桅杆那里收帆。翠绿的
河岸向后退去，一只苍鹭飞起来，拍着翅膀慢慢掠过小河。一只鹬鸣叫
着。爸爸站在前甲板上望向东岸，寻找着什么。突然他举起了右臂。

"右舷。"他不慌不忙地说，约翰于是向西岸行驶。

"现在，调转船头，迎风，满舵。"约翰把船调头，船帆劈开劲风，
猛烈振动，妖精号向河对岸驶去。

河水哗哗作响！

船锚放下来了，爸爸把铁链放开。他又来到桅杆旁边。帆桁在驾驶
舱上方他们头顶上升起，船帆一下子就落了下来。

"两根缆索，"爸爸说，"不需要更多。"

一两分钟后，他把船帆顺着帆桁绑好，放置了两根缆索固定。

"我们要把这条河叫作妖精河。"提提说。她一只手握着铅笔，另一
只手拿着空白地图。

"好名字。"爸爸说，"现在，约翰，把那艘小艇拖过来。你把我和妈
妈送到岸上好吗？"

"我们呢？"罗杰问。

"会轮到你们的。"爸爸说，"我们要去探探那座村庄，确保我们离开
后当地人不会赶你们走。"

第四章

探险队登岸

　　"现在可以看出这是座岛了,"提提说,"看后面那片水域。要我说,爸爸的空白地图错了。那一块不是一座半岛,是另一座小岛。"

　　"都是些奇奇怪怪的岛,不是吗?"罗杰说,"没有岩石。"

　　"他们要上岸了。"布里奇特叫道。

　　约翰划船送爸爸妈妈上岸。他们靠近绿堤一处像是个开口的地方,水面上方露出几根桩柱的顶部。爸爸指示着方向,约翰扭头看了一眼,划了一两下桨。巫师号停住了。爸爸从约翰手里接过一支桨,在一侧戳了戳,他在摸索能落脚的地方。然后他走进水里。

　　"爸爸上岸了。"布里奇特说。

　　他们看见他把船往前拉近了些。妈妈下来了,然后是约翰,手里拿着船锚。他们看见他们三个前后排成一列踩着水花向堤坝走去,把腿抬得高高的,每一步都走得小心翼翼,好像走在一条狭窄的小路上。他们来到堤坝边,身影在天空的映衬下清晰可见。然后他们在一排灌木和小树旁停下脚步,爸爸指着一条条路,约翰使劲地跺脚,好像在试探地面的坚硬程度。

　　"过来,一等水手们,"苏珊说,"大家动手解开这些绳结。他们会最先把那些露营垫从舱顶运下来。"

　　"爸爸妈妈走了,"布里奇特说,"约翰要回来了。不,他没有,他正在拆卸巫师号的桅杆和船帆。他把它们拿上岸了。他差点摔了一跤。他

36

就要摔倒了。不，他没有……我说，我不能上岸帮忙吗？"

"他回来前不能。"苏珊说。

"他为什么把桅杆和帆拿走？"罗杰问。

"当然是为储备物腾地方。"苏珊说。

很快他们就看到约翰回到巫师号上，坐在船舷边缘在水里洗他的靴子。然后他划着小艇来到妖精号跟前。

"先搬露营垫，"他靠近时说，"你们要把固定露营垫的绳结解开。"

"已经准备好了。"苏珊说。

"干得好。你们拖得下来吗？"

"你找到露营的好地方了？"提提问。

"那地方好极了，"约翰说，"不过要把这些东西搬上岸又不沾上泥可不容易。"

"你不先洗洗手？"苏珊说。

"我已经洗过一次了。"约翰说，可是低头瞄了一眼自己的双手后，他还是把手伸进了小艇侧面的水里。

"你还得再洗把脸。"罗杰说。

"闭嘴，"约翰说，"你试过就知道了。上到堤坝那里没问题，可是穿过盐碱滩时淤泥溅得到处都是。"

"盐碱滩是什么？"提提问。

"爸爸这么叫它……小河和堤坝之间像沼泽的地面。他说涨潮涨得非常高的时候它就会被水淹没。很好，苏珊。等一下，现在让我们……"

第一捆露营垫被放到小艇上。然后是第二捆、第三捆。

“我们不能上岸吗？”布里奇特说。

“苏珊最好上去，”约翰说，“帮忙把东西运上去。你也可以来。”

“辛巴德也可以？”

“可以。一等水手们最好留在妖精号上把东西递下来。我们尽可能不让船沾上更多的泥。快点，苏珊，还有地方可以放几个帐篷卷……”

苏珊轻巧地下到小艇上。

“接下来，布里奇特……”

“把辛巴德给我，”苏珊说，“用两只手。”

“我不敢下来。”布里奇特说，她在妖精号的甲板上低头看着装得满满的小艇。

“你能行，”约翰说，“坐在船缘……就是这边。现在你自己下来。”

布里奇特发现自己置身于一堆露营垫中。

“我下来了。”她说，刚才表情严肃的脸上绽放出灿烂的微笑。

“让开，苏珊。”约翰说道。巫师号开启了到岸边的第二次航行。

并不太远，但是满载的小船比上一次停船的地方稍远了一些。

“水会漫过布里奇特的靴子。”苏珊说。

“我背她，”约翰说，“让她爬到我背上来。”

“辛巴德怎么办？”布里奇特问，“你能一次背两个吗？”

“我来抱辛巴德，”苏珊说，“你用两只胳膊抱着约翰。”

约翰把船锚拖到岸上后，回来站在水里，背对着小艇弯下腰。他把腰弯得很低，几乎像坐在船舷边上。

“上来，布里奇特。”他说。

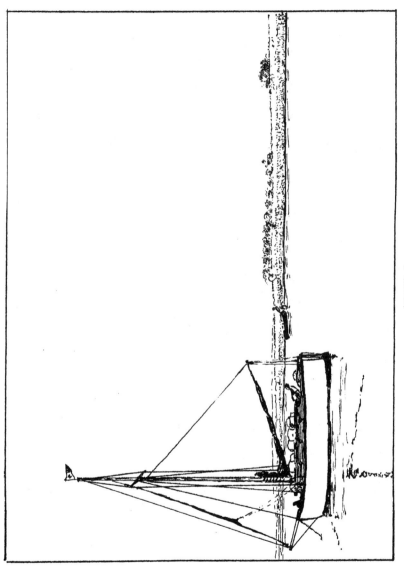

卸下装备

布里奇特站在横座板上，往前趴下，牢牢地环抱着约翰的脖子。约翰在背后摸索着抓住她的腿。他站起身，喘不过气了。

"不要勒他，布里奇特。"苏珊说。

约翰用力把布里奇特往上送了送，然后迈开脚步向岸边走去。他一脚踩在一片软泥上，差点摔了下去。接下来的一脚幸运一些，踩在一块石头上。他一步一步摇摇晃晃地沿着小路穿过盐碱滩，来到比较坚硬的地面上，放下背上的乘客，长长地吐了口气。

"你肯定吃了十倍份额的三明治。"他说。

苏珊抱着辛巴德跟在他们后面，她一脚高一脚低，一下向后滑，一下又向前滑。接下来苏珊和约翰又回来从船上搬东西，尽可能快地在淤泥中跌跌跄跄地来回穿过盐碱地。而布里奇特和辛巴德爬上堤坝，站在那里看守不断增加的装备。

同时，妖精号上一等水手们正忙着把东西从甲板下面拖出来，堆叠在甲板上和船舱顶上，准备运到岸上。很快约翰又回来搬运东西，然后又来了一趟。

"我真的相信全都在这儿了。"提提最后说。

"下面没东西了。"罗杰说。

"那就跳上来，"约翰说，"不过一定坐稳了，不然水会漫到船舷边缘。"

妖精号兀自横着，最后几个探险队员也登上了岛。最后一趟，搬运东西的不是两个人，而是四个人，没有花太长时间就穿过盐碱滩到达了堤坝。

大部分堤坝都很窄，顶部的宽度只够形成一条小道，但是在探险者

们卸下东西的地方小道变宽了，有足够的空间可以在高出沼泽不少的地方露营。堤坝内侧是片陡峭的斜坡，下去是草地，沿着堤坝的底部有一条排水沟，靠近露营点有一个小池塘。就在这个地方有一排矮小的树木和灌木丛，越过这些树木，他们可以看到远处牛群在吃草，还能看到农舍的屋顶和烟囱。向北望去，他们可以看到妖精河汇入秘密水域，向南又能看到这条支流，河水绕了个弯，汇入另一片内陆海。

"这里真是个露营的好地方，"提提说，"太幸运了，当地人的农庄离得挺远。"

"这只箱子里是什么？"罗杰问，"我可以打开吗？"

"还不行，"约翰说，"大家都来帮忙搭帐篷。爸爸妈妈回来前，我们要让这里看起来像座营地。"

"先把露营垫铺开看看怎么放，"苏珊说，"我们可以把这些小的面对着小河放，可是那张大的要放到这两棵树中间。我们先把这些布置好，万一妈妈回来得太快，她就能看到布里奇特睡觉的地方。"

那顶大帐篷是他们第一次去野猫岛时用的两顶帐篷中的一顶。要在两棵树之间系上绳子，再把帐篷挂上去，不像那些小帐篷有自己的撑杆，搭在任何地方都可以。搭这顶帐篷要费些力气，因为要把绳子绑得足够高足够紧很不容易。这些树又小，更增加了难度，但是约翰和苏珊最终还是搭好了，帐篷四周的边缘还没钉牢，布里奇特就钻了进去。他们看了看四周，罗杰和提提的帐篷已经搭好。提提正在展开苏珊的帐篷，苏珊不打算睡在里面，这是用来存放东西的。

"罗杰在哪儿？"苏珊问。

就在这个时候罗杰沿着堤坝跑了过来。

"我到转角那儿去看另一座岛了,"他说,"我看见爸爸妈妈从农庄那儿回来了,马上就到。"

营地上忙成一团。箱子和背包被收了起来。最后两顶帐篷以前所未有的速度搭好了。提提从探测竿中抽了一根,匆忙系上燕子号的旗帜。她一系好约翰就把竿子插在了地上,爸爸妈妈回来发现五顶帐篷已经全部搭好,燕子号的旗帜系在旗杆上,在微风中飘荡。

"干得好。"爸爸说。

"所有东西都运上岸了。"约翰说。

"还没有全部安置好,"苏珊说,"反正我们把东西都放到一边了,只是想让你们看看营地。"

"营地也很棒。"爸爸说,"嗯,你们很幸运。农场有一个很好的小伙子,他说吉姆·布莱丁的朋友就是他的朋友,所以没问题。但是他说你们千万不要喝池塘里的水。海水进去了,污染了池水。可以用来洗东西,但是不能喝进嘴里。我从妖精号拿两只盛满水的容器到岸上来,你们再想要水的时候,要去农场的井里取水。我现在就把它们拿上来,然后我们就要启程了。潮水很快就要退了。"

"你的炉子怎么样了?"爸爸匆忙跑去登陆点时妈妈问。

"就在帐篷下方有块干燥的地面,是放炉子的好地方。"苏珊说。

"这里没有石头可以垒炉子。"妈妈说。

"泥土多得是,"苏珊说,"我们有铁锹。"

"岛上没有邮局,"妈妈说,"但是你们可以通过农场的那个人送信。

他几乎每天都去内陆。你们有鲍威尔小姐的电话。"

"可是这里有电话吗？"罗杰说。

"不，没有。岛上没有。不过如果你们需要什么，那个农场主会替你们打电话，或者如果你们自己去内陆，也可以打电话。我们有他在镇上的乳品店的电话，这样我们可以通过他给你们带信。布里奇特呢？"

苏珊悄悄地指了指那顶大帐篷。妈妈朝里面张望。苏珊已经用毯子和睡袋铺好了自己和布里奇特的床铺。小一点的睡袋里传出了响亮的鼾声。

"你们真的不愿意舒服地睡在鲍威尔小姐家的床上？"妈妈说。

布里奇特突然坐了起来。"噢，妈妈！"她说。

"嗯，"妈妈说，"我想你总要长大。"

"现在辛巴德才是年龄最小的。"布里奇特说。

妖精号上，爸爸已经把两只镀锌的盛水大容器拿下来放到停在旁边的巫师号上。他正在桅杆下面忙碌着。

"看，"提提说，"他在升旗。"

一面中间有个白色方块的蓝色旗帜飘荡在妖精号的桅顶横桁上。

"是离港旗，"妈妈说，"他准备起航了。"

没过几分钟，爸爸已经来到岸上，把盛水容器带到了营地。

"给你们，"他说，"很重，你们再去接满水的时候就会知道了。当每一滴水都得运送的时候，你们就会像珍惜液体黄金一样对待它了。"

"这是吉姆说过的话，我们和他一起在妖精号上时他说过。"罗杰笑道。

"懂事的小伙子。"爸爸说，"那么现在，玛丽，我们要走了。无情的船长和他残忍的大副现在要起航，把他们的受害者留在未知的岸上。来，玛丽，你是那个残忍的大副。大家再见。用你们的头脑，注意观察潮水。约翰和苏珊带队。"

"你们会小心的，是吗？"妈妈跟探险者们吻别时说。

"反正不是所有人一起离开。"布里奇特说。

"你确定不跟我们走？"妈妈说。

布里奇特犹豫了一会儿。

"不了，谢谢。"她说。

爸爸笑了。"很棒，毕蒂①。"他说。

妈妈亲吻约翰弄得沾上了泥，约翰忘了擦掉脸上溅上的泥。

"约翰，"她说，"你看起来已经像本·葛恩了。"

"我们回来时他会长出乱蓬蓬的胡子。"爸爸说，"走了，约翰，送我们上船时再抹点泥。"

约翰划着小船送爸爸妈妈回到船上。他等了一会儿，看爸爸升起主帆。后来，想起他正带队探险，就划船回去，和其他人一起在营地旁看。

妈妈已经握着妖精号的舵柄，爸爸在一下一下地拉起船锚。艏三角帆展开，蓄满了风力。爸爸把船锚拉到船头，用拖把刷洗掉上面的污泥。妖精号调头驶出了小河。

"再见……再见……"被流放的探险者们从营地喊道。

---

① 毕蒂是布里奇特的爱称。

"再见，祝你们好运。"妖精号上传来了回应。离港旗垂了下来。爸爸走到船尾，接过舵柄。妈妈挥舞着一块手帕。妖精号离开了小河旁的堤岸，船身倾向一边，加速行驶。船走了，在落潮的助力下赶往大海，只有棕红色的帆露出长长的堤坝。

每个人都突然感到空落落的。

"我们被流放了。"提提说。

"我们现在要吃苦了。"约翰说。

"好了，"苏珊说，"我们有很多事情要做。"

"打开那些箱子吧？"罗杰说。

布里奇特从提提那里抱回了辛巴德。有几分钟，她一直看着妖精号红色的三角主帆在堤坝上方移动。

"没事的，辛巴德，"她说，"他们会回来看你的。"

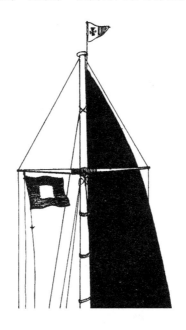

第五章

孤立无援

开箱急切地开始了。探险者们清点起了物资，在三只箱子里搜寻个不停。这三只箱子是爸爸从陆海军商店寄到风磨坊的。苏珊手里拿着铅笔和纸，在列清单。布里奇特和罗杰正在努力数清通过箱子板条的缝隙能看见的苹果和橙子。提提和约翰在检查一只包裹里的东西，爸爸把绘制地图的全部工具都放在里面了：画板、很多纸张、铅笔、一瓶印度墨水、一把平行尺、一只绘图圆规、一只量角器、一盒图钉。

"爸爸真的打算把地图画好。"提提说。

"我们也是，"约翰说，"如果我们能尽量把去到的所有地方都标注在地图上，爸爸肯定会非常高兴。"

"秘密群岛远征。"提提说。

"什么是群岛？"布里奇特说。

"很多岛屿。"罗杰说，"看这里，布里奇特，你还没有数那只用纸包着的苹果。"

"两打罐装牛奶，"苏珊说，"十一……不……十二罐汤。"

"那么多。"罗杰说。

"三大罐牛排腰子馅饼……三条牛舌。"

"噢，太好了！"

"三听干肉饼罐头……六听沙丁鱼罐头……一罐金黄糖浆……一石坛果酱……六盒鸡蛋……每盒十二只。"

"为什么有这么多鸡蛋？"罗杰问。

"你和约翰早餐总是吃两只蛋，我们其他人每人一只……一顿就要七只……还有晚饭的炒鸡蛋呢。快点……罗杰，数箱子里的苹果没有用，你又不能透视。你把这些罐头放到储物帐篷里。四袋玉米片，六条面包。面包和玉米片要放到其中一只箱子里。一罐姜味坚果……一罐饼干……"

"我能把这些纸撕下来吗？"罗杰说，"葡萄干饼干。那是压扁的苍蝇。打开这只箱子怎么样？我们肯定想……"

"安静一分钟好吗？一袋土豆……另一袋是什么？"

"豆子。"布里奇特说。

"三大块黏蛋糕……"

"一整盒巧克力，"罗杰说，"坚果和葡萄干口味的，一板一板的。让我们……"

"别动它们。"苏珊说，"六磅黄油……两盒方糖。两块软黄油，一罐有盐黄油……一条奶酪……很好……是那种用锡纸包着的无壳奶酪。"

"一流的行军口粮。"约翰说。

"哎，"布里奇特突然叫起来，"辛巴德在箱子上。"

这是一只纸箱，里面有一包猫饼干、一小瓶保卫尔牛肉汁，还有六听很小的鲑鱼罐头。

"它会喜欢这些鲑鱼的，"罗杰说，"可是保卫尔牛肉汁是干吗用的？"

"加开水淋到饼干上。"苏珊说，"那只篮子上的标签写了什么？"

"'今天的晚餐'，"提提念道，"还有一只包裹上面写着'明天的晚餐'。"

"我们需要的时候再打开。"苏珊说，"看这里，罗杰。鱼线和鱼钩，

你最好放好。"

"我要把铁锹也拿着吗？挖虫子用。"

"不用把铁锹放到你的帐篷里，但是一定要把鱼钩放到辛巴德踩不到的地方。一会儿我要用铁锹垒火炉。我跟你们说有件事会很难办，那就是柴火。这里不像野猫岛那边到处都是干枯的树枝……"

"好了，"约翰说，"我们看谁找到的柴火最多。高水位线的地方最有可能找到。"

一场小型探险立即开始了。苏珊忙着垒她想要的那种火炉，她把泥块切割开，然后围成一个圆圈。其他人负责找柴火，他们很快发现找到可以燃烧的木头很不容易。他们沿着最靠近小河的堤坝边搜寻，不时捡起漂来的小树枝。沿着堤坝底部有道宽阔的野草地，好像是芦苇，显示出潮汐的最高水位。

"我想它们会很容易燃烧的。"提提说。

"可能很快就烧完了，"约翰说，"不能放过任何一块小木头。"

"死螃蟹要吗？"罗杰说，"芦苇丛中有几百只。"

"没什么用处。"约翰说，"我说，我们要定个规矩，任何人离开营地，都必须带点木头回来。"

约翰和提提沿着堤坝认真搜寻，搜集了两捆碎木头，还有几块大点的，看起来像是旧栏杆上的。

"反正够烧开一壶水了，"约翰说，"我们先拿回去，再拿个什么东西来运些芦苇到帐篷里。罗杰在哪儿？"

"在转角那边。"提提说。

他们看见苏珊把开叉的两根枝丫削尖，这是她从一棵柳树上砍下来的。一根用来挂水壶的长木棍已经在她垒好的圆形火炉旁边了。

"这都是你们找到的？"苏珊说，"我还以为会很难找。这些灌木丛下面几乎没有枯枝，我找到了一点，可是不多。"

"有很多枯死的芦苇。我们来拿只篮子……不，油布雨衣更好。把雨衣铺平，然后把芦苇堆在上面，卷起来拿。哎呀！怎么了？"

不同于提提和约翰，罗杰没有先去搜寻树枝。他跑进营地。

"我说，约翰，"他叫道，"我到下面的登陆点去了。这座岛变大了好多，巫师号露在水面上，河水都要干了。"

"退潮了，"约翰说，"我去看看。你没找到木头吗？"

"有一根，"罗杰说，"我找的地方根本没有。"

"才一根，"苏珊说，"噢，罗杰。"

"可是这根非常好。"罗杰说。

"你带上油布雨衣裹芦苇，能拿多少拿多少。"约翰说。

约翰和提提也带上了他们的油布雨衣，到下方盐碱滩去看巫师号。几个小时而已，情况大不相同。他们运东西上岸时妖精号几乎挨着盐碱滩的边缘，现在盐碱滩却远高于水面。在他们的下方，是一条变宽了的泥道，陈旧腐朽的木桩中间是一条狭窄的小路，向下延伸到淤泥地，直到没入水中。

"很好，"约翰看到后说，"吉姆说这里是合适的登陆点，即使退潮时船也能浮起来。可是现在我们没法移动巫师号了。如果我们想要它，可以把船从淤泥上推过来。"

"布里奇特岛怎么了?"罗杰说,"那座小岛……几乎不再是座岛了。"

他们艰难地走过盐碱滩去一探究竟。那座之前被一道宽阔的水道跟大岛隔开的小岛不再是岛了。那条水道变窄分岔成小水流,沿着一片泥滩的两侧流淌。罗杰试着跨过去,可是很快就陷进泥里动弹不得,于是又挣扎着退回到地面上。

"天啊!"他说,"满潮跟我们的岛隔开时,反倒比连在一起时过去更容易些。真是一个诡异的地方。"

"我们要把这条水道标记一下,'退潮时是淤泥地'。"提提说。

回营地的路上,他们在油布雨衣上放上一大把干枯的芦苇,卷起来扛在肩头,摇摇晃晃地走进营地,然后将芦苇堆成一堆,放到已经在燃烧的炉火旁。

"怎么这么长时间,约翰?"苏珊问。

"没有手表,"约翰说,"我的手表还在伊普斯维奇修呢。"

"噢,没错。"苏珊说,"我闯祸了。我把闹钟落在妖精号上了。"

"这是好事,"罗杰说,"我们可以想什么时候睡觉就什么时候睡觉了。"

"是吗?"苏珊说,"拭目以待。可是我不知道什么时候该吃饭了。"

"我们会告诉你的,"罗杰说,"现在差不多该吃晚饭了。"

约翰看了看太阳,太阳已经低沉,落到西边的沼泽地上了。

"我们会想办法掌握时间的。"他说,"哪里有直木棍?"

"我有一根,"提提说,"我正要折断烧火呢。"

"很好。"约翰说。他小心地把木棍竖起来,太阳在地上投下木棍的

影子。他从帐篷后面的灌木丛砍下一根树枝，把一头削尖，在另一头刻上一道深深的印痕。接着他从苏珊写储备物品清单的纸笺上撕下一张纸，折叠起来，写上"晚饭"两个大字，固定在印痕处。然后他把树枝尖的一头插到地上，不偏不倚地插在竖直的木棍细细的影子上。

"天啊！"罗杰说，"饭点日晷。"

"没错，"约翰说，"现在我们不会错得太离谱。肯定差不多是晚饭时间了。每天影子落在晚饭树枝上的时候我们就吃晚饭。明天我们注意看日中，那时太阳最高，影子最短，我们再插一根午餐树枝。"

"没什么比规律饮食更重要的了。"苏珊说。

"嗯，太阳非常有规律。"约翰说。

"如果多云怎么办？"罗杰说，"还可能下雨。难道只有太阳照耀的时候我们才有东西吃？"

"我们只能靠猜测了，"约翰说，"不过推测潮汐就麻烦了。爸爸给了我一张潮汐表，可是如果我们不知道时间就没多大用了。潮水不停变化，没有钟表我们就没办法追踪记录了。"

"我说，"提提说，"我们应该把天数记下来，像鲁滨孙·克鲁索那样。"

约翰弯下腰在旗杆上刻了一道印子。"这是今天的，"他说，"我们每天都刻一道，一直到妖精号回来……"

"那时我们筋疲力尽地躺在沙滩上……"提提说。

"很可能是烂泥上。"罗杰说。

"我们会看到远方有一张船帆。它越来越近。船长说：'快用小型望远镜看看，大副先生。'大副（就是妈妈）会说：'有什么东西在岸上移动。他们还活着。'而我们会挥手，会努力喊叫，可是我们的喉咙焦干，喊不出来。他们会把船开过来，我们会听到船锚铁链叮铃哐啷的响声。然后我们会一起乘船离开，看着这座岛消失在落日余晖中。"

"也可能是在早晨。"罗杰说。

"棕榈树的树冠在海平面上看起来像羽毛一样，最后甚至连树冠也消失了，而我们会告诉船上的人们我们在这里度过的多年中的种种发现。"

"不是多年。"布里奇特说。

"反正是漫长的岁月。"提提说。

"我们先得找到棕榈树，然后找个地方种下来。"罗杰说，"苏珊，记得看饭点日晷。"

"哦。"苏珊说。

"影子已经离开晚饭树枝了。"

"晚饭已经准备好了。"苏珊说。

"可是在哪儿呢？"罗杰问。

"妈妈已经做好了。"苏珊说。她走进储物帐篷，回来时拿着一只贴着标签的篮子，"今天的晚餐"。里面有一包排骨，已经烹饪好了；一袋番茄；两棵生菜，上面有一张纸片写着"生菜已经洗过了"，还有一袋石头蛋糕。篮子的底部有另一张写着字的纸片，"盛放香蕉"。

"没什么要准备的，除了沏茶，"苏珊说，"水壶里的水马上就烧开了。"

"辛巴德怎么办呢？"布里奇特问。

"它吃冷鲑鱼，喝牛奶。"苏珊说。

"很棒的晚饭。"罗杰说。

晚饭吃了很长时间，吃完后，要洗的只有五只杯子、五只盘子和一只浅碟。探险者们热切地计划好明早的第一项工作，然后便准备睡觉。太阳已经落山，风也小了。约翰、提提和罗杰又抱了干野草梗到营地，这些野草冒了会儿烟，然后烧着了。布里奇特已经换上了睡衣，趴在大帐篷门口向外看着她人生中第一次露营的篝火，以及哥哥姐姐们在暮色中走动的身影。

"你走吧，罗杰。"苏珊说。

"我现在要去睡觉了，"提提说，"谁醒得最早，记得叫醒我。"

"大家都有自己的手电筒了吗?"约翰问。

"防风灯加好油了吗?"苏珊问。

"正要加，"约翰说，"我们要让它在营地整夜都亮着。"

"像马灯那样。"罗杰说。

"吓走野兽，"提提说，"不过我们有一只猫科动物了。过来，辛巴德。你在我的帐篷里睡觉。布里奇特有苏珊了。"

星星出来了，布满了浩瀚的天空。天空低垂下来，一直到平阔的沼泽和宽广的大海。这里的天空比北方乡村山地的天空广阔得多。约翰点燃防风灯，站在大帐篷外面。

"芦苇燃起的火堆是没法熄灭的，"他说，"烧炭工也做不到……"

"湿芦苇会把火熄灭。"苏珊说。

"它们只会变干然后烧起来，"约翰说，"还是算了吧。我们早上再去多找些浮木。"

"趁你身上还暖和，赶快去睡觉。"苏珊对布里奇特说。

"我进去了。"罗杰说。

"我也是。"提提说，"唉，辛巴德出去了。不，猫咪，噢，好吧。它想在我床上蜷着，就像它在船上那样。"

"杓鹬为什么不睡觉？"罗杰说，"还有海鸥。"

"鸭子也是。"约翰说。

"我说，水泼溅的声音是鱼发出来的吗？"

"你没有睡觉吗，约翰？"苏珊说。

"马上。"

罗杰躺在泥地边上，喋喋不休地问着关于鸟叫声的问题，突然睡着了。布里奇特回想着昨天晚上。很久以前，她睡在床上，真正的床，在一个有深色窗帘的房间。她人生中第一次和别人一样睡在帐篷里。她扭动了一下。这不像在床上那么舒服，可是其他人看起来很喜欢这样睡。她也会喜欢的。她又扭动了一下。毯子上肯定有道皱褶，毯子下面是硬硬的地垫，地垫下面是地面。这样好点了。芦苇燃烧的微弱气味通过帐篷张开的口子飘了进来。一只杓鹬鸣叫起来，又突然响起海鸥的叫声。是的，在岛上它们很孤独。她终于长大，可以和他们一起探险了。她伸出一只手去摸苏珊。

"是你吗，布里奇特？"苏珊说，"你好吗？"

"非常好，"布里奇特说，"我只是想确认你在那儿。"

约翰最后一个进了帐篷。他站在外面听，远方，微弱地，能听到岛另一边的海滩上海浪缓慢的呢喃……不……肯定还要更远，声音来自另

一条支流之外的远海。他听着鸟鸣声。远处，夜幕降临，他看见北方的陆地上出现了一道亮光。他想着也许第一个夜晚他不应该睡觉。只是预防万一。可是，毕竟，没什么阻止他钻进睡袋。他可以在睡袋里醒着，随时准备一跃而起。明天他们一定要好好探索这座岛……嘿，是提提在小声说话。

"约翰。"

"嗯。"

"我们一直没回复南希。"

"我们不能回，"约翰说，"只有她们俩，连迪克和桃乐茜都不在。这个时候告诉她们我们已经开始了另一场冒险，实在太残忍了。"

"不管南希在干什么，都不可能和我们的探险比，"提提说，"我希望她们在这儿。"

"我也是，"约翰说，"可是我们没办法。晚安。"

"晚安。"

一个小时后约翰醒了。火已经熄灭。防风灯仍然亮着，他可以透过帐篷薄薄的帆布看见灯光。他想起来自己是领队，领导着一群探险者，他们被流放在这座奇怪又荒凉的岛上。他从睡袋里扭动着爬出来，来到帐篷外面，站在冰凉的夜里。营地静悄悄的。鸟儿们都安静下来了，他听到陆地上什么地方有猫头鹰的叫声……如果那边是陆地的话。他又爬回帐篷，扭动着钻进睡袋，用手电筒看爸爸制作的空白地图。看起来到处都是水。他发现他的眼睛闭上了，而手电筒仍然亮着。他什么都没干白耗电池多久了？他关掉手电筒，又一次睡着了。

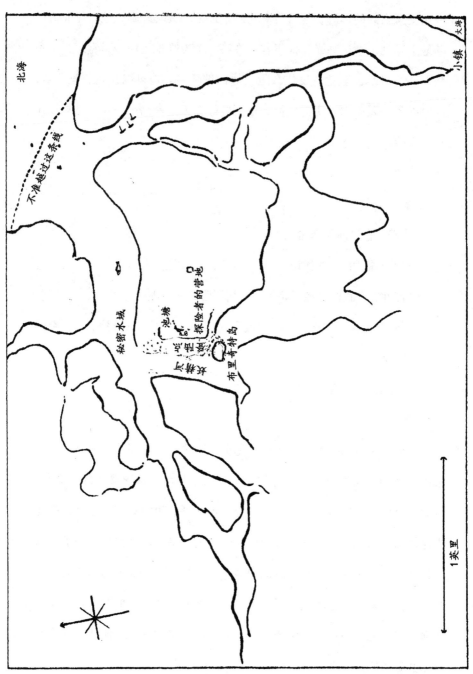

开始绘制地图

58

第六章

野人初现

　　布里奇特在睡袋里动来动去。

　　"妈妈。"她叫道，然后突然想起妈妈不在身边，自己第一次真正乘船航行，正和其他人一起探险。她连带着睡袋一起翻了个身。帐篷的一边在阳光下已经透白。她通过开着的门向外看，一缕缕白烟飘过，有一股芦苇燃烧的强烈气味从炉火那儿传来。烟雾中悬挂着水壶，苏珊正在火边弯着腰扒拉水壶下面的木头。火焰舔舐着水壶四周，烟向外飘荡。没看到提提和约翰，可是罗杰正在小水塘边单脚跳，开始是这只脚，然后是另一只脚，一边用毛巾擦拭，一边说："呃……真冷。"

　　"唉，你不用走到水塘里去，"她听到苏珊说，"我只是让你洗脸。那只杯子里有开水，可以刷牙。"

　　"牙齿直打颤，没法洗。"罗杰说。

　　"如果牙齿打颤得那么厉害，你就没办法吃早餐了。"

　　"约翰和提提在哪儿？"布里奇特问。

　　"你好，布里奇特。他们早就起来了，去找更多的柴火了。现在快点起床，穿好衣服。早餐马上就好。那只桶里有水，还有肥皂。"

　　"别忘了洗洗耳朵后面。"罗杰说。

　　"他们以前也这么跟你说吗？"布里奇特急忙问，不明白为什么罗杰胆怯地咧嘴笑了，而苏珊则大笑起来。

　　五分钟后，布里奇特总算洗好脸、穿好衣服了。她跟辛巴德解释着

要它等到泡牛奶的饼干凉下来再吃。罗杰观望着饭点日晷的影子，一边看着苏珊，刻好的树枝上已经贴上了"早餐"的标签。苏珊打开一罐浓缩牛奶，倒入罐子里与适量的水混合。堆着玉米片的五只盘子排成一排。她已经在水壶里加满了水，在平底锅里炒了七只鸡蛋。平底锅已经被她从火上撤下来一会儿了。

"拿稳了，布里奇特，"她说，"我要吹了。"

她用力吹响布里奇特的哨子，罗杰把早餐树枝精准地插在直立着的木棍投在地面的影子上。"总算标好了两餐饭的时间。"他说。

"来了，来了。"远处传来了声音，很快约翰和提提就来到了营地，每人抱着一捆树枝。

"我已经把早餐树枝插好了。"罗杰说。

"很好。"约翰说，然后在旗杆上刻了一道，记录远征的第二天。

"内陆海几乎都干了，"提提说，"我们看见有人驾着马车经过。"

"潮水退了，"约翰说，"我们知道为什么在爸爸的地图上布里奇特岛看起来是这座岛的一部分了。他画的线在盐碱滩外围，所以使得退潮时连在一起的两座岛看起来像合二为一了。"

"我们的地图会把这些岛单独显示出来，"提提说，"我们还会标出所有涨潮时能通航的水道。"

"我们要先勘探这道堤坝，"约翰说，"堤坝内侧一直都是干的。我们还要把爸爸的地图多复制几份，这样如果画得一团糟也没关系。我们会把爸爸的地图放在营地，一点一点标注。提提负责用墨水标注探险的地方。爸爸的空白地图是用铅笔画的，可以把上面的线条擦掉。我们的地

图会一天天地扩展，直到不再有未探测的地方。"

"我们从哪儿开始？"罗杰问。

"从早餐开始。"苏珊说。

"早上好！"

每个人都吓了一跳，早餐和探险计划让他们都没注意到其他。站在他们面前、低头微笑着看着他们的是一个高个子男人，他穿着灯芯绒裤子、粘了泥的靴子和一件粗花呢外套。

"早上好。"

"坏人还是好人？"罗杰小声说道，希望提提能听到他的话。

这个人递过来一只大瓶子。

"你们的爸爸妈妈去过我那里，"他说，"我告诉他们有时候会有多余的牛奶。这个对你们有用吗？"

"谢谢您，"苏珊说，"我们不想给您添麻烦，我们买了很多罐装牛奶，不过这个好得多。您想喝杯茶吗？"

"当然，"这个人说，"今天一早去镇上了。刚穿过涉水滩过来。"

"我们在远处看到您的马车了。"提提说。

"可那不是座岛吗？"罗杰说。

"退潮的时候不是。"

苏珊在杯子里倒满茶水，举起来递给他。她拿给他方糖罐，还倒了些他自己瓶子里的牛奶。"喝过真正的牛奶后您不会喜欢我们的牛奶的。"她说。

"您的意思是它真的只是大陆的一部分？"罗杰说。他想着，如果人们能坐着马车上去，为什么还是座岛呢？

"噢，不，它确实是座岛。不过退潮时，只有一条路可以通过，你要循着泥泞上的车辙走。涨潮时，没有船，你哪儿也去不了。"

"那就好。"罗杰说。

这个人将茶水一饮而尽。"如果你们一直在堤坝这里，会很安全，"他说，"可是盐碱滩很危险。你们很容易陷进软泥里，一下子出不来。我自己在那儿掉了不止一双靴子。你们是小布莱丁的朋友，对吧？好吧，如果有什么我能为你们做的，告诉我就行。不过我想你们会发现这里很无聊。杳无人烟，如果你们知道我的意思。周围没有一个人，只有你们和野人。说到野人……"

"什么野人？"提提和罗杰异口同声问。

"野人？"布里奇特说。

苏珊瞪着眼睛，约翰张开嘴想说话，却没有说出口。

"我跟你们爸爸说过，他说你们会处理好的。"

"可是什么野人？"罗杰问，"他们在哪儿？"

"这几天没看见他们，"这个人低声轻笑起来，"一个也没看到。不过他们随时会回来。你们遇见的时候就知道了。好了，再见。"他转身离去，然后又回过头，问："你们有没有狗？我原本想问你们爸爸的。"

"我们有只猫。"布里奇特说。

"好吧，"这人说，"它不会喜欢追水牛的……他们是这么叫的。之前我们不得不让他们把狗送走。"他友好地挥了挥手，大步流星地沿着堤坝

顶走了。

"天啊!"罗杰说。

"野人!"提提说。

布里奇特往苏珊身边靠得更紧了。

"嗯,这就解决了。"约翰说。

"解决什么?"罗杰说。

"今天上午干什么。你们听到他说的关于野人的话了,我们要做的第一件事是确保这座岛上没有野人。同时我们开展勘测。"

"我们开始吧。"罗杰说。

然而先要完成的事还有很多。苏珊在洗碗碟,提提和罗杰负责擦碗,布里奇特在阻止辛巴德舔洗干净的盘子。"它想帮忙,真的。"她说,可是苏珊觉得它如果不帮忙会更好。约翰把一张纸放在爸爸的空白地图的上面,举起来对着光仔细描摹。"需要描十几份,"他说,"我们肯定会画错很多张。而且每个人都应该有一张,画下发现的任何东西。"然后,他又把爸爸地图上标示他们登陆的岛的那个大圆点放大,以便探测。在角落处他照着爸爸画的那个罗盘图也画了一个,用平行尺确保方向不会弄偏。东、西、南、北很容易标注。然后他用两脚圆规把每一个半圆再分成两半,标出东北、东南、西北和西南。学校教的东西有些真的有用。接着再用同样的方法把圆的四分之一分成两半,得到东北偏北、东北偏东和其余的方向。

洗好碗碟后,罗杰被派去营地南边堤坝的角落插一根探测竿,约翰和提提带着地图、指南针、笔记本和另一根竹竿去营地北边的角落,那

里堤坝向东拐了个大弯，靠近妖精河的河口。提提插好竹竿，约翰测量了到另一根竹竿的方位，罗杰就站在那根竹竿的旁边，一目了然。

"这段堤坝大概是北偏东方向，以它作为基准线。现在画农庄。"他转身面向岛上的那簇小树和农场的烟囱，"东南方向。有平行尺吗？"

他跪在地上用平行尺在两根竹竿之间画了条线，然后又从地图上标记北边的竹竿那里画了一条穿过岛中央圆点的线。

"农庄就在那条线上的某个地方。"他说，"快点，现在我们从另一根竹竿那里测量方位。"

这两个勘测员沿着堤坝赶到罗杰那里，罗杰扶着竹竿感觉有点累了，因为他一直没能把竹竿插得深一些，竹竿自己立不起来。

约翰把竹竿插进土里，然后拿着指南针，向远处农舍的烟囱望去。"东偏南一点点。"他说。

"让我试试。"罗杰说。他把指南针在地上放稳，又开腿低头盯着罗盘，"差不多是东南偏东方向。"

提提试了一下。"我看刚好在中间。"

约翰仔细地看指南针指示农庄的方向，表示同意。

"好了，"他说，"东偏南，确定了。现在我们试着画下来。"他在罗盘图上东和东南偏东中间画了一个点，把尺子的一边对齐罗盘图中心和这个点，用尺子的另一边画了一条穿过标记南边竹竿位置的东偏南的直线。

"画好了，"他说，"看。"

这两条线就在爸爸标记农庄的小方块中间相交。

"好了，农庄总算画好了。"他说。

他们返回营地，给苏珊看他们画的图。

"给每座岛画好地图，要花很长时间。"苏珊说。

"我们不用都像这样画。"约翰说。

"你们打算怎么测量绘制沼泽地？"

"以后再说，"约翰说，"不过要先把这些坚硬的陆地绘制好。我们沿着围着岛的堤坝走一圈，遇到转弯的地方就测量方向。堤坝内侧肯定都是干燥的地面。"

"如果有野人，"罗杰说，"肯定会在干地上。"

"你见到了吗？"布里奇特问。

"还没。"罗杰说。

"准备好了吗？"约翰问，"我们每个人拿一根竹竿。"

"我最好先把空白地图多复制几份。"提提说。

"应该有人照看营地，"苏珊说，"如果周围真有人的话。"

大家争论了一会儿，然后决定主力勘测员沿着堤坝向北绕岛走，布里奇特、辛巴德和提提向相反的方向走；先不急着开始，给提提时间复制地图。两队人马之间的岛屿平坦而开阔，如果真有野人走动，不会看不见的。

"如果看见有野人靠近营地，"布里奇特说，"我们……"

"那就吹响大副哨子通知我们。"罗杰说。

"不，"布里奇特说，"我们让辛巴德像老虎那样扑他们。"

"它的爪子相当锋利，"罗杰说，"可是很可能它只会朝他们叫。"

　　"不会有野人的，"布里奇特说，"会有吗？"

　　"岛的这边不可能有，"约翰说，"不然我们已经看见他们了。我们快开始吧。"

　　勘测小分队带着竹竿、指南针、画板和工具出发了。

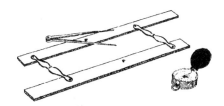

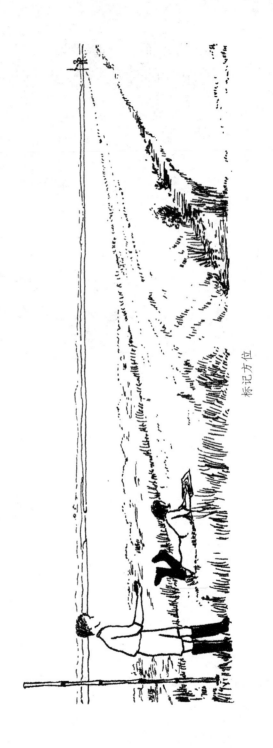

标记方位

第七章

泥地上的大脚印

　　提提把空白地图复制了一张又一张，都忘了野人的事。这并不难，可是需要很认真，而她喜欢画画，像平常一样，手里一拿着铅笔，别的事都想不起来了。约翰的帐篷里堆了十一份地图后，她把约翰的晴雨表压在上面，拿着第十二份，和布里奇特还有辛巴德一起沿着岛屿南边的堤坝出发了，这时却又想起了野人。布里奇特一直小心观望着，一刻也没忘记。

　　她们离开营地，起初沿着堤坝走得非常慢，因为辛巴德不是一个行动迅速的探险者。它小跑着，在低矮的草丛里皱起鼻子嗅来嗅去。让它快点的唯一办法是在它前面倒着走。"如果我们想去哪儿，必须抱着它。"提提最后说，然后把它抱在怀里。

　　这样好点了。一等水手和船宝宝可以用人类的速度而不是小猫的速度前进了。她们不时地停下来，由布里奇特抱一两分钟猫，这时候提提在空白地图上用虚线标出堤坝，还用铅笔涂画着标出堤坝与连接妖精河和内海水道之间的盐碱滩。提提发现，不用探测竿和指南针她也能画得很好。潮水很低，她看不到水道里有水，但是能看到水位留下的痕迹，于是用虚线画了下来，到时他们可以乘着巫师号穿过它。

　　"还没有发现野人？"布里奇特问。她们继续走着，提提把猫扛在肩头，用望远镜看岛的那边。

　　"没有。"提提说。

"现在其他人都到哪儿了？"

"有人，就在另一边。他们很快嘛。"

"我可以看看吗？"

提提把望远镜递给布里奇特。用望远镜看可不容易，因为猫咪一直要下来自己去探险。布里奇特举起望远镜贴在眼前看，然后又拿开。

"模模糊糊的，"她说，"不用它我看得更清楚。"

远远的，在岛屿另一边的地平线上，小小的身影在移动，很难看出来谁是谁。

"如果我们需要帮助，他们离得太远了，赶不过来。"布里奇特看着提提的脸说，想看看她听到这话是什么反应。

"我们不会需要帮助的，"提提说，"我们三个不需要。"可是她的声音小了一些，还警觉地看了看周围。视野范围内没有野人。

她们继续前进。堤坝下方，盐碱滩变窄了。盐碱滩之外延伸着广阔的滩涂，中间被飘带似的一湾水分开。陆地的一侧，她们可以看到掩映在树木中的农场，还有青翠的草场和在吃草的牛群。

"呃，有好多水牛。"提提说。

"可是没有野人。"布里奇特说，"我们不能让辛巴德探探险吗？"

这会儿越来越难抱住辛巴德了。很快它就下来了，爬过草丛，装模作样地扑向被风吹起的一团干芦苇，然后它踩到了小路上的湿泥，几乎是愤怒地甩着爪子。

"过来，"布里奇特说，"咪咪，咪咪，咪咪！"辛巴德却慢悠悠地跟在她后面。

　　"试试线团。"提提说。她从口袋里拿出一只卷起来的小线团，一端系上一小把干草，拿给布里奇特。布里奇特后退着走，在地上拖着这一小股草。辛巴德蜷伏起来追着扑，翻个滚，然后再蜷伏再扑。"它喜欢这种探险。"布里奇特说。

　　"很好，"提提说，"让它一直探险。"

　　她继续慢慢走着。堤坝下面的盐碱滩变得更窄了，现在只成了广阔泥地的一道边。淤泥取代了他们驶进小河时在妖精号甲板上看到的那片明亮闪烁的海面，从岛边一直延伸到大陆。一湾水流伸展在淤泥中间。潮水就要来了，很快这些淤泥就又成为海面了。

　　下面靠近堤坝的盐碱滩里有一条通往淤泥的窄河沟。河沟边有一个几块板子做成的登陆点，一艘又大又重的划艇停在旁边。提提把它仔细地标在地图上，写上"当地港口"。她想这肯定是农庄那边的那个当地人不能用马车的时候用的船。

　　她继续走着，一边向淤泥的方向眺望。突然她停了下来。在那湾水流边有鸟在涉水。可是水慢慢涨起来了，泼溅着什么东西，而这东西不可能是鸟做的。如果是沙滩的话，她会认为是有人用铲子和小桶在那儿玩。可是没有人在淤泥上建城堡。

　　她拿出望远镜。是的，她能看见淤泥刚被翻过，好像是用铁锹翻的。野人终于出现了？泥堆得并不高，就连最小的野人都挡不住。可是肯定有人在挖泥，有的地方是一大堆泥，有的地方只翻了几下。泥地上有从一个挖掘点到下一个挖掘点的痕迹，这些痕迹连成的线在泥地上弯曲着通向岛边。这些淤泥看起来好像最后变成了一个类似岬角的样子，那里

没有盐碱滩，一直通到堤坝脚下。挖泥的不管是谁，可能已经在那里上岸了。他可能在岬角后面，或者可能已经越过堤坝、进入岛上、藏在什么地方了。

提提回头看，布里奇特正弯着腰慢慢走着，一路引导着辛巴德。草地上看不到任何人走动。没有看见约翰、苏珊和罗杰的身影。她想这时候他们肯定在岛的另一端，过了她称之为"草原"的某个地方。草原上一大群奶牛在安静地吃草，从来都没有怀疑过自己被当成水牛了。他们那一队探险者应该转到她们后面了。挖泥的人可能在他们两队中间，或者岛中央的什么地方。她把望远镜对准那些水牛。是的，有些牛已经停止了吃草，可是它们都看向同一个方向，不是看向岛中央而是别处。它们肯定看见了探险小队。没有一头牛看起来对它们和她之间的什么东西感兴趣，继续前进很安全。

"布里奇特，"她叫道，但声音不太大，"把辛巴德抱起来，跟上。"

"等我们一下。"布里奇特叫道。

"快点。"

提提先沿着绿色堤坝的一个方向看了看，然后又看了一下另一个方向。她的视线越过宽阔平坦的草地，看不到一个活物。没有。噢，有，是栏杆边的兔子，被围在当地农庄里。可是兔子在安静地吃食。鸟儿们似乎也都在忙着自己的事情。那些一定是靠近农庄的鸽子，那些是草地上的田凫。嗯，有人类在周围时，田凫是最容易惊慌的鸟，可是这些田凫看起来无忧无虑。不，它们走来走去，很安全。不存在野人让他们回不了营地的危险。约翰、苏珊和罗杰现在肯定走了一大半路了。走到岬

角那里应该是安全的。

"快点，布里奇特……我们要去看样东西。"

"在哪儿？"布里奇特问，"那些鸟吗？"她顺着提提指的方向，望向泥地。

"不要把胳膊伸出来，"提提说，"防止有人在观望我们。如果你要指的话，这样指。"她弯起手腕，手紧挨着身体，用一根手指指，"不是鸟。有人在那边的泥地上。"

她已经开始沿着长着草的堤坝顶走了，这道堤坝把草地和长着芦苇的盐碱滩以及远处反射着亮光的淤泥隔开了。她能看到挖泥点连成的线路一直通到这个地方。从这里她就能够看清从一个挖泥点到另一个挖泥点之间留下的痕迹是什么了。会是赤脚的脚印吗？或者这些野人穿鞋吗？

她走近这个地方后，发现了别的东西。隔着长长的间隔，有一根柳枝直直地插在泥里，是细细的、没有叶子的幼枝。这里有一根，那边又有一根，泥地上一长排柳枝一直延伸到大陆。她走近后发现柳枝标出了马车的车辙。

"那个从农场来的当地人就是这样去小镇购物的，"她对布里奇特说，"退潮时他穿过这里，那时潮水像这样干了。潮水起来后，如果不是太深，他就驾着马车蹚过去，那些柳枝为他引路。他说他穿过涉水滩来的时候就是这个意思。"

"哦，"布里奇特说，"挖泥的是他吗？"

"我们很快就会知道，"提提说，"看一下那些脚印。那个当地人穿着高筒雨靴，就像我们的那种。可是……我说……哎呀……那个当地人不

可能留下这样的脚印。"

她不再等布里奇特，而是向前跑去。这些脚印非常滑稽。它们看起来……她不知道它们看起来像什么。那个当地人的靴子肯定很大，可是她觉得靴子的鞋印不会像这些脚印这样大。

布里奇特紧紧抓着不情愿的辛巴德，喘着气跑过来，发现提提正盯着泥地上巨大的圆形印子看。是的，它们是印记，可是什么样的当地人会留下几乎六十厘米宽的圆形大脚印？足足有两排巨大的印记，向远处延伸，消失在即将涨潮的泥地边缘。

"哎呀，"提提说，"这根本不是人类的脚印。这是乳齿象的脚印。"她向大陆望去。那些沼泽地可能绵延数千米，任何生物都可能生活在那里，没有人知道。

"乳齿象是什么？"布里奇特问，"一种野人吗？"

"不是，是一种大象。"

"有长鼻子？"

"是的，浑身长毛。"

"可怕吗？"布里奇特看着泥地上巨大的脚印，然后又紧张地扭头看看身后。

"不可怕，可爱极了。"提提赶快说。

"哦，那就好。"布里奇特说。

"完全没问题。"提提说，虽然她并不这么认为。

"你们好！"

她们已经走到泥地的边缘，以便更近地看那些脚印，可是听到喊声

提提又跑到了堤坝顶。是的，是他们，约翰、苏珊和罗杰，他们从另一边过来了。她急切地招手。

两分钟后他们会合了。罗杰在离她还很远的时候就开始向她报告消息了。"我们转了一圈，"他叫道，"去了农庄，去了海边，看到了那些独桅帆船。那里有岛，很多岛，有些都是沙滩，有些只有滩涂，上面长着灌木。离我们营地很近的地方有一大片黑莓。怎么了？"

约翰边走边看地图。"我们把所有的方位都测量好了，"他叫道，"只需要用尺子画出来。我说，这是什么？"

"过来看看。"提提说。

约翰和罗杰把测量工具和竹竿放到堤坝顶，跑到下面泥地的边缘。其他人跟着他们。

"它们到底是什么？"约翰说。

"是一种大象，"布里奇特说，"提提说没问题。"

"乳齿象的脚印，"提提说，"一开始我以为它们是野人的脚印，可是不可能。"

"太大了。"约翰打量着泥地，说道，"不管是什么，都是它自己独自留下的。没有人类的迹象。"

"也许它的背上有个人呢。"罗杰说。

他跑到淤泥上凑近些看，淤泥立即没到了靴子上面。他挣扎着拔出第一只脚，然后拔另一只脚，却两手撑地向前摔倒了。他举起手，黑色的淤泥一直沾到肘部，亮闪闪地滴落着。

"噢，罗杰！"苏珊叫起来。

“黑色手套。”布里奇特说。

“出来，罗杰！”苏珊说。

“我来了。”罗杰说。他用力拖拽，一只靴子掉在了泥里，然后另一只也掉了，淤泥没到他的膝盖，又掉落了两只袜子才跟跟跄跄地上了岸。他伸出滴着黑泥的手把眼睛前面的头发拨开，向他们咧嘴笑起来，简直像个长了花斑的黑人。

约翰小心翼翼地迈出脚步，虽然陷得很深却保持着平衡，救出了罗杰的靴子，扔到海堤脚下。袜子根本没法拿回来了。约翰用胳膊让自己保持平衡，认真看了看那些巨大的脚印。然后他用手防止靴子掉落，慢慢地回到其他人那里。

“非常奇怪，”他说，“这东西不可能是乳齿象或任何一种大象，不然它会比罗杰和我陷得更深。那些脚印根本就没陷进去。”

“不管是什么，它都是活的。”提提说。

“我把泥差不多都从靴子里面弄出去了。”罗杰说，他一直在用一把草往外擦泥。

“靴子很难干透了。”苏珊说，“走吧，我们回营地。”

“在日晷放另一根饭点树枝的时间肯定快到了。”罗杰说。

“辛巴德想喝牛奶呢。”布里奇特说。

提提感觉有点失望。好像没人把那些脚印当回事。

她给约翰看她的地图。

“很好，”约翰说，“我们可以通过测量堤坝直角转弯处的方位来检验一下。等一下，我们要测量一下泥地上通往大陆的那条路的方位。”

"我要把水牛标上去，"提提说，"而且我们要把这里叫作红海。"她挥手指向这片竖着柳枝、上面有马车小道的淤泥平地。潮水已经扑向泥地上的小道，从东边涌来的一层水慢慢前移，和西边涌来的另一层水连在了一起。

"为什么？"罗杰说。

"法老和以色列人，"提提说，"这是为他们准备的。退潮时水面分开，他们就可以穿过柳枝标出的小道，然后水又从两边涌进来、连接，将一切一扫而空。"

"你说得没错，"约翰说，"红海。我已经标记好了浅滩，他说的涉水滩就是这个意思。涨潮时我们去开动巫师号，驾船穿过它。"

"如果离开岛安全的话就行，"提提说，"我们还没有看见任何野人。可是那些乳齿象脚印是怎么回事？它们肯定是什么东西留下的。"

"反正不是乳齿象。"约翰说。

"好吧，如果不是乳齿象，那它是什么？"

"我们随时注意观察，"约翰说，"看看能不能找到更多的脚印。可是我觉得那个当地人在胡说。我认为周围根本没有野人。我说，快点。苏珊和布里奇特在前面很远呢。"

苏珊想得更多的是探险者们的午餐而不是陌生的脚印，她已经抱起辛巴德匆忙往回赶，布里奇特紧跟在她后面，不时地小跑着。其他人都跟在后面。

"不要走这么快，"罗杰说，"光脚很难受。"

十分钟后他就忘了自己光着脚。苏珊刚到营地他们就听见大副哨子

的急切响声，然后看见她在招手。她先看看这边，然后又看看那边，接着挥手。她给出的信号不明确，可是任何人都能看出她的意思是"用最快的速度过来"。发生了什么严重的事。约翰、提提，甚至连浑身是泥、拎着靴子和一根竹竿的罗杰都跑了起来。

苏珊站在火炉边用手指着什么。布里奇特挨着她，靠得不能再紧了。

苏珊把一根手指放在嘴唇上。"对不起，"她小声说，"我不该吹哨。有人在营地里。看那个！"

一根涂了红色、绿色和蓝色的柱子插在地上，雕刻得看起来像条蛇，长着又长又窄的脑袋。蛇的脖子上挂着四只黄色小贝壳。

"天啊！"约翰说，"我们的船呢？"

他放下指南针、画板和竹竿，冲到下面的盐碱滩边，提提、罗杰和苏珊紧跟在后面。

妖精河正在涨潮。巫师号还在原来的地方，船锚好好地固定在盐碱滩上。一条淤泥带仍然隔在船和水之间。

"是乳齿象，"提提叫道，"它肯定也来过这里了。"

从盐碱滩的边缘靠近巫师号的地方开始，两行一模一样的巨大脚印横穿泥地。

"看，看，"罗杰喊道，"太晚了……"

"什么？哪里？"

罗杰指着说："一艘船，我看见它了。刚刚到另一座岛后面去了。"

其他人抬头看向罗杰指的地方。

"我们现在看不到它了，"罗杰说，"它就这样消失在陆地那边了。"

"你确定吗？"约翰说。

"板上钉钉。"罗杰说。

"谁在船上？"

"我没看清，"罗杰说，"我只看见船尾消失不见了。要不是那边的陆地挡住，我们现在会看到的。"

"快来，"约翰说，"我们要把巫师号下到水里。"

很快他就把泥乎乎的锚索缠绕到船头。罗杰、提提和他一起沿着登陆点边缘往下拖巫师号，罗杰仍然光着脚。登陆点上，以前的旧木桩顶部露在淤泥上方，地面的硬度足以让人在上面走动而不会陷进淤泥里。

"听着，约翰，"苏珊说，"你确定我们应该这么做吗？"

"必须这么做，"约翰说，"如果只是一个当地人，那不要紧。可是如果是野人，我们就必须知道是怎么回事。那条蛇不是无缘无故插在我们营地里的。"

"而且我们必须找出来是什么留下了那些脚印。"提提说。

约翰停下了。"可能有更多要弄清楚的。"他说，"听我说，苏珊，你和布里奇特守护营地好吗？……"

"苏珊，"布里奇特说，"我们把辛巴德独自留在那儿了。"

"不要忘了看饭点日晷的影子，"罗杰说，"我敢说影子已经变短，该吃午饭了。放一根树枝标出那个地方。捕猎乳齿象后我们会饿坏的。"

约翰和提提已经上船了。

"坐到船头去，罗杰，"约翰说，"在边上洗洗你的蹄子。这里的泥已经够多了。"

苏珊在营地里发现了这个

巫师号滑进了深水区。约翰把船转向，用力快速划桨，落桨时没发出什么动静，小船逆流而上。罗杰把一只脚伸到水里涮洗了一下，然后又洗了另一只脚，他的腿又变白了，仿佛撕去了黑色的丝袜。

"安静，罗杰，"提提说，"如果你划水的声音这么大，约翰不弄出声响又有什么用？"

"注意看，"约翰说，"不要说话。提提，你用手当指南针，指出船头应该往哪儿走。他们可能很近，就在转角那里。如果他们听到有人喊'向右''向左'，就会知道我们在他们后面，最后就会逃走。"

第八章

乳齿象的巢穴

提提坐在船尾，一只手伸在膝盖上方指路，一会指向右，一会指向左，这样约翰不用回头就能看到该往哪儿去，可以全身心地划船，保证船桨在水里进进出出却不发出声响。涨潮还早着呢，河两岸只能看见棕色的泥土，以及在天空的映衬下草丛和水草形成的绿色长堤。

小岛和他们露营的岛之间仍然有淤泥连接。小河绕过小岛，流进红海。水面上似乎没有东西在动。

"那里，那里，"罗杰小声说，"它肯定去那儿了。"

提提的手突然转而指向右边。约翰用左桨向后划水，小船绕了个半圆。现在他第一次回头看。

小河转弯处的小岛对面有一个开口。约翰划船直奔那里，他们一下冲进一条窄沟，这条沟比沼泽平面低了很多。

"几乎没有划船的地方。"罗杰轻声道。

"当心，提提，我要在船尾划双桨。"

提提和约翰互换了位置，约翰加快了速度，把船划进河沟。两边的泥土离船舷很近，陡峭的河岸上大块泥土被冲跑了，留下很大的洞。

"这水相当浅，"约翰小声说，"刚才都挨着船底了。又碰到了。"

他们又转了个弯。

"那艘船在那儿，"罗杰小声说，"可是上面没人。"

约翰放弃了划桨，把船桨当撑杆用。虽然撑船的时候，桨陷进了泥

里，他还是尽可能地把巫师号往前移动。巫师号碰到了淤泥，停了下来，有一艘棕色的小划艇就在几米开外。划艇泥迹斑斑，船上有条绳子伸到河沟边，他们在绳子的尽头看到一具小船锚，插在高高的河岸上。不管是谁或者什么东西在船上，离开船之前都把船稳稳地固定好了。可是这个人或这个东西没有上岸，至少没在这里上岸。他们又看到了那些巨大的脚印，清晰可见。沿着河沟底部的淤泥，两排巨大的圆形脚印从水边一直来到船锚处，然后又离开河岸，绕过一个拐角。

"我们最好上岸。"罗杰说。

约翰用桨往下戳了几下，再举起来时桨变成了黑色，还滴着泥。"我们不能在这里靠岸，"他说，"只会陷进去。我们得回去。我刚刚看见一个地方，我觉得可以在那里靠岸，就在我们刚离开小河的地方。"

提提在船头拿着一支桨，约翰在船尾拿着另一支桨，他们推动巫师号沿着河沟向后退，一直到水面的宽度够船转弯。他们来到约翰看到过的靠近河沟开口的地方，那里有一部分河岸已经倒塌了。他们戳了戳掉落的泥土，比淤泥硬多了。他们一个一个地爬到了岸上。约翰拿着船锚，把它插在河岸上面。他们发现自己来到一道堤坝上，就像围绕他们小岛的那道堤坝一样。

"它停在这里没问题，"约翰低头看着巫师号说，"潮水一直在涨，回到船上不难。"

"我们没有武器。"提提说。

"不需要，"约翰说，"我们不是来发动攻击的，只是侦查。我们只要找出真相。"

站在高高的堤岸上，他回头越过妖精河望向他们离开的那座岛。那里有帐篷，还有营火冒出的烟。一切看起来都很平静，他甚至能看见布里奇特正在倒着走路，可能在地上拖着什么东西逗引辛巴德。战争，就连和陌生人的尴尬关系，都是他最不想要的。可是营地里的那个蛇雕意味着什么，有陌生人去过那里。还有那艘船和那些巨大的脚印。别无选择，只能继续。

"如果我们不快点它就走了。"提提说。

"快走。"约翰说。他们匆忙沿着堤坝顶走，一边看着下面的河沟。他们走过系着锚的划艇，继续快速往前走，眼睛盯着下面那串巨大的脚印。

"我说，"提提说，"看那个，是船的残骸。"

河沟拐了个弯，他们前面的泥地里堆着很多破烂的黑色木头。

"一艘旧驳船。"约翰说。

"肯定已经在这里几百年了，"提提说，"只剩船骨了。"

然后，等走近了，他们看见虽然驳船的船头和中间部分已经腐坏，但是靠近河岸下面的船头看起来仍然像一艘远洋轮的样子。甲板还在，还有一只生锈的绞盘、一个舱口、一块曾经用来竖桅杆的沉重的夹桅板。一根生锈的链条穿过船舷上的锚链孔，越过堤坝，连接在插在草地上的船锚上。驳船船尾侧面的油漆已经掉落，可是船头侧面新近涂抹了焦油。船舷下有一扇方形的窗户。有人在船名周围涂上了蓝色和黄色的新油漆，船名用鲜艳的红色字母写成，看起来仿佛油漆还没干似的。

"迅捷号，"罗杰说，"它现在可跑不快。"

"再也跑不起来了。"提提说，一边想着陷进泥里的黑色旧船头下曾溅起的水花。

"他们肯定才把它扔在这里不久，任由它朽坏。"约翰说。

"可是为什么他们还要费事给它的名字涂上新油漆呢？"

"两边都有。"提提说，她一直走到能看到驳船船尾另一侧的地方，"我说，约翰，这边没有脚印了，"她放低声音说，"也许那东西就藏在这艘残船上。"

"那边的沼泽地上有一条人们常走的小路，"约翰说，"他很可能走了……那是什么？听。"

有劈裂木头的声音。

"在里面。"罗杰说。

"安静。"约翰说。

"如果是当地人，"提提说，"我们可以问问他们有没有看见它。"

"看见什么？"

"乳齿象，"提提说，"反正是留下那些脚印的东西，不管是什么。"

"哎，"罗杰说，"肯定有人住在这里。看那个。"

一缕浓重的黄色烟雾突然从竖在甲板上、靠近旧夹桅板的一根生锈的铁管中冒出来。他们站在堤坝上没膝高的草丛里看着，闻到一股刺鼻的味道。毫无疑问，船上有人。残船的一头废弃了，但是另一头还在使用。船头新上的焦油、船名上的新油漆，还有现在烟囱里冒出来的烟都表明了这一点。即使迅捷号再也不能航行，即使船的大部分将毁坏并消失在淤泥里只是个时间问题，有人还在使用它。它的一端完全死寂，另

一端却生机勃勃，这情景仿佛他们看见了一具骷髅架，头骨竟然向他们
眨眼问候。

他们站在那里，打量着这条蜿蜒流转的窄河沟，越过河沟，他们的
视线落在大陆的沼泽地，远处的田野、树木、农场，然后又往回看秘密
水域、妖精河，还有河另一边他们自己的营地。他们能看到白色的光亮，
那是他们沿着堤坝搭建的帐篷顶部。可是这附近满目荒凉，沼泽、小
河——与其说是小河不如说是河沟——淤泥、废弃的旧驳船。而且这里
除了他们一个人也看不到，却有从生锈的烟囱里冒出来的烟，劈木头的
声音也变成了刚生好的火发出的噼里啪啦声。

"有人在看我们，"罗杰小声说，"我看到一张脸……不见了……有人
在通过窗户看我们。"

"我们撤吧，"约翰说，"这不是我们的岛。"

"我们不能问问吗？"罗杰说。

可是约翰已经转身沿着堤坝顶往回走了。"最好还是在船上问，"他
对提提说，"我们可以涨潮时划船来这里，想办法到另一边，看看那
是不是真的是座岛。那时候不管是谁在甲板上，擦洗甲板或在干别的
什么……"

"嗨！"

一个男孩从迅捷号前部的（而且是唯一的）舱口走出来。他的年龄
比罗杰大一些，但是个头没有约翰高，穿着一件相当破旧的套头衫，沾
着泥的灰色长裤塞在短裤里。他有一头硬硬的棕黄色头发，蓝盈盈的眼
睛闪着亮光，脸庞被太阳晒得通红。

"他的靴子呢？"罗杰说，"他也陷进过淤泥里？"

"你好。"约翰说。

"我说，"男孩说，"那边是你们的营地吗？对不起，我闯进去过。我以为你们是别人。一看见你们过来我就赶快离开了。我还以为你们没看见我。"

"我们没看见你，"罗杰说，"可是我们看见你的船了。"

"我们想知道是什么在泥地上留下了那些脚印，"提提说，"你把它养在驳船上吗？"

男孩大笑，然后又变得严肃起来。

"我在你们的营地留了东西。"他说。

"我知道。"约翰说。

"我本来想天黑后再去拿走。"

"噢！千万不要那么做，"提提惊叫，"他只会吓到布里奇特。"

"我们会还回来的。"约翰说。

"我们想知道那是什么。"提提说。

男孩欲言又止。"只是个游戏。"他停顿了一下说。

有一会儿没有人说话。然后男孩又开口了。

"看这里，"他说，"你们知道田凫吗？"

"今天早上绕着岛走的时候，"罗杰说，"我看见很多。"

"不是那些，"男孩说，"田凫号帆船。听我说，你们怎么到这里的？我没看见你们来。我昨天不在这儿。"

"我们乘船来的。"约翰说。

"你们不知道田凫号？"

"不知道。我们以前从没来过这里。"

"我觉得很奇怪，"男孩说，"因为他们说他们计划像往常一样在燧石岛野营。可是当我看见你们的营地，我肯定他们改变了主意。我以为别人都不知道这个地方。"

"我们不知道，"提提说，"我们在探险。我们的船只没有失事，可是在我们的船回来前我们走不了。我们被流放了。"

"被流放，"男孩若有所思地说，"农场的人知道吗？"他望向远方，越过妖精河一直看向那边的岛屿。

"当地的农庄？"提提说，"他们知道。他们中的一个人今天早上给我们带了点牛奶，只为了来看看我们好不好。我们自己有牛奶，罐装的。"

"农庄是个好词，"男孩说，"我父亲也有一座农庄。在那边。"他指着南边的沼泽地带，"你们看不见。被树挡住了，所以就好像不在那儿一样。这里没有其他人，除了他们……"他又一次看向远处的农场，矮小的树木中，露出一点覆盖着瓦片的屋顶，"只有田凫号和我……直到你们出现。"

约翰说："听我说，如果是你错把那个东西扎在我们的营地里，我去把它拿过来。"

"没关系，"男孩说，"我会去拿回来。"

"你住在这里吗？"罗杰问。

男孩想了想。

"想来看看？"他最后问。

迅捷号

"非常想。"约翰说。

"太远了，跳不过去。"罗杰说。

男孩弯腰从舱口下面抬起一块宽木板，把它竖起来，然后松开手让它往前掉落下去，在残船和堤坝之间搭了一座桥。

"确保那头搭牢了。"

罗杰最先上了木板，提提在他身后走了一两步，这时他停了下来，一动不动。

"当心，提提，"他说，"如果我们两个都在上面，木板会掉下去的。要是我又掉进泥里，苏珊会气坏的。"

"把你弄出来要费点力气。"男孩说。

他们一个个地走过木板，下到残船上，感觉就像站在一艘只剩下船头的船的甲板上。船尾处，破败的船骨竖在泥地里，还有一些船尾的残骸。但是他们站立的地方，一切都很牢固。甲板被擦洗过，很干净，船舷上半部分还新涂了油漆。

"我刚开始照管它。"男孩说，"小心。我最好走在前面，好清理掉下面挡路的东西。"

他退回去沿着舱井陡峭的梯子下去了。其他人跟着他，一个接一个，在梯子底下站住，眨巴着眼睛四处张望。大片阳光通过舱口洒进来，船身两侧高处切割出的两扇方形窗户也透进来一些光线。但是所有木制品都年代久远，黑乎乎的，过了一会儿他们才看清这个男孩在这艘残船的船头为自己打造了怎样的生活空间。一只生锈的小火炉，里面还有男孩塞进去的碎木头块。一个像床铺的东西嵌进船侧，上面铺着毯子。一张

厚厚的黑木头桌子，用钉子粗糙地钉了起来。"用一些旧木板做的。"男孩骄傲地说。约翰虽然没说出来，但是心想这桌子可以做得更好。一张很不错的结实的凳子，显然曾经是船的座板。沿墙有一些十分简陋的架子，一盏没有点亮的防风灯从梁上悬挂下来。梁上和墙上都钉了一些钉子，钉子上挂着各种各样的东西，有缠在木头缠绕器上的钓鱼线，有些像是渔网，已经开始制作但是还没完成，上面还有一枚大木针，还剩半卷线，塞在渔网的网眼中。一个角落里放着一些钓鱼竿，旁边斜靠着舱壁的是三根雕刻着花纹的柱子，就像他们在苏珊的火炉旁边发现的那根。罗杰最先看到柱子。

"还有蛇？"他问。

"其实是鳗鱼，"男孩说，"蛇的背上没有鳍。"

"我还以为是蛇之类好玩的东西。"提提说。

"它们是用来干吗的？"约翰问。

"它们……"男孩急忙停住了。他刚才想要说什么，可是改变主意了。

"如果是秘密就别告诉我们了。"提提说，"也是这个东西留下了那些脚印之谜吗？"

男孩仰头大笑起来。"你们不知道大脚板？"他说。

"大脚板？"罗杰说。

"大脚板，"男孩说，"在泥地上走路用的。"

"天啊！"罗杰说，"像雪鞋？"

"我给你们看，"男孩说，"我都是放在外面，这样就不会弄得迅捷号

93

到处是泥。只有涨潮时水才会升到这里，没有它们我就没法回家了，也没法上船，任何事情都做不了。"

"它们留下的印子就像乳齿象的脚印。"提提说。

"我从没见过乳齿象。"男孩说。

"我也没见过，"提提说，"但是反正像头大象。"

男孩忙着烧火，他从墙上的钩子上取下一口炖锅，然后打开一只装着培根的包裹。他们看着他。"苏珊正在做我们的午餐。"罗杰心不在焉地说。

提提看着约翰。

"我说，"约翰说，"为什么不现在跟我们一起回去拿你的鳗鱼，一起吃午饭呢？除非你真的想做饭。我们有很多吃的。"

"我不介意，"男孩说，"如果你们想看大脚板……"

他们又爬到了甲板上。男孩走到离河岸最远的甲板边缘，那里悬挂着一架绳梯，绳梯旁边的钩子上挂着大脚板——由两块椭圆形大木板组成，中间是用来绑住脚后跟和脚趾的系带，还有结实的皮革带子用来加固。男孩把东西从钩子上取下来，轻巧地扔下来，使得它们系带朝上，平放在泥地上。他拽过来一双高筒雨靴，然后从绳梯上下来。

"这里的淤泥非常软，"他说，"如果我不先把它们放下来，就无法站着穿它们。"

他的重量压在其中一块大脚板上，然后把脚放在另一块合适的位置上固定牢。接着他又把重量压在这块固定好的大脚板上，把另一只脚的大脚板系牢。

"瞧。"他说着走了起来，两条腿大幅摆动，防止自己被脚上的椭圆形大木板绊倒。他从淤泥里抬起大脚板，一二，一二，一二，一二，走路时发出很大的吸气声，在他身后留下了巨大的乳齿象的脚印。他摆动双腿走着，沿着小河的淤泥底轻松地跑了起来。他们知道这淤泥非常软，如果穿着普通的长筒雨靴，还没走出一步就会陷进去。

他转身跑回来，把大脚板留在淤泥上，爬上绳梯，回到旧驳船的甲板上，又来到他们身边。

"天啊！"罗杰说，"有人会用这个吗？"

"需要练习一下。"男孩说，"如果你们要上岸的话，我要把木板收起来。我不在这里的时候，从来不把它留在这里。"

"有其他野人吗？"提提说。

"我说，他告诉你们了吗？"

"谁？"

"从农场……农庄来的那个人。"

"他说周围有一个，"提提说，"是你吗？"

"噢，好吧，"男孩说，"你们都知道了……他真的不应该告诉你们。"

"对不起，"提提说，"我们不知道野人的事是秘密。我们会假装不知道。我们就叫你乳齿象。"

"我叫唐。"男孩说。

"乳齿象的简称。"提提说。

男孩笑了起来。"你们知道野人没什么关系，"他说，"至少我觉得没关系。如果你们被流放了，那么你们应该知道。"

远处响起尖利的哨声。

"吃饭了，"罗杰说着迅速走过木板搭的小桥，"是大副哨子。"

"我会追上你们。"男孩说，"你们的船在哪儿?"

"离你的不远。"

提提和约翰跟着罗杰上了岸，沿着河沟上方高高的河岸走着。男孩收起木板放到残船的另一侧。没过多久，他们就看见他在下面的淤泥上用那种奇怪的摆动姿势跑，在身后留下一串漂亮的乳齿象脚印。他们上船时，他也差不多要上自己的船了。他们离得很近，一起驶入了妖精河。

罗杰第一个上岸，跑到营地里。

"再准备一只盘子，苏珊，"他叫道，"再准备一只盘子。乳齿象来吃午餐了。"

秘密水域

大脚板

97

第九章

和野人交朋友

"真糟糕！"苏珊说，但声音不是很大。

"它长什么样？"布里奇特问。

可是苏珊已经冲到储物帐篷里翻出了另一只汤盘。问题是她已经把汤全都倒进了五只盘子里，炖锅里没汤了。罗杰的话足以让她知道，不管乳齿象是什么，它吃饭就跟普通人一样。于是她不得不趁着客人到达前，从每只装满汤的盘子里舀出一点汤，放到第六只汤盘里。看到这个情景会让任何客人希望自己没来。

她完成的时间刚刚好。约翰、提提和乳齿象跟着罗杰穿过盐碱滩来到堤坝和营地的时候，六只盘子在火炉边排成一排，每只都几乎盛满了汤。

"提提，"布里奇特说，"这不是真的。"

"什么不是？"

乳齿象正在和苏珊握手，没有听见她的回答："你说他有长鼻子。"

可是下一分钟她觉得他笑起来很好看，还和他握了手，虽然她仔细看他，但是也没发现他长毛。

"快坐。"苏珊说。

乳齿象不安地看着那根仍然插在原地的雕柱。

"我说，"他说，"非常抱歉闯进你们的营地。我以为是别人的营地。我会把这个图腾拿走。"

"是这个吗？"提提说，"它是整个部落的图腾？"

"其实是我们四个人的，"乳齿象说，"我们把他们大人叫作传教士。"

"他能像只鸭子一样在淤泥上奔跑。"罗杰说。他喝了第一口汤后，就放下汤盘跳了起来。"我说，苏珊，你忘了。"他说。太阳在头顶上升得老高了，饭点日晷中间的木棍投下了很短的影子。罗杰在那个短影子上插下一根早已为此准备好的开裂的树枝，在一张纸条上写下"午餐"，然后插在裂缝里。

"我们没有钟表。"约翰说。

"这样我们就能定时吃饭了。"罗杰说。

"这是个好主意。"乳齿象说。

"你们的图腾为什么是条鳗鱼？"提提问。

"到处都是泥，"乳齿象说，"鳗鱼喜欢，我们也喜欢。我们抓鳗鱼，吃鳗鱼，变得越来越像鳗鱼。除了鳊鱼抓不到别的什么，鳊鱼不好玩。可是鳗鱼能在任何东西里钻进钻出。你不想陷入和传教士的麻烦时，鳗鱼是一种非常好的图腾……不是因为他们不好。"他又补充道。

"不太好吃？"罗杰问。

"我不是这个意思，"乳齿象咧开嘴笑了，"我们没有试过吃他们。我的意思是传教士不坏。他们乘帆船从科隆海来，在燧石岛下锚，把部落的其余人放到岸上的帐篷里。鳗鱼之子每人有一艘船。"

"帆船？"提提说。

"小船，"乳齿象说，"小划艇。"

"我们看见过。"罗杰说。

"胡说，"约翰说，"我们没见过。"

"是的，我们见过。布丁脸。"罗杰压低声音说。

"他们的帆船是什么样的？"约翰问。

"方形船尾的单桅纵帆船。黄色的油漆，白帆。船名叫田凫号。他们驾驶着它去风磨坊修理甲板。"

"我们见过他们，"约翰说，"他们前天和昨天都在风磨坊。我们看见三艘小划艇跟它在一起。"

"你们叫他们什么？"乳齿象问罗杰。

"好吧，"罗杰说，"我叫他们'布丁脸'。可是那只是因为他们有船而我们没有。那时候没有。我离得没那么近，看不到他们的脸长什么样。"

"用这名字称呼野人不错，"乳齿象说，"可是他们其实是鳗鱼。我以为他们还在风磨坊，后来看见你们的营地时，我想他们肯定是昨天我不在时来的。"

"你为什么说他们是鳗鱼？"罗杰说。

乳齿象犹豫了一下，然后打开了话匣子。"噢，听着，"他说，"如果你们被流放了，那知道一点也没关系。你们是探险者，告诉你们也对。他们总是在书里提到一些野人仪式什么的，于是我们有了这个主意。其他人不会介意，我会向他们解释。你们看到了，鳗鱼是鳗鱼之子的图腾，这是部落的名字。这可是个大秘密，连传教士都不知道。你们懂的，如果他们知道了，可能会觉得应该阻止我们用人献祭。"

"什么？"听到这个，就连苏珊也吃了一惊。

"我们每年暑假都这么做。"乳齿象说，"你们知道，很大的火堆，图腾上挂着项链，人们拍着长筒鼓，举行狂欢舞会，每个人都疯狂地跳舞，祭品则等着被献祭。"

"谁是祭品？"

"黛西，"乳齿象说，"她有点瘦，不是真正的好祭品。可是她是我们有的最好的……"

他说话的时候几乎是羡慕地看着胖乎乎的布里奇特。每个人都注意到了。他的声音越来越微弱，最后沉默不语了。

"布里奇特不会作祭品。"苏珊急忙说。

"她是个十足的小美女，"男孩说，"她比黛西小多了，而且……呃，你们知道我的意思。有些人就是胖不起来。总的来说不要紧，可是野人会塞给祭品各种东西。当然了，如果我们是另外一个部落，那无所谓……比如苍鹭，骨瘦如柴也可以……可是鳗鱼的祭品应该是胖胖的。当然了，我要问问其他人，可是我相信黛西不会介意。野人们会朝探险者的营地冲过来，挑选最丰满的……"

"噢，不，你们不能挑布里奇特。"罗杰说。

"如果你们真想要我们中的一个作祭品，"苏珊说，"你们最好选我或约翰。"

"我不介意当祭品。"罗杰说。

"除了布里奇特，谁都可以。"提提说，"好了，布里奇特，不要走，别哭。没有人会拿你献祭。"

"我觉得你们是坏蛋，"布里奇特说，"你们总是嚷嚷说我干什么都太

小。现在爸爸和妈妈让我来了，他们认为我足够大了。而有人想让我作祭品的时候，你们不让……"

"你真想去？"苏珊问。

"噢，让她去，"提提说，"她会没事的。"

"如果她想去为什么不让？"罗杰说。

"好吧，布里奇特，"约翰说，"如果你非常乖，总是按照大副要求的做……"

"千万别忘了说'是，长官'。"罗杰说。

布里奇特很高兴，满怀希望地看着乳齿象。

"我觉得没问题，"他说，"可是我得先问问其他人。"

"排骨放在一只盘子里。"苏珊说。"我们总是尽可能地少洗盘子。"她想起乳齿象是访客，不是他们中的一员，于是又补充道。

等到吃完排骨、开始吃香蕉的时候，探险者们和野人已经很熟悉了。他听他们说了一些北海探险的经历，但是不太多。他非常高兴。"这太好了，"他说，"他们知道你们最近去过荷兰的话就不会反对了。跨越大海让你们成为真正的探险者。"他一直想着其他野人，"你们知道，"他说，"我们都发誓要保密。他们不愿意太多人加入，毁了所有的事情。"

"我们在野猫岛露营时也是这么想的。"提提说。

"野猫岛？"乳齿象说。于是他们和他说起北方的湖泊，还有在那座到处是岩石、树木茂盛的小岛上的露营地，以及和亚马孙海盗的联盟。

"你们也使用信号吗？"罗杰问。

"信号弹。"乳齿象说。

"摩斯密码呢?"罗杰说,"还有用旗帜的旗语?"

"野人不用这些。"

"我们用。"罗杰说。

"探险者用没问题,"乳齿象说,"野人用不合适。我们有自己的方式。"

"传递秘密信号极其有用。"提提说。她钻进帐篷,拿出南希的信件,角落里画着骷髅,还有一排跳舞的小人。她用手指遮住约翰在每一个跳舞的小人下面写的字母,给男孩看。

"看起来像狂欢舞会。"男孩说。

"是信息。"提提说。她把手指挪开,露出字母,"写的是'三百万次欢呼'。"

"什么意思?"男孩说。

"呃,"提提说,"我们不知道。很可能是她们做了什么。南希不可能知道这里将要发生的事。"

"她不可能猜到我们会邀请乳齿象和我们一起用餐,"罗杰说,"我们自己都不知道。"

约翰给男孩看爸爸用铅笔画的岛屿和秘密水域的粗略地图。

乳齿象仔细地看着。

"可是画错了,"他用手指着说,"涨潮时有条路可以穿过那里。那是座岛,不只是个海岬。如果你继续向前经过这条小河的河口,就能进入遥远的内陆。那里还有两座岛,不是一座……而且……"

"就是这样,"约翰说,"我们要在他们回来带走我们之前,把这些全

都正确地画在地图上。"

"那会花很长时间，"乳齿象说，"你们只有一艘船。"

约翰给他看那天上午他们完成的工作——他们所在岛屿的粗略地图，标记着围绕海堤一个点到另一个点的方位。

乳齿象细想了一下。"非常好，"他说，"可是岛和大陆之间的那道海峡呢？"

"我们原本打算绕着它航行，"约翰说，"从堤坝上看不清。"

"要找到它可不容易，"乳齿象说，"而且你们应该标出两道海峡而不是一道。其实是三道。看这里，让我来帮你们。潮水现在涨上来了。我们走吧，再次退潮前应该刚好能绕过去，回到涉水滩上。"

"涉水滩是什么？"罗杰问。

"通往大陆的路，"乳齿象说，"涨潮时就被潮水淹没了。"

"要花多长时间？"苏珊说。

"一个小时应该能完成。"乳齿象说，"如果向北走，就会逆流到达这里，一直来到接近涉水滩的地方，然后会在分水线的这边遇到退潮，可以带我们回来。"他指着地图上他们曾经看到过的淤泥上的那条路，解释说潮水从两边涌上来在这里相接，退潮开始时又从两边退回去。

提提和罗杰已经站了起来。

"辛巴德怎么办？"布里奇特说，过了一会儿她又说："辛巴德在哪儿？"

"嘘，"提提在她的帐篷门口说，"它睡觉了。"

辛巴德吃完它的午饭后，肚子滚圆。它进到提提的帐篷里，在她的

睡袋上蜷缩起来，圆圆的胖肚子起起伏伏。提提爬进帐篷，没有弄醒它，她把毯子掀开拉到一起，在睡觉的猫咪周围围了一道遮挡的墙。

"我们离开一两个小时没事的。"苏珊说。

"它可能累了，"提提说，"它这一天探了不少险。"

他们穿过盐碱滩，上了船。标记登陆点的旧木桩大部分已经在水面下了，可是沿着泥边慢慢冒出来的水花和泡沫表明，水面仍然在上升。

"我们会完成任务的。"乳齿象说，"谁到我的船上来？"

"我来。"罗杰说。

约翰和苏珊看着彼此。

"这是我们第一次独自驾驶这艘船，"苏珊说，"如果你能带上提提和罗杰的话，布里奇特和我还有约翰在一起。"

"听着，提提，"约翰说，"你最好再带份地图把那些记下来，之后我们再对比。"

"我们顺风航行时，你们可以拖着我走，"乳齿象说，"风向改变时我会把你们拖过狭窄的地方。"

他们出发了。乳齿象先走，罗杰坐在船头，提提坐在船尾。他的船是一艘涂了焦油的划艇。大脚板上已经没有污泥了，放到船上之前他已经洗干净了，现在就在罗杰脚边。他坐在中间的座板上划船，座板下面有一只浅口木箱，木箱中央还固定着另一只浅口箱子。里面的箱子外侧绕着线圈，线圈上有几十条带钩子的短线，挂在里箱周边的槽口里，使得钩子不会相互触碰，不会和线圈缠绕起来。

"这是什么？"提提问。

"鳗鱼线。"乳齿象说。

"你用小眼渔网捕鱼吗？"提提说，想起了在湖面上捕鲈鱼的情景。

"不，"乳齿象说，"用海蚯蚓。你掀起那边的粗麻布就会看见。就在你脚后面。"

提提弯腰看。船尾座板下面是另一只浅口箱，她的脚后跟正踩在一块粗帆布上。这块粗帆布铺在盒子里，就像床上铺着毯子一样。她掀起一角，下面铺着的另一层湿帆布上有一堆蠕动着的东西，这是她见过的最可怕的东西。每一条虫子似乎都有两个部分，一部分细细的，逐渐变粗，闪着亮光；另一部分肿胀而多毛。

提提掀开帆布盯着看了一会儿，然后又匆忙盖上了。

"鳗鱼喜欢吃它们吗？"她问。

"它们不是只喜欢这个吗？鳊鱼也是。它们被挖出来后就发白了。搞到这么多虫子可比捕这么多鱼难多了。我今天上午挖了两个小时才挖到这么多。"

"噢……我懂了。"提提又看了一眼那些穿过泥地的乳齿象脚印，还有那些好像有人在搭泥巴城堡堆起的小土堆。

"我们有渔具。"罗杰说。

"河口有个好地方，"乳齿象说，"尤其是退潮时。"

与此同时约翰有点费力地升起了帆。提提和罗杰从乳齿象的船上发现情况不太对。苏珊把帆桁抬起来举着，约翰正在拽什么东西。他们让船宝宝坐在船底。

"他以前从来没有升过帆,"提提说道,担心乳齿象可能会觉得探险者的航海技术不怎么样,"昨天爸爸给我们升好的。他现在升好了。"帆升了起来,约翰正在整理桅杆下面的绳子,苏珊掌舵,巫师号沿着河水前行,船宝宝的头露在船舷上面,"好了。"

乳齿象拼命划桨,他们很快就出了小河,紧靠着岛的北岸航行。

"小潮来了。"他说。

盐碱滩上出现了一个窄窄的开口,提提用铅笔标记在地图上。

"只是条排水沟,"乳齿象说,"不过也说不准,除非进去看一眼。即使满潮的时候,也只能进去几米远。但是我跟你们说的地方在岛的另一边,看起来也这么大,我们整支舰队进去过,我是说鳗鱼舰队,然后从另一边的主航道出来。"

"我们就这么走。"提提说。

"约翰搁浅了。"

巫师号紧紧跟在他们后面,也在躲避潮水,但是约翰忘了,活动船板①放下来之后,船行驶需要的水比乳齿象的划艇多。他们看见他把活动船板拉上来一些,然后偏航驶出航道。

"风好极了,"乳齿象说,"乘风破浪很容易。"

"我说,"罗杰说,"我们直接出海了?我们出界了。"

看起来的确如此。秘密水域的出口,海水碧蓝,水波荡漾,一望无际。沙滩被遮挡住了,远处海天相接之处,他们能看见驳船高高的棕色

---

① 可以通过绕枢轴扯起以减少船在浅水的吃水程度。

风帆，还有一艘蒸汽轮船冒出的烟。

"只是绕过转角。"划桨的间隙，乳齿象说。

"我们不能划会儿吗？"提提说。

"等我们转到另一条航道上。那时我们就是顺流了。现在我想抓紧每一分钟。"

提提记下流向盐碱滩的另一条小河，或者说是小沟。

他们终于来到岛的尽头，穿过了十字路口浮标。前方是有卵石滩和金黄沙滩的岛屿，还有他们昨天看到的那两三艘停泊着的游艇。他们现在正转进通往小镇的航道。

"有我们昨天看到的独桅帆船。"提提说。

乳齿象回头看了看。"生意人，"他说，"可能是奴隶贩子。可是他们还没有抓住我们任何一个人。田凫号不在那儿，它通常就停在那里，然后他们就在附近露营。沙堆是很好的遮挡。他们在那儿露营的真实原因，"他又说，"是因为那里不能放火，还能痛快地游泳。那是方圆几千米唯一的沙质海滩。"

"我们从来不放火烧东西，"罗杰说，"有一次差点把我们自己烧着了。"他还想说下去，但是看到提提的眼神后停止了。噢，好吧，也许她是对的，乳齿象可能会觉得这是在炫耀。

巫师号很快赶上来了，转过弯来到他们后面。

"你能把我们的缆绳扔过去吗？"乳齿象问。

罗杰把缆绳卷起来扔过去。苏珊接住了，乳齿象喘着气，靠着桨休息。巫师号承载了这额外的重量。

"你看见那两条小河了吗?"约翰叫道。

"我给它们做了标记,"提提大声回答,"但是两条都是死胡同。"

"反正也到不了太远的地方,"约翰说,"因为有海堤,一点缺口都没有。我说,那是你叫它燧石岛的地方吗?"

"是的。"乳齿象说。

"为什么叫燧石岛?"罗杰问。

"因为如果你在那里上岸,退潮后沿着岸边走,会很容易发现燧石箭头之类的东西。传教士收集它们。"

"天啊!"提提说,"史前的?"

"是的,我们找到的大多数都交换了,换取储备物资。"

他们驶过抛锚的游艇,右边的堤坝突然转弯了,一条小河通往长满野草的低矮沼泽地。

"这是那条航道吗?"约翰一边转向小河,一边大声问道。

"不是主航道。"野人向导喊道,"听着,我们分两条航道走。你直着向前,会发现另一个开口,里面停泊着几艘商船。不是下一个,看到第一个开口你就把船驶进去,停在中间。我们从这个开口进去跟你们碰面。潮水还在涌来,我们可以做到。"

"好。断开拖缆,老弟。"

"再见。"船宝宝叫道。

"再见。"一等水手叫道。

乳齿象已经划起了船。他们钻进泥泞的河岸与野草之间,很快就只能看见巫师号的帆顶了。旋即帆顶也不见了,一等水手们独自和野人在他的船上。

罗杰有点不安地看着提提，却又想起至少他们是二对一，尽管乳齿象万一真的对探险者们不怀好意的话，看起来的确不好对付。可是乳齿象似乎根本没有这样的想法。他正用尽力气在越来越窄的河道上使劲划船。

"潮水没有达到最高水位，"他说，"我们穿过去要费点工夫。"

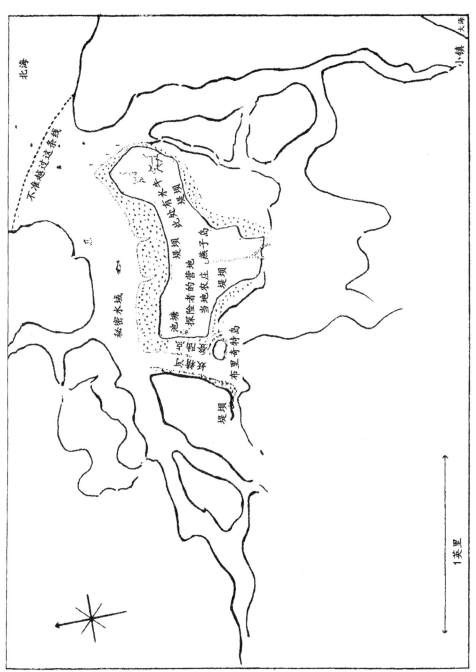

秘密水域

北海

不准越过这条线

秘密水域

池塘

探险者的营地

当地农庄

燕子岛

这儿有水

堤坝

堤坝

堤坝

紫水湖

布里奇特岛

堤坝

小镇

大海

1英里

标记了燕子岛的地图

113

第十章

麦哲伦海峡

在突然到来的孤独中，提提意识到她不再看得到巫师号了，有那么一小会儿，她几乎想说如果他们一起航行会更好。假如这个野人要将图腾变为现实……鳗鱼，滑溜溜的鳗鱼。你从来不知道哪里能抓到它们。假如这一切是个诡计，而乳齿象计划了一场伏击，他正沿着这条蜿蜒的窄河沟尽力划船，除了芦苇和淤泥，什么都看不见……假如转过其中一个弯，他们遭遇整个部落……假如其他人正埋伏在这一片片湿漉漉的淤泥和芦苇中……

但是乳齿象正在全力划船，看起来不像在想阴谋。提提想起来她是来探险的，于是在地图上标记出他们离开主航道、穿越沼泽地的奇异之旅的起点。无法测量距离，也没有指南针可以测方位，于是她把地图翻过来，随着这条河沟的弯曲转向画上一条线，时而弯向这边，时而又弯向那边，显示出这条河沟的每一处转弯。之后再画到地图上会很容易。

"我们走哪条路？"罗杰说，"有两条岔路。"

乳齿象停止划船，小船随即开始打转。他们前面的河沟一分为二，一条向右，一条向左。两条河沟看起来大小一样。

"我想应该是右边，"乳齿象说，"不过距离上次我经过这条河过去很久了。"

他用一支桨撑着河沟的一边向前推，船被推到了另一边的淤泥上，他撑着那里再把船向前推，然后接着划船。提提在地图背面标出河沟分

岔的地方，笔下的线条开始变得像一道扭曲的闪电。

河沟向右转弯，然后又分岔了。

"还是右边。"乳齿象说。

他们经过一处浅滩，乳齿象的桨几乎触到了河沟两边。

一只鹭从他们前面很近的地方飞起来，拍了三下翅膀，不见了。

"我说，"罗杰说，"那不是堤坝吗？"

他们前方的芦苇上面，是一道覆盖着草丛的高高的河岸。

"肯定在上一个分岔走错了。"乳齿象说。

几乎没有地方可以调头，罗杰跳到杂草丛生的淤泥上拖着船头转向。

乳齿象划到上一个河沟分岔口，这次他向左转。

"要快点了，"他严肃地说，"潮水停止上涨了。我们有可能来不及过去了。"

"要不我们还是回到主航道？"提提说。

"噢，不，"乳齿象说。"还能过去，这次会成功的。"

"唉，"罗杰几分钟后说，"走不动了。"

船滑进了一个小池塘，停住了。他们前面除了淤泥和野草什么都没有，除了进来的路，也没有其他路可以出去。

"对不起。"乳齿象说。他把船调转方向，开始往后退，"我们要回到第一个岔路口，应该向左转。"

这次，野人向导的脸上明显表现出担忧。提提知道他非常烦恼。

"是潮水，"他最后说，"在退潮。我们可不想被困住。"

"喂，"提提说，"那里不是有水流过吗？"

他们刚刚经过一条狭窄的排水沟，通过这个开口，提提似乎看见了开阔的水面。

乳齿象划着双桨往后退。

"值得一试，"他说，"我们还是可以做到的，只要现在是在正确的航道上。"

他让船舷靠近泥泞的河岸，爬了上去。

"快，"他喊道，"是另一条航道。只要我们能穿过去，就离目的地很近了。"

他跳回船上，浑身是泥，努力把船撑进那个开口。船进去了几米，然后困住不动了。

"船搁浅了。"他说，"听着，你们能下来吗？你们俩都下来，我来用力把船拖过去？"

罗杰那天第二次膝盖沾满了污泥。提提要幸运些。他们发现自己在一块软烂的沼泽地上，还是第一次，能环顾四周，看看这是什么地方。在他们的右边能看见长长的堤坝，绕岛弯行。他们的后面，左边和前方是盐碱滩和长满芦苇的沼泽，现在狭窄的河沟延伸到岛上，涨潮后会很快被水淹没。二十米远的地方有一条宽一些的水道，他们能看见这条水道蜿蜒着通往非常开阔的水面。

"快，快。"罗杰说着，从一丛草跳到另一丛草里。

提提跟着他，在他们转错弯错过的那条航道旁边等着，那里窄河沟变宽了，成了一座港湾。

"这里是重新进去的好地方，"她说，"只要他能把船弄过去。"

"船在动。"罗杰说。

他们能看见船，可是看不见乳齿象撑船过来。

"又搁浅了，"罗杰说，"天啊！他下水了。"

乳齿象抬脚迈过船尾，推面前的小船。

"他为什么不往下陷？"罗杰说，"他穿上了大脚板。好样的老乳齿象，他搞定了。船过来了。"

船突然往前一滑，乳齿象差点摔倒。很快，他脱掉大脚板，又上了船，用一支桨撑船。过了一会儿，船从排水沟滑出来，探险者们又一次上船了。

"不用管泥，"乳齿象说，"回头我会洗掉。只要我们能想办法过去。"

"让我拿支桨。"提提说。

"我也会划桨。"罗杰说。

"我了解这船，"乳齿象说，"还是让我划吧。我们一分钟都不能浪费了。"

两边野草丛生的河岸在他们身旁飞快溜过，可是随即速度又慢了下来，虽然乳齿象还是一样地用力划船，水花在小船的船头下荡漾开去。

"潮水在退去。"他低声说。

"巫师号在那儿。"罗杰喊起来。

"是泥，"乳齿象说，"又来了，我们下面的水很浅。"

"要是我们真搁浅了怎么办？"罗杰说。

"只能等潮水退去，然后再来，直到水足够让我们浮起来。"

"天黑以后？"罗杰说。

"很长时间以后，"乳齿象说，"大约凌晨三点。好，好，水已经深些了。可是另一艘船不应该等我们。他们要通过涉水滩。你们的船比我的吃水更深。"

巫师号在主航道慢慢驶向他们，那是芦苇丛之间的一片宽阔水面。布里奇特在招手。

乳齿象挥手示意他们继续前进。约翰懂了，调过头去。风变小了，巫师号航行的速度和乳齿象划船的速度一样。提提赶快在地图背面画出他们穿过的航道。"我们走错的地方我只能靠猜了。"她说。

"标清楚我们该左转却右转了的地方。"乳齿象说。"嗯，"他心情好多了，又说，"你们看，有两条路可以通过，其实是三条。他们走的是主航道，但是里面还有这一条路。"

"像合恩角 ① 和麦哲伦海峡 ② 一样，"提提说，"巫师号绕过了合恩角，而我们通过了海峡。"

"发生什么事了？"两艘船靠近时，约翰问。

"我们把麦哲伦海峡和火地岛搞混了。"提提说。

"我们穿过了一条美丽的狭窄小河沟。"罗杰说。

"转错弯了。"野人向导说，"听着，你们不应该等我们。回家要穿过的涉水滩就要变成一条小沟了。你们看这是分水线，潮水在退。"

---

① 合恩角（Cape Horn），智利南部合恩岛上的陡峭岬角，位于南美洲最南端，洋面波涛汹涌，航行危险，终年强风不断，气候寒冷，是太平洋与大西洋的分界线。

② 麦哲伦海峡（Strait of Magellan），位于南美洲大陆最南端，由火地岛等岛屿围合而成，是南大西洋与南太平洋之间最重要的天然航道，但由于长期恶劣的天气，加上海峡狭窄，所以船只很难航行。

"我们最好原路返回？"苏珊建议道。

"噢，我们现在就调头回去。"罗杰说。

乳齿象用调转船头奋力划船的行动表达了他的想法。两边的河岸变得越加开阔，他们进入了一个宽阔的湖面，湖水波光粼粼，淹没了上午到处可见的大片淤泥。前方，一株柳枝在潮水中轻轻摇摆。

"别管右舷的柳枝，"乳齿象叫道，"它们标出了这边浅滩的边缘。离它们近点。"

野草茂盛的河岸渐渐远去，难以置信只有一条狭窄的河道的水深可以航行，虽然看起来似乎他们向任何方向想航行多远都可以。

"那些柳枝是干什么用的？"约翰指着远处大陆的方向。

"它们标示了涉水滩上的路。"乳齿象说，"到了，就在前面。你们可以看到水面上那四根柱子。那是水最浅的地方。柱子两边水都更深一些，水底是硬滩，堤道就在那里穿过。"

他们离四根柱子更近了，是黑色的柱子，高水位的记号接近柱子顶端。他们和柱子平齐，从旁边驶过。

"就是那个，"乳齿象说，"潮水就要来了……"他的声音变了，"他从柱子中间过去了……他撞到了！"

他们看见巫师号停住不动了，还看见约翰的脸上突然出现了担忧的神色。然后他们看见巫师号在湖面打转，船身开始倾斜。这时苏珊跳起来抽掉活动船板，然后巫师号又回到它的航线上，从他们旁边迅速滑过。

"空间太窄，"乳齿象说，"他不应该从柱子中间穿过。"

"我们到那之前我应该把活动船板抽掉，"约翰说，"可是没有活动船

板不好航行，除非正后方有风。"

他们没再遇到麻烦，而是慢慢向家的方向滑行，一边望着河岸。上午他们就是在那里看到乳齿象留在泥地上的脚印，现在却在泥地上航行。属于当地农庄的登陆点在那里，从农庄过来的马车车辙越过海堤，一路通到堤道，堤道的尽头已经开始露在水面上了。乳齿象指着其他的柳枝，涨潮时这些柳枝标示着可以通往大陆的航道。

他们慢慢航行。水草丛越来越近了。他们经过布里奇特小岛，退潮时这座小岛和他们的岛连为一体。接着他们经过通往乳齿象的私人巢穴——旧驳船残骸的航道开口。他们转弯进入妖精河，回到营地下方的登陆点，他们就是从这里出发的。

"嗯，"约翰说，"我们环行了一圈。我有一大堆地方要标示在地图上。我说，有几个地方我想问问你。"

"我画了一张麦哲伦海峡的草图。"提提说。

约翰看着她。

"你们绕过了合恩角，"她说，"我们把它画出来你就能看到了。"

"我想着辛巴德会不会很高兴看到我们航行归来。"布里奇特说。

他们来到营地，布里奇特向提提的帐篷里张望。

"嘘!"她说，"它还在睡觉。"

"这可不是一只合格的看门猫该做的。"罗杰说。

可是就在这时，猫咪动了，站起来慢慢从帐篷里走了出来，一边伸展着后腿，然后又伸展起全身。

"你是一只好看门猫吗?"提提说。

猫咪摩擦了一下腿，张开嘴"喵"地叫起来。"它想喝牛奶。"布里奇特说。

"好的，辛巴德，"苏珊说，"你可以喝点，不过这可不是你应得的。"

约翰、提提和乳齿象一屁股坐到地上对比地图，把表示麦哲伦海峡的弯曲线条画在约翰上午标示出来的堤坝东侧。爸爸画的草图上标志着一座岛的大圆点其实是沼泽。"没错，"本地向导说，"这是我们沿着堤坝前进、后来不得不返回的地方。那个点是另一座岛。那个也是。它们中间还有一条路。"

"先别画上去，"提提说，"我们航行通过前别画。"

"我先画成虚线，"约翰说，"麦哲伦海峡和合恩角之间。"

"明天我们探索哪里？"罗杰问，他更喜欢探险而不是在地图上标示探险结果。

"我们到迅捷号那里时，上岸的地方是座岛吗？"提提问，"从爸爸的地图上看不出来。"

"是的，"乳齿象说，"还可以走更远。北岸有岛。沿着堤坝走路时能看见进去的路。"

"我们去看看，"约翰说，"我很快就能把这块从我的地图上誊到爸爸的地图上。有一大堆细节需要提提用墨水描绘。"

"如果可以，多找点柴，"苏珊说，"布里奇特和我要生火。"

野人向导和三个探险者离开营地，沿着堤坝漫步，不时弯腰从脚边捡起块块浮木。野人头脑中满是深入探索当地旷野的计划。"你们应该在涨潮时探索去小镇的航道，"他说道，"然后退潮时应该走路通过涉水滩。

接下来应该开船绕过我的岛，给它画一幅像给你们的岛画的地图。然后是地图顶端的那些岛。"

他们沿着堤坝走着，下面是秘密水域边缘的沼泽，一边眺望着远处另一侧充满希望的海岸。突然罗杰指着海面。

"船！船！"他喊叫起来，"没有帆，但至少是艘摩托艇。"

远远的，他们看见这艘船开了过来，船头推开白色的浪花，朝十字路口浮标驶去。

"我还以为只能在涨潮时进去，"约翰说，"沼泽下面的淤泥露出来了，潮水已经退了不少。"

"是渔船，"乳齿象说，"他们什么也没拖，可以随时进出。那艘船会在燧石岛那里转弯进入航道。他们从不来这里。"

他转过身指着秘密水域。"你们应该去那里，能走多远走多远，"他说，"我们有时候会去那里探访一家商栈。"

"商栈？"罗杰问，他仍然望着远处的那艘摩托艇。

"姜汁啤酒和巧克力，"乳齿象说，"不过我指给你们看的另一个地方更好。"

"我说，他们直着往前走了，"罗杰说，"没有转弯。"

"奇怪，"乳齿象说，"也不是本地的船，是外地人的，他们走错航道了。"

"拖了艘帆船。"约翰说。

"他们停下来了。"罗杰说。

摩托艇现在已经进入了秘密水域，船头下面不再有水花飞溅出来。

船速慢下来了。

"绿色的,"提提说,"像风磨坊的那艘船。"

"啊,"乳齿象说,"有人上了帆船。一个女孩,或者是个男孩? 还有一个。我真的相信是鳗鱼们。一定是田凫号出了什么事,他们过来告诉我。"

提提想起乳齿象是个野人,他说过得跟别人解释他们的情况。解释之前,部落的其他人肯定不会想到他会和许多探险者过从甚密。

"他们不会直接去迅捷号吗?"她说。

可是乳齿象没有回答。

"我不知道还会是其他什么人,"他说,"不过……"

"他们在往船上装东西。"罗杰说。

那艘绿色的摩托艇正缓慢地在水面上滑行,帆船拖在旁边,所以探险者们只能看见桅杆在绿色船舷另一边摇摆。人们似乎在忙着什么事。

"又一只袋子,"罗杰说,"那个捆绑着的长东西是什么?"

"帆船上有几个人?"乳齿象说,"我只看见两个人,戴着红色的帽子。"

"两个,"罗杰说,"还有两个男人在大船上。啊,他们往后退了。我们很快就会看得更清楚。"

摩托艇上的一个男人拿着帆船的缆绳走到船尾。摇摆着的小桅杆往后退去。一艘棕色小帆船进入视野,船上的人正在努力挂一张白帆。

"小帆船起航了。"罗杰说。

"他们调头了。"约翰说。

摩托艇往前开去,上面的人指着妖精河。有人从帆船上挥手。摩托

艇慢慢转弯，然后，突然加快了速度，向秘密水域的河口和开阔的海面冲去。

一张白帆正在小帆船上升起，升好后随风飘扬，涨满了风。一个戴着红色绒线帽的人驾驶着船，另一个戴着红色绒线帽的人在桅杆旁边忙碌着。

"他们在升旗，"罗杰说，"他们的旗上有鳗鱼吗？"

但是桅顶突然飘起的旗帜上没有鳗鱼。旗帜是黑色的，上面有白色的图案。

"骷髅，"乳齿象说，"好吧，我糊涂了。会是谁呢？"

"嗨！"提提用最大的声音喊道，"嗨！"

"喂！"约翰喊道。

"喂！"罗杰叫道。

"你们认识他们吗？"乳齿象问。

"是南希和佩吉，"提提说，"是亚马孙海盗。嗨！嗨！喂！"

"三百万次欢呼！"约翰说。

"天啊！"提提惊叫起来，"这就是南希的意思。她知道她们要来。爸爸妈妈一个字都没说。"

"燕子号！燕子号！"欢呼声从水面上传来。

他们看见佩吉站了起来，挥着手。他们看见南希稳稳地驾驶着船过来，小船突然倾斜了一下，然后向妖精河河口驶来。

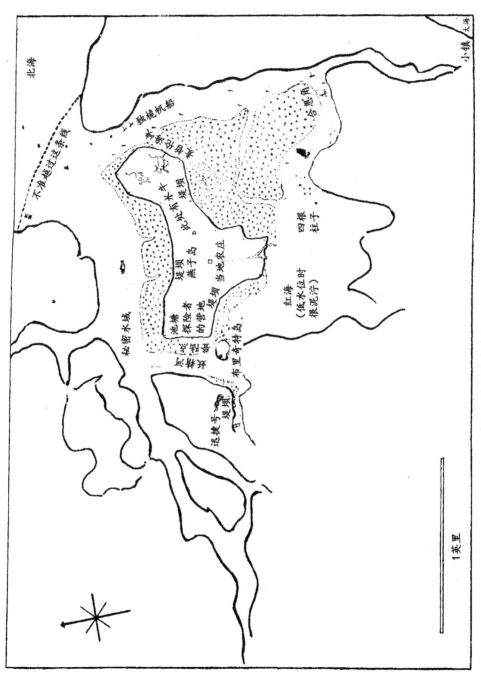

标记了麦哲伦海峡与合恩角的地图

1英里

第十一章

战争还是探险？

"喂!"约翰看见亚马孙号船员将船转弯向岸边驶去,喊道,"你们不能在那里上岸。都是沼泽。往里开,看到我们的船时再上岸。"

"好的,好的。"南希叫道。

约翰、提提和罗杰跑了起来,乳齿象迟疑地跟着他们,落在后面一小截。

"苏珊,"约翰喊道,"是亚马孙号船员!"

"她们在这里。"罗杰喊道。

"他们只是说着玩的。"苏珊说。然后她的视线越过盐碱滩,看到了船帆,接着又看到了亚马孙号船员的红帽子,"不,她们真的来了。快,布里奇特。"

"还有辛巴德。"布里奇特说,然后一把抱起吃惊的猫咪,跟着苏珊向登陆点跑去。

"这边。挨着桩柱,从木桩中间走,别的地方到处是烂泥。"

"好的,佩吉。帆先挂着吧,卸完东西再收。如果把帆降下来放到这堆东西上面,就没办法把帐篷和东西拿出来了。"

"那只袋子不要弄上泥,罗杰。"

"你好,船宝宝!你好,猫咪!"

"我们简直不敢相信是你们。"提提说。

"哈哈,真是太好了。你们没有收到我们的消息吗?小心,约翰,我

把指南针塞到那里面了。"

"好的，"约翰说，"我们只收到一封信。再收到一封，我们就知道了。"

"萤火虫号。"罗杰说。他站在小小登陆点边的水中找船名，最后在船尾看到了，"我在风磨坊见过它。"

"沃克船长借过这艘船。"佩吉说。

"天啊，急匆匆的。"南希说，然后停了下来看着等在那里不知该走还是该留的乳齿象。

"他是个野人，"提提说，"因为他留在泥地上的脚印，我们以前还以为他是头乳齿象。"

"那脚印有茶盘那么大。"罗杰说，"他能在烂泥地上奔跑，住在那里的一艘驳船上。这里不太能看得见。"

"他有个部落，不过其他成员还没到这里，"提提说，"他是和我们一起通过麦哲伦海峡的向导。你知道我们在进行真正的探险。"

"提提和我叫他乳齿象，"罗杰说，"他不介意。不过他是鳗鱼部落的首领。"

南希伸出手，乳齿象和她握了一下手，然后又和佩吉握了手。

"我的大副。"南希介绍说。

"呃，我该走了。"乳齿象害羞地说。

"好你个斜桅索 ①……为什么？"南希说。

---

① 南希经常使用的水手语，表示感叹。

"噢，"约翰说，"你不必离开。你不是要帮忙画地图吗？还有很多事情要做呢。"

"什么地图？"南希问。

"会给你看的。"约翰说。

"过来，高贵的野人，"南希坚决地说，"你拿着帐篷那头，先走。"乳齿象抬着亚马孙号船员的大帐篷的一头，领头往营地走，南希肩上扛着帐篷的另一头，跟在他后面。

每个人都拿了些东西。罗杰把上面有骷髅的黑色旗帜降下，举着跑过盐碱滩，系在探测竿上，插在营地中央的燕子号旗帜旁边。就连布里奇特，怀里抱着辛巴德，还设法拿了佩吉的一双鞋子，佩吉在船上脱掉它们，穿上了上岸穿的高筒雨靴。

"有足够的地方再搭一顶帐篷，"苏珊说，"那处柳树丛边有一块不错的平坦地面。"

"天啊，"罗杰说，"好戏即将开场。"

"在我看来已经开始了，"南希说，"我们在家里缺的就是野人。嗨，乳齿象，拉一下袋子那头，帐篷就立起来了。"

"把袋子里的东西都倒到地垫上。"佩吉说，"我说，这个地方好极了。"

"你不知道有多棒，"提提说，"这次是真正的探险。跨越千山万水。岛屿、海峡，所有地方都因为潮水不断在变。这里有一个红海，退潮时有条路穿过，涨潮时可以航船。今天早上我们看见了法老马车的通道，下午又在上面行船。"

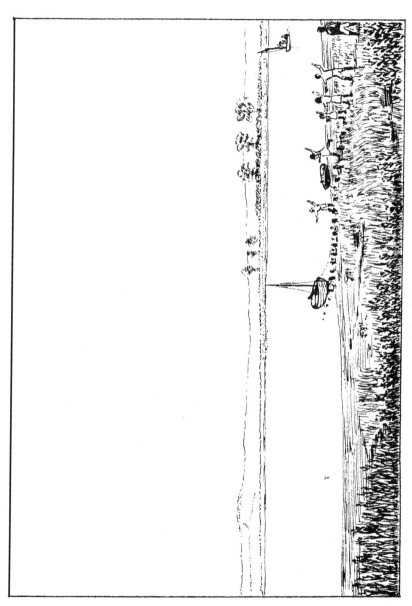

亚马孙号船员抵达

　　"你们什么时候离开贝克福特的？"亚马孙号船员的帐篷竖起来的时候苏珊问，南希和佩吉正在拉紧帐篷的绳索。

　　"昨天上午。"佩吉说。

　　"匆匆忙忙忙了很长时间。"南希说，"我的背包呢？"她在背包里摸索着拿出一沓电报，"直到前天我们才确定下来。迪克和桃乐茜兄妹已经走了，弗林特船长和蒂莫西争论个不停，然后妈妈收到你们妈妈的一封信，邀请我们过来。妈妈写信问哪一天，之后我们都很焦虑。我们以为至少要两天后才能收到回复。然后就来了第一封电报，让我们振奋不已。你们妈妈发的电报棒极了。"

　　"她说什么？"提提问。

　　南希给他们看第一封电报：

贝克福特的布莱克特夫人

望勿耽搁，即刻出发

玛丽·沃克

　　"一点都不像妈妈说的话。"约翰说。

　　"爸爸说过他替妈妈发了一封电报。"提提说。

　　"反正是封好电报。"南希说，"于是，我们立即开始准备，弗林特船长和蒂莫西走进来，电话响了，又来了一封电报：

贝克福特的布莱克特家

带几顶帐篷

沃克

"我们觉得这不可能是你们妈妈发的,因为她知道我们只有一顶帐篷。下一封电报到时我们正在花园里打包帐篷:

贝克福特的布莱克特家

带指南针

沃克

"到这个时候我们知道真的成行了,弗林特船长和蒂莫西也很感兴趣,说肯定特别有意思。可是蒂莫西说这些地方没有矿藏。弗林特船长说你们肯定找到了什么东西。

"他们帮忙打包帐篷,我装好指南针,妈妈忙着准备衣物,然后又来了一封电报:

贝克福特的布莱克特家

长筒橡胶靴和油

让她们乘最早一班列车

沃克

"之后每个人都很激动,都没怎么睡觉,弗林特船长和蒂莫西匆忙把

135

我们送上了瑞托崔普车站上午的第一班车，接着我们在伦敦和海伦姑妈度过了一个晚上……"

"不是那个姑奶奶？"罗杰说。

"不，是个好姑妈。"南希说，"然后你们友好的当地人去伊普斯维奇接我们，赶忙把我们送到风磨坊。我们只见到了鲍威尔小姐，看了一眼妖精号，然后就被扔到那艘摩托艇上，你们的当地人说了'好运'后就去伦敦了，而我们就来了这里。从一开始就非常匆忙。"

"我就知道爸爸在耍什么花招。"提提说。

"他们一个字都没有透露。"罗杰说。

"现在我知道妈妈为什么给我们带这么多杯子和盘子了。"苏珊说。

佩吉很喜欢这两面旗帜，就在这时，她踩到了饭点日晷的晚饭树枝，把它踢到了一边。

罗杰冲过去放回原位。"小心，"他说，"不然就没有晚饭吃了。"

"那是什么？"南希问。

"饭点日晷。"罗杰说。

"我说，你们有手表吗？"苏珊叫道，"谢天谢地你们有。我把闹钟落在妖精号上了。"

"给你，"南希说，"不过饭点日晷更好。迪克肯定会喜欢。"

"噢，太好了，"约翰说，"现在我们就会知道潮水涨落的时间了。饭点日晷只对吃饭有用。"

"对吃饭甚至都不太管用，"罗杰说，"除非有太阳。没有太阳，没有影子，我们就要挨饿了。"

"我敢打赌你不会的。"南希说。

罗杰走进自己的帐篷，过了一会儿大家都被六孔小笛的声音吓了一跳。

"一定是罗杰。"布里奇特说。

"别吹了，"南希说，"让我们看看这可怕的乐器。"

"不行，"罗杰说，"风搞得曲调都错了。我在吹奏欢迎的音乐，虽然南希这么粗鲁。你们想听什么乐曲？"

突然，一直在默默听着的乳齿象对约翰说："我说，我真的要走了。我忘了那些虫子，我要放夜钓线。"

音乐在一个小节的中间停住了。

"我能去吗？"罗杰问。

"你可以帮忙划桨，"乳齿象说，"两个人划船更轻松。"

"回来吃晚饭。"苏珊说。

"噢，"乳齿象说，"我来这里吃过饭了。"

"有很多吃的。"苏珊说。

"你当然要回来。"南希说。

"我们有一只巨大的蛋糕。"佩吉说。

乳齿象犹豫了。"我很乐意来。"他说，"听着，明天你们都来迅捷号上吃晚饭好吗？"

"我想我们都很愿意去。"罗杰说。

"你的巢穴？"南希说，"我们当然去。"

他们去登陆点。

"有些用墨水画怎么样？"约翰说，于是提提去她的帐篷拿来画板上的地图和她的画具盒。

"你们到底在干什么？"南希问。

"画地图？"佩吉问。

"你给她们看看我们画的。"约翰热切地看着亚马孙号船员说。

"一开始是爸爸的主意，"提提说，"他原本也要来，还有妈妈，我们打算给这地方绘制一幅真正的地图。这是他画的，让我们以此开始。所有的地方都没有被探索过。中间这块是我们画的。我放在地上，好让你们看得更清楚。这座岛在这儿，乳齿象生活的残船就停在这里。我们的想法是在救济船再来接我们走之前把地图上所有的地方都探索一遍。"

"现在你们来了，我们速度会更快。"约翰说。

南希跪坐在地图旁边。"让我们看看。"她说。标记这座岛的实线已经画好了。一道粗铅笔线标出了堤坝，堤坝外面，一条不怎么粗的曲线画出了沼泽地的边缘。那些连接两点、表示指南针方位的直线看起来像是在纸上托着岛的网。

"提提用墨水上色后，那些直线会被全部擦掉。"约翰说。

"我只有黑色墨水，"提提说，"不过我们回家后，会把每次行程用虚线标出，不同种类的虚线。探险家们总这么干。"

她把钢笔吸满墨水，开始工作，南希和佩吉在她身后看着她画。

"这里是打仗的好地方，"南希说，"比野猫岛和我们的那条河好。可以从四面八方发动突袭，还有野人。"

约翰和提提吓了一跳，对视了一眼。

"我们已经环绕整座岛航行过，"提提说，"必须先绕岛一周。我们打算每天探索一个新地方，在地图上正确地画出来。慢慢地，地图上探索过的地方会扩展开来，直到全部绘制好。"

"多好的一个打仗的地方啊，"南希又说，"尤其有野人。想想进攻……战船经那里过来……野人爬过芦苇……"

"可是没有时间打仗。"约翰说。

"乳齿象是朋友。"提提说。

有那么一会儿亚马孙号船员一声不吭。

"你们将获得一枚来自皇家地理学会的奖章，"南希最后说，"沃克探险队。"

约翰和提提都注意到了她说的是"你们"而不是"我们"。

"你也是其中一员。"约翰说。

"反正不是沃克家的，"提提说着，把笔从纸上拿开，放得离画板远远的，担心弄上墨渍，"我们向来都是燕子号和亚马孙号的人。燕子号和亚马孙号探险队。"

"可是我们没有燕子号，也没有亚马孙号。"佩吉说。

一阵沉默。提提用笔蘸了墨水，又画了条线。然后她说道："燕亚探险队……燕亚秘密探险队……'燕'和'亚'代表燕子号和亚马孙号。我们有它们的船旗。我们称这座岛为燕子岛……除非你们不愿意……"

"不，没问题，"南希说，"就叫燕亚探险队。至少我投票赞成。"

"我也是。"约翰说。

"我可以用墨水标注农庄吗？"提提说。

"位置正确，"约翰说，"我从三根不同的柱子那里确定了它的方位。"

提提用墨水描色，用大写字母写上小字"当地农庄"，在朝向岛屿东端的地方写上"此处有水牛"。接着她开始在堤坝外面标注沼泽地，只用连起来的三笔短细线画了一小簇芦苇。

"哎呀，"南希说，"如果都像这样，那就好了。我们也会发现一座亚马孙岛。"

"等到我们把这些铅笔线擦掉。"提提如释重负。如果亚马孙号的人一心想着打仗，那就糟了。

提提用墨水有条不紊地上着色。

"有多少野人？"南希突然问。

"目前他是唯一一个，"约翰说，"不过他说还有另外三个人要来。"

"只有一个野人对抗我们六个，"南希遗憾地说，"没办法打仗。"

"七个，"布里奇特打断她，"算上辛巴德八个。"

"对不起，船宝宝。"南希说，"好吧，七对一不好。应该留一些探险者守城，防卫叫嚣的敌军。听着，佩吉和我厌倦了当海盗。"

"噢，我说，"约翰说道，"根本没有时间。我们已经画了两道印子。两天过去了。如果现在打仗，那张地图上会到处是'未探索'区域。乳齿象要想着伏击的话，也无法做个好向导。就像事实证明的那样，他会非常有用，而且不管怎样，我们答应了他，其他人到来后，布里奇特作人祭。战争和屠杀毫无意义。"

"他们觉得我年龄不够大，可是我够大了。"布里奇特说。

南希陷入思考之中，她从营地环顾周围，望着妖精河、沼泽地、再

过去那座岛，以及岛那边海岸低平的秘密水域。的确显得很浪费，可是只有一个野人，燕子号的人又都主张和平。她低头扫了一眼蜷伏在画板上方描绘地图的提提。当然，这里不同于北方的湖边，即使得了腮腺炎卧床，大家也总是听她的。

"探险会很好玩。"佩吉说。

"笨蛋，"南希说，"当然好玩。我只是在想布里奇特什么时候作人祭？"

"我们画完地图的时候。"约翰说。

"要其他野人同意，"苏珊说，"他说要问他们的意见，所以你不能指望这事，布里奇特。"

"他说他们的祭品太瘦了。"布里奇特说。

"对，"南希说，"先探险。"

"好。"约翰说。

"和乳齿象做朋友可以吧？"提提从地图上抬起头蘸墨水的时候说。

"为什么不可以？"南希说，"探险者遇到野人首领。他们为他制作礼物。我要是想到带些珠子来就好了。"

"今天晚上就到这儿了。"提提终于说道，她把钢笔擦拭干净，收了起来。

"我们把铅笔印擦掉看看。"约翰说。

"墨水没干。"提提说。她把画板放到自己的帐篷里，以免探险者到处走动时碰到。

"晚饭好了，"苏珊说，她在火边忙活了一会儿，"吃炒鸡蛋。"

"太好了。"南希跳起来说道,"要我喊罗杰和野人吗?"

"我来吹哨。"苏珊说,可是第一声哨音还没消失,他们就看见渔夫们从登陆点上来了。

"我说,"罗杰叫道,"我们放了一根有二十只鱼钩的线。早上收线后他会带些鱼给我们。"

七个探险者和一个野人一起吃炒鸡蛋,吃完后佩吉把从贝克福特带来的蛋糕切成大块。

晚饭快吃完的时候,南希变得异乎寻常安静。反而是佩吉在跟其他人讲燕子号去南方后海托普斯发生的事,以及迪克和桃乐茜兄妹如何也被召回到父母身边。南希没有打断她,甚至都没有说"笨蛋"。提提能从她的脸上看出来,她在思考什么。约翰焦急地看着她,开始担心她又想要打仗。不止一次,佩吉讲到最后对蒂莫西做的事,其他人都笑了,南希却没有和他们一起笑。不止一次,其他人都很严肃的时候,她自己笑了。一言不发地,她洗好了自己的碗碟。

"怎么了?"南希突然快乐地咯咯笑的时候,约翰终于问。

"没事,"南希说,"好你个斜桅索!一切都很好。我只是想到野人首领。我们应该妥善处事。听着,乳齿象。"

乳齿象严肃地看着她。

"听着,"她又说,"我们是探险者。你是野人首领。我们应该送你礼物,却连一颗珠子都没有。"

"我答应送他一些鱼钩。"罗杰说。

"很好,"南希说,"为什么不呢?"

"我说，"乳齿象说，"除非你们有很多，不然我不想要。"

"我们有一整包。"约翰说。

"别打岔！"南希说，"讨厌的鱼钩。让我说话。听着，我们是探险者，我们遇见你，成了朋友……是吧？"

乳齿象盯着她。"是的。"他说。

"那接下来我们要做的是刺破手指，我们全都要，然后把血融进对方的伤口，使我们成为结拜兄弟……"

乳齿象咧嘴笑了。"我们部落一开始建立时，就是这么做的。其他人站成一排，他们的传教士在周围。黛西去了，手指疼了大概一个星期。"

"我们不排成一排，"南希说，"人不够。如果我们是结拜兄弟你就可以帮忙探险了。而且如果我们的血里有你的血，你碰巧缺野人时就能从我们中借一两个人。我们马上就开始吧。谁有针？快呀，苏珊，你替布里奇特刺破手指，我来给佩吉刺。她可不会自己刺。"

"我不想把手指刺破。"布里奇特说。

"不会的。"苏珊说。

"我自己刺，"佩吉说，"如果你不催我的话。"

"好，"南希说，"针在哪儿？如果布里奇特不愿意，也没关系……"

"可是那就剩我一个人了，"布里奇特说，"都是因为我太小。"

"不是因为你太小，"南希说，"只是因为你不想刺破手指。"

"好吧，我不想。"

"好了，布里奇特。"罗杰说。

布里奇特的嘴唇颤抖了，这是那天的第二次了，照顾布里奇特的专

家苏珊知道要立即做些什么。

"没有人要刺你的手指，"她说，"其他人也不需要刺破手指，我们可以和野人结盟，根本不需要流血。"

"没错，"提提说，"晚饭有面包，炒鸡蛋里还有很多盐。他吃了我们的面包和盐，明天我们要吃他的。这些才真正重要。"

"我不介意这么做。"乳齿象说着，选了一根手指来扎。

"没必要。"苏珊说。然后又悄悄跟南希说："注意，已经过了布里奇特的睡觉时间。"

"好吧，"南希说，"面包和盐也可以。只是可惜没有歃血。早上你几点来，乳齿象？"

"我一收好夜钓线就过来，"乳齿象说，"不过十点左右潮水很低。下午之前我们做不了什么，反正在船上不行。我现在真得走了，我的老迅捷号乱糟糟的。"

"好了，布里奇特，"苏珊说，"快去睡觉。如果我们明天早点起床，探险前还来得及去采黑莓。"

乳齿象在黄昏中划船走了。探险者们目送着他的船，直到看不见。

"乳齿象岛？"提提望着小河说。

"好呀，"约翰说，"如果他不介意的话。"

"他是一流的野人。"南希说，"我想知道其他野人什么样。"

回到营地后，苏珊让他们保持安静。

"人祭睡着了。"罗杰轻声说。

"辛巴德也睡着了。"提提朝她的帐篷里看了看说。她把画板和橡皮拿到火光边，斜着看地图。"墨水干了。"她说。她用橡皮擦了一会儿，然后吹了吹地图，用手指轻轻掸掉橡皮屑，递给南希，让她从野人和打仗中回过神来。

"你已经画了很多地方了。"南希说。她看到岛、海堤、登陆点、当地农庄、营地、麦哲伦海峡和合恩角在地图中央都工整地用墨水标注好了，周围是沃克指挥官画的大圆点和大片还未探索的空白区域。

"可是还有那么多要画的。"约翰说。

"我们不要再添木柴了，"苏珊说，"这里不像野猫岛，总是有很多木柴。"

"歃血的事可惜了，"南希把地图递给约翰说，"那样做会更好。"

"要是布里奇特觉得自己被剩下，会非常难过，"苏珊说，"而且其实也没什么不同。"

南希拨弄着快要熄灭的营火，火光映出她脸上露出的奇怪笑容。

"你不懂，"她说，"可能大不相同。"

第十二章

血和碘酒

饭点日晷上的影子离早餐树枝还远着的时候，南希就用打仗的呐喊声叫醒了营地里的人。南希的手表在苏珊的帐篷里，苏珊看了一眼表，发现还早着呢，不过她知道随着阳光穿透帐篷，大家都别指望再睡了。除了布里奇特，每个人都去了下面的登陆点游了个早泳，再上来的时候浑身是泥，只好到池塘里再游一次洗干净。布里奇特不会游泳，退而求其次地站在池塘边，让其他人把满满一桶桶水从她头上浇下。约翰在旗杆上刻下这天的印子。没有乳齿象的消息。他们吃了早饭，写下秘密群岛探险队的第一份报告。每个人都签了名，苏珊把报告放进贴了邮票的信封里，打算请农场主下次去大陆的时候寄出去。罗杰两次去瞭望点看乳齿象有没有出来收夜钓线。约翰和南希看着地图，考虑接下来去哪里探险。"他说我们要到下午才能航行，"约翰看着他的潮汐表说，"三点三十六分才涨潮。"

"等他过来我们再决定吧。"提提说，一边擦干最后一只早餐杯。

"他会给我们带些鱼。"罗杰说。

"他可能根本就不会来。"南希说，"要是我们歃血结盟了，他就非来不可了。"

布里奇特岔开了话题。"我们不去采黑莓了吗？"她说，"苏珊答应的。"

"好的，布里奇特，"苏珊说，"觅食小分队。趁着你们做决定的时

Secret Archipelago Expedition

Report to Geographical Society's
Headquarters :~ Pin Mill

All well. Reinforcements arrived (Thats
what the three million were cheering about)
Swallow Island circumnavigated, via
Magellan Straits and via Cape Horn.
Savage Chief tracked to his *lair* by hoof
—marks as *big* as teatrays. He is our
native guide and faithful friend. More
of his tribe coming.

Signed:~   Wizard   Firefly
   Captains   John   Nancy
   Mates   Susan   Peggy
   Able Seamen   Titty + Roger
   Ships Baby   BRIDGET
   Ships Kitten   X sinbad
                     his mark

(Beckfoot Papers Please Copy)

秘密群岛探险队的第一份报告原稿

候，我们要去采黑莓了。虽然我们不能全依赖土地过活，可是那座农庄里到处都是黑莓。"

"可以预防坏血病。"提提说。

"你们准备好了就喊一声。"苏珊说，"来，布里奇特，这是你的篮子。"

"我也去。"佩吉说。

"多双手更好。"苏珊说。

"我也去。"罗杰说。

"不要你的手，"苏珊说，"我们只想要会把东西放到篮子里的手。你的手总是放不对地方。"

"噢，听着，"罗杰说，"那是我跟布里奇特一样大的时候。我保证这次一颗都不吃。"

"那来吧，"苏珊说，"十颗黑莓里面你可以吃一颗，可是其余的必须放到篮子里。如果采得不多，就不用采了。"

由苏珊、佩吉、罗杰和布里奇特组成的黑莓小分队沿着堤坝向内陆的农庄出发了。苏珊忙着勘探的时候就注意到了那儿的黑莓，却顾不上摘一两颗尝尝有没有熟。约翰、南希和提提趴在地上，凑近了看地图。

"麻烦的是，"约翰说，"除了潮水高涨时，不光是船走不了，淤泥延伸得那么远，连上岸的地方都没有。"

"我们可以在乳齿象岛上岸，就像昨天一样。"提提说。

"那个讨厌的乳齿象，"南希说，"我们应该告诉他早点来。"

"我们其实不太了解他，"提提说，"他不算我们中的一员。"

"我正是这个意思，"南希说，"昨天晚上我们应该抓住机会。本来每个人一滴血就可以了。"

"我们不能这么做，"约翰说，"布里奇特不行，不管我们刺破她的手指还是只有她不刺都不行。"

"还有另外一个问题，"提提说，"我们不知道鳗鱼部落其他人什么样。"

"他们肯定没问题，"南希说，"不然就不是鳗鱼部落的人了。想想我们自己就知道了。"

"可是也许他不愿意，"提提说，"他把图腾拿走了。"

"笨蛋！"南希说，"噢，对不起。我忘了你不是我的大副。可是你们难道看不出来他不得不拿走？他怎么能把它留在白人探险者的营地呢？那是鳗鱼图腾，我们又不是鳗鱼部落成员。只要我们的血管中滴进一滴他的血，一切就解决了。"

"现在划船过去把他揪出来怎么样？"约翰说，"你还没有见过他的巢穴。"

"好啊。"南希说。

他们三个走到下面的登陆点就不再走了，因为外面的小河上乳齿象本人正在拖拽夜钓线，缠绕起来放到船的底部。

"马上来。"他大喊道。

他们看着鱼线被收起，乳齿象在每一只鱼钩前都要停顿一下，把鱼钩放到相应的地方，然后再重新收线。

"有条鱼。"提提说。白花花的东西扑腾着从水里出来，乳齿象举起

151

来给他们看。

"是鳊鱼，"约翰说，"看样子像。"

"又有一条。"提提说。

可是之后他们就没再看到鱼了。鱼线被一点点地收上来，小船穿过小河缓缓前行，可是一只只鱼钩都是光秃秃的。突然乳齿象把鱼线末尾的重物拽了上来，和其他的渔具一起放好，然后弯腰拿起桨急忙向他们划来。

"卡拉巴达……"他上岸时欢快地喊叫着，然后突然停了下来，"我忘了你们不是鳗鱼，"他说，"早上好。"

"早上好……哎，这是鳗鱼部落的语言吗？"提提说。

乳齿象的脸变得通红。"说错。"他说。

"秘密口令？"南希说。

"说溜嘴了。"乳齿象说。

"要是我们歃血就好了。"南希说。

"一起去营地吧，"约翰说，"我们正要决定接下来去哪儿探险。"

"好吧，稍等一下，"乳齿象说，"不过今天早上我不能停留。你们要来迅捷号吃晚饭，我先挑主要的说。我说，你们带上自己的杯子好吗？我只有四只，刚好够鳗鱼们用。"他看着船尾一只桶里的两条比目鱼，"看这儿，这些给你们也没用。小可怜们，不值得吃。而且鱼饵都没了，我打赌别的鱼饵都被鳗鱼吃了，只有鳗鱼不上钩。"他把桶里的鱼倒进小河，两条比目鱼蹦跳着游走了，就像薄饼有了生命。

"乳齿象，"南希突然说，"昨天晚上你是认真的吗？你愿意和我们歃

血为盟吗？"

"是你们不愿意。"乳齿象说。

"要是布里奇特大一点就好了。"提提说。

"很快就要退潮了，"乳齿象说，"船走不动。可是今天下午怎么样？三点半才会涨潮，我要回家准备些东西，还想去镇上多搞些渔网线。而且可能还会有一封部落来的信……"

"他们用当地的邮局吗？"提提问。

"没有别的办法时只能用，"乳齿象说，"他们离开风磨坊前肯定会发封信……今天我有个相当好的计划，"他继续说，"我要从迅捷号那里穿过沼泽直接过去，什么都不带很容易过去。可是回来时我会带些东西。昨天回家的路上经过涉水滩的时候，我指给你们看了柳枝标示出的通往大陆登陆点的航道，你们应该在地图上标出来。涨潮时你们不能探索这地方吗？两点半左右从这里出发，一路都有航道过去，我们标出了很大一部分，稍有点弯曲，我们在转弯的地方设了标志，秘密标志。你们靠近时会看见，在岸上看不见。如果你们把船划到那里，会有一个很好的登陆点，其实是一座旧驳船码头。趁着涨潮的时候我会把东西都放过去，在那里接你们。然后我们把东西装到你们的船上，再搬上迅捷号。你们来吃晚饭前可能还有时间绕我的岛环行一圈。"

"好主意，"约翰说，"今天上午我们可以在地图上把它标出来。即使水位低的时候我们也可以在转角的地方上岸，在没有向导的情况下完成所有岸上的工作。然后我们会把小河的两岸都探索一遍。亚马孙号船员还没见过迅捷号呢。"

"我要把木板收起来吗？"乳齿象犹疑地问。

"噢，不用，"南希立即说，"你不在那儿的时候我们不会上去。我们去吃晚饭时就能见到迅捷号了。"

他们来到营地，跟乳齿象解释说其他人去采黑莓了。他们把那份装在贴好邮票的信封里的报告给了他，以便他去镇上的当地邮局邮寄。他们给他看前一天画的地图，上面用墨水工整地描过了，铅笔印也被擦掉了。他指出来大陆上想和他们碰面的地方。

"接下来就画你的岛，"提提说，"如果我们叫它乳齿象岛你介意吗？"

"一点也不，"乳齿象说，"不过，听着，我一分钟也不能再停留了。陆路长途跋涉很可怕，如果涨潮时我不在登陆点，你们就得扔下我回去，不然就会被困住。而且在家里我可能会耽搁……在农庄……"

"我们知道，"南希说，"本地事务。"

"差不多总有些事情，"乳齿象说，"不是洗衬衫就是别的什么事。"

他转身回到自己的船上。

岛上的平静被突然的大声嚎哭打破。

"布里奇特，"约翰说，"她伤到自己了。"

他们一动不动地站着听。又嚎哭了一声，好像布里奇特长长地吸了一口气，然后用这口长气嚎哭出来。

然后传来了苏珊愤怒的声音："罗杰！"布里奇特的嚎哭停止了，传来了罗杰非常欢快的喊叫："快，苏珊，快！"

过了一会儿，罗杰和布里奇特在堤坝顶出现了。罗杰用胳膊挽着布里奇特，一起跑着。布里奇特停止了嚎哭，可能因为她跑得呼吸急促，

顾不上哭了。罗杰空着的那只手用力地挥舞着，一边弯下腰鼓励布里奇特。

"嗨！"他叫道，"嗨！"

"罗杰！"苏珊又喊起来，旋即她留着齐耳短发的脑袋出现在堤坝后面，然后他们看见她跑着追赶罗杰和布里奇特。

约翰和提提跑去迎接他们。

"嗨，"罗杰又喊起来，"必须有人去把乳齿象带来。噢，太好了，"他叫道，"快来，苏珊，他在这儿。"

"怎么了？"提提喊道。

"快，快，"罗杰叫道，"布里奇特刮到自己了，流出了美丽的血。好了，布里奇特，不疼了。不要吸它，不要浪费血。快点，有桶吗？"

"好你个斜桅索！"南希叫道，"我们得救了，干得好，布里奇特！罗杰，你真行！"

她一把抓起乳齿象的手，拽着他赶快走到其他人那里。

苏珊来了，气喘吁吁。"罗杰，"她叫道，"你为什么带着她跑成这样？可怜的小布里奇特。每个人采黑莓都会被刮伤。等一下我在伤口上涂一滴碘酒，再贴上一块胶布。"

佩吉走过来。"可怜的小布里奇特！"她说。

南希指挥起来。"好布里奇特！"她说，"这是一只干净的盘子，让它滴落。提提，给我们其余人拿根针。"

布里奇特从一个人看向另一个人，她已经不哭了，虽然脸颊上还挂着一颗泪珠。她看了看手指，一看到上面的鲜血，咧开嘴又哭起来。

"做得好，布里奇特，"南希说，"你拯救了整部戏。不要吸它，省下那滴血。"

苏珊从帐篷里出来，急救箱已经打开了，她的手里拿着碘酒瓶。

"让我们看看，布里奇特，"她说，"很快就好了。"

"血流出来更好，"南希说着，小心地接到了正要从布里奇特指尖滚落的血滴，"先不要涂碘酒。干得好，提提。拿一根针，乳齿象。鳗鱼的血是什么颜色？"

提提把针线包递给大家。

"你在干什么，南希？"苏珊说，"转身，布里奇特。你这样站着我没法弄。"

罗杰背对着其他人，已经拿了一根针。突然他转过身。"我已经扎好了，"他说，一边挤压左手的拇指，"盘子在哪儿？"

"噢，罗杰！"苏珊说，"快涂些碘酒。你怎么知道针干不干净？"

"针是新的，"罗杰说，"不疼，至少只疼一小会儿。还有一滴。"

"提提！"苏珊惊呼道，"不要像头傻驴一样，约翰！"

"噢，苏珊，"南希说，"我们不能错过这样的机会，布里奇特不会再刮伤自己了。"

苏珊犹豫了。"你应该把针在碘酒里蘸一下，"她说，"你们都会得败血症的。你要干什么？"

"把所有人的血混起来，融进伤口里。好了，苏珊。也许你说在碘酒里蘸一下是对的。蘸一下针，提提。你也是，佩吉。"

"哎哟！"提提说。

“你流的血没我多，”罗杰说，“你要用点力挤压。天啊！乳齿象简直是在捅自己。不过大家都没布里奇特流的血多。我出的这个主意难道不好吗？”

“那么现在，苏珊，”南希说，“好了，船医，你应该比任何人都扎得好。”

苏珊小心翼翼地选了手指上的一个地方。“好吧，”她说，“我扎好了。不过我肯定我们把血融入伤口之前应该加些碘酒进去，我来加。”

“好主意，”南希说，“这会让血渗透得更深。谁还没扎针？噢，干得好，约翰。给我盘子，这儿又有一滴。佩吉！”

“我不行。”

“闭嘴！你行的。”

“扎不进去。”

“把你的手给我，”南希说，“我来扎。不，别走，躲成那样。手别动。转过来。说说她，罗杰！”

“佩吉！”罗杰使出最大的嗓门喊道。她移开视线看其他地方。

“都好了，”南希说，“扎得很好，那根手指软得像黄油。不，别吸，每一滴血我们都要。”

现在盘子中间有非常小的一摊混合起来的血液，罗杰迫不及待地把血滴进其他人准备好要混合的血中。苏珊从瓶子里倒出一点碘酒，用指尖搅合了一下。

“我们说些什么？”提提问。

“燕子号、亚马孙号和鳗鱼部落友谊长存！”

"没有结拜兄弟的内容吗？"提提说。

"永为结拜兄弟……和姐妹，直到死亡将我们分开。这应该可以。"

"快点，"苏珊说，"我要把布里奇特的手指包起来，防止感染。"

"大家一起说。"南希说，"你会说吗，布里奇特？你最重要了，要不是你，我们没法完成。燕子号、亚马孙号和鳗鱼部落友谊长存。永为结拜兄弟姐妹，直到死亡将我们分开。开始吧。"

"燕子号、亚马孙号和鳗鱼部落友谊长存。永为结拜兄弟姐妹，直到死亡将我们分开。"

就连布里奇特也是第一次就说对了。

"现在每个人都把伤口在血里摩擦一下。"

"天啊，"罗杰说，"比针扎还疼。"

"噢。"布里奇特说。

"很好，"南希说，"这表明血真进去了。疫苗不疼就没用，你只能再打一次。过来，乳齿象，别躲在后面。"

乳齿象顺从地在这时已经变干的血渍中摩擦了手指。"可惜部落的人不在这里，"他说，"不过我想黛西不会愿意再经历一次。"

"我愿意。"布里奇特说，大家都笑了。

"呃，不是吗？"

"你流的血比别人都多。"罗杰说。

"每个人都要再涂些碘酒，不管想不想。"苏珊说。

每个人都涂了，苏珊给布里奇特刮破的手指缠上干净的绷带。

"我必须立马走，"乳齿象说，"不然涨潮时就回不到码头了。"他开

出血了

始往登陆点走去，后面跟着他的新兄弟姐妹。

"好吧，现在可以走了，"南希说，"我们的血管里都有了鳗鱼的血，你也有我们大家的血。"

"我说，"提提说，"现在我们可以知道你之前要说的那个词是什么意思了吗？"

"噢，是的，"乳齿象说，"是遇到另一个鳗鱼或者说再见的时候说的词。是'卡拉巴达那格巴拉卡'。回话是同一个词反过来说，'卡拉巴格那达巴拉卡'。"

"写下来都用了半分钟，"提提说，"再说一遍。"

乳齿象这次放慢了语速。"反过来说很难。黛西总是把'格那达'说错。她总是说成'格安达'。"

"卡拉巴达那格巴拉卡。"提提一边念一边写下来。

"别让别人看见。"乳齿象说。

"我们一记住我就会烧掉。"提提说。

"那个图腾怎么办？"南希说，"我们现在血管里都有鳗鱼的血了。"

"好吧，"乳齿象说，"回家之前我要赶去迅捷号。如果你们立刻就走，我现在就把它给你们。"

"我们都去吧。"布里奇特说，她骄傲地看着绑着绷带的手指。

"你的岛上有黑莓吗？"苏珊问。

"有很多。"

"我们会追上你，"约翰说，"就一分钟，我们要拿上指南针和别的东西。"

乳齿象推开他的船。

"卡拉巴达那格巴拉卡!"提提在他后面叫道。

"卡拉巴格那达巴拉卡。"他喊了回去。

"伟大的海鳗!"南希高兴地自言自语。

"什么?"约翰说。

"噢,没什么,"南希说,"不过是鳗鱼的血开始发挥作用了。"

第十三章

乳齿象岛

大家匆忙跑到营地，回来时拿着篮子、探测竿、指南针和空白地图，留下猫咪看家，它吃过早饭后在打盹。探险者们只比乳齿象晚几分钟就上路了。他们在乳齿象岛后面那条小河的河口处发现了他的船。他们在那艘船旁边上岸，把船锚固定在堤岸上面。小河到靠近河口的地方都是干涸的。

"要到三点半才会涨潮，"约翰说，"他说我们应该大约两点半出发，去那个地方接他。"

"还有很多时间可以先在岛上忙活，"苏珊说，"然后我们会吃午餐。你们去接他的时候，佩吉和我还有布里奇特要做香蕉黑莓酱。我敢说鳗鱼们不知道这个，我们带到迅捷号上，让宴席更丰盛。"

他们沿着堤坝向旧驳船走去，刚好看见乳齿象在船边低下身固定脚上的大脚板。

乳齿象把涂着蓝色、红色和绿色油漆的图腾柱插在了堤坝上面，在阳光下反射着光芒。

"非常感谢。"他们朝下面的乳齿象喊道。

"我来得太晚了，"乳齿象叫道，"一分钟也不能耽搁了。你们会在苍鹭巢边找到最好的黑莓。"

"苍鹭巢在哪儿？"约翰大声问道。

"那些高大的树，"乳齿象大声回答，"树顶都是鸟巢。我们差点决定要叫自己苍鹭来替代鳗鱼。可是黛西说鳗鱼最好。我说，我想到很多鳗

鱼部落其他成员来了后我们可以做的事情。四个人什么都做不了。可是还有你们七个人。"

"永远的鳗鱼!"南希喊道,然后又对约翰说:"我跟你说过会大不相同。"

"家里可能会有其他人的消息,"乳齿象大声说道,"不管怎样……现在没时间了。今天晚上再说。"

"到时开个大会,"南希喊道,"永远的鳗鱼!"

"卡拉巴达那格巴拉卡!"乳齿象开心地喊道。

"卡拉巴格那达巴拉卡!"七个探险者从堤坝顶部喊道,一边看着乳齿象一只手拿着一只空的小背包,用奇怪的摇摆步态跑过小河底部的软泥,速度快得大脚板都要跟不上了。他们望着他用力爬上远处的河岸,把大脚板挂在一株灌木上,然后从沼泽地上跑走了。

"难怪你们以为他是乳齿象。"南希从堤坝上看着下面小河里淤泥上的巨大圆形脚印说,"他住的是什么样的地方啊!"

"等一下你看到里面就知道了,"罗杰说,"苏珊和布里奇特也没见过。"

"你们怎么进去的?"布里奇特看着迅捷号船头和河岸之间宽阔的缝隙问。

"他有一座吊桥,"罗杰说,"相当晃悠。你和辛巴德都要手脚并用爬过去,周围都是水。跟船屋一样好玩,只是我们不会让乳齿象走跳板①。"

---

① 走跳板,海盗处死俘虏的一种办法。

165

“为什么？”布里奇特说。

“因为你刮伤了手指。”罗杰说。

“噢，”布里奇特说，“因为他是结拜兄弟。我第一次就说对了。”

“听着，”约翰说，“我们开始吧。这座岛跟我们那座很像，我们用同样的方式探测。看起来好像四周都有堤坝，堤坝外面是沼泽地，里面是干地。那只苍鹭巢也非常有用，我们从任何地方都能看见那棵最高的树。”

“你为什么想要看到它？”佩吉问。

“为了不迷路，”南希说，“不过我不知道在一座岛上怎样才能不迷路。”

“像这样……”约翰说。

南希和佩吉这一次有东西要学习了。其他人经历了在燕子岛的探测工作之后，现在已经是有经验的测量员了。他们向南希和佩吉演示怎样在蜿蜒的堤坝拐角处插竹竿，怎样从竹竿那里确定另一个拐角处竹竿的方位，以及苍鹭巢那里最高的那棵树的方位——这棵树可以充当一根竹竿，不用再插竹竿了。一点一点地，他们测量了整座岛，虽然最终的地图可能达不到英国陆军测量局的标准，但是跟爸爸只是用铅笔粗略画出来的一个圆点相比，让他们对这座岛的了解多了很多。

他们的地图画出了所有真正重要的地方。有表示堤坝的线，外围是盐碱滩；画了树木表示苍鹭巢。虽然不是孵小鸟的季节，但是他们很幸运，看到一只苍鹭落在树梢，向前伸出爪子抓住树枝，用提提的话说是在用翅膀“倒划水”。最重要的是画出了旧驳船迅捷号，停泊在将乳齿象

岛和大陆分隔开的那条窄河道的淤泥里。

他们工作了整整一上午，最后，测量了一圈又来到迅捷号这里。约翰和提提大大松了口气。他们一直被打仗的话题干扰，有点担心亚马孙号船员不明白，探险时探测并且把地图画得尽量像爸爸在那儿帮他们一样好有多重要。不过，虽然南希一直都在念叨刚学到的鳗鱼部落咒语，但还是跟他们一样卖力。这次秘密群岛探险将会是他们进行过的最成功的探险。

从乳齿象岛较远的那边向外望，他们看见了其他各岛，比爸爸地图上显示的多得多。现在他们有两艘自己的船，南希也不再渴望打仗了，乳齿象成了盟友、朋友和结拜兄弟，还有更多的野人要过来，他们感觉开展探险的时机真的到了，向着东西南北，去这些内陆海的每一处海湾、每一座岛屿。

这个上午另一路也满载而归。他们在苍鹭巢下方找到了很多干柴，这地方好柴难寻，每一根树枝都很珍贵。就像罗杰说的，真是幸运，苍鹭没有把树枝全部拿走搭巢。除布里奇特外，每个人都抱着烧火的东西。布里奇特因为要作人祭，所以可以用没有缠绷带的手拿着图腾。他们离开乳齿象岛划船去营地下方的登陆点，一路上布里奇特坐在巫师号船头，举着作为艏饰像的图腾柱。

回到营地后，图腾被插到饭点日晷旁的老地方。

"他把四只贝壳拿走了。"罗杰说。

"当然了，"提提说，"那些是四个部落成员的。"

"我们给它挂上更好的东西，"苏珊说，"把南希的手表挂上。你不介

意吧？"

"好主意。"南希说着解开腕表，合上搭扣，穿过鳗鱼图腾的柱顶，把它挂在那里。

"图腾和钟楼，"罗杰说，"又是一点钟。看饭点树枝，我们放的位置刚好，影子一分钟后就要碰到它了。"

"半小时后开饭。"苏珊说，"没有排骨了。我们热一块牛排腰子布丁，再来点梨罐头怎么样？"

"我来开罐头。"佩吉说。

"扭动的鳗鱼！"南希说，"我的喉咙像高筒雨靴里面一样干。"

"我也很渴。"罗杰说。

"供应格罗格酒，"约翰说，"我们的劳动所得。"

"喝酒庆贺。"南希说。

一瓶瓶姜汁啤酒被分发了出去，大家还被警告不要喝得太急，而且吃饭时就没东西喝了。探险家们一边润湿喉咙，一边把乳齿象岛的测量结果添加到地图上。南希和约翰对比了他们制作的草图，然后把他们最终达成一致的轮廓线用铅笔重重地画了出来。约翰用平行尺仔细核查重要的方位并誊抄结果。爸爸的地图开始显得越来越像幅真正的地图了，而不是许多可能是水、可能是土地或别的什么的线条了。随着燕子岛、合恩角、秘密水域的南部以及红海的北部，再加上乳齿象岛被一一标注，地图上已探索区域已经明显地向西推进了。

"我真的相信我们会全部完成的，"约翰说，"如果鳗鱼部落的其他人有乳齿象一半好，我们就会有六艘船完成剩余的部分。"

这顿饭大家吃得很高兴，虽然约翰匆匆吃完，不断看着图腾钟楼。

"我们要在涨潮时接他，"他说，"他说只有那时候才能去到那个地方，而且我们还要自己找路。越早出发越好。"

"我们一定要接到他，"罗杰说，"我还等着他今晚带吃的过来呢。"

"佩吉和我一直在想这件事，"苏珊说，"他独自一人，而我们有这么多人。我们要带些香蕉黑莓酱。我们想多摘点黑莓，还想到了其他可能需要的东西，所以就不跟你们一起去了。布里奇特足足探了一天险。我们准备去搜寻一些食材。"

"搜寻什么？"罗杰说。

"蘑菇，"苏珊说，"昨天我在水牛牧场看到了一些。"

"我们想带些炖好的蘑菇，"佩吉说，"做好了的，这样他就不用再煮了。"

"还有一罐干肉饼。"苏珊说，"他一个人生活，很可能都不知道七个探险者能吃多少。如果最后他没有足够的食物，那可太糟糕了。"

"我们不用说干肉饼的事，"提提说，"我们可以把它藏在船上，需要的时候假装想起来干肉饼就在船上。"

"总之我们出发吧。"约翰说。

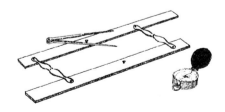

第十四章

女巫码头

　　风刚好能把帆张满，探险队的两艘船顺着妖精河漂流而上，绕岛进入红海。约翰和罗杰在巫师号上；提提加入南希，登上了萤火虫号。

　　两艘船上各有一份沃克指挥官粗略画就的地图，他们现在出发，去绘制通往乳齿象跟他们说的那座码头的弯曲水道，而且如果可能的话，还要在涨潮时到达那里，迎接从文明世界返回的乳齿象。两艘船随着潮水漂流，文明、房屋、铁路、汽车，还有其他一切，都显得非常遥远。只有远处一座像只铅笔头的细塔、几栋白色的房子和一艘旧驳船的帆顶在那边的海上移动，提醒着他们除了这个有淤泥、野草和轻轻流淌的河水的秘密世界外，还有别的东西。

　　窄窄的小河变得开阔起来，红海映现在他们面前。

　　"要是一直都这样就好了，"南希说，"我们就能随时随地航行。我不明白潮水有什么好处。如果一片海几小时后又成为一摊泥，那海又有什么好？"

　　"这就像呼吸，"提提说，"潮涨潮落，潮涨潮落，这样万物才能生存。"

　　"呃，"南希说，"潮水退去，万物皆亡。啊，我们刚才触底了，我要把活动船板拉高半格。"

　　两艘船肩并肩，慢慢航行。

　　红海在他们面前越来越开阔。船的左舷侧是岛上低矮的长堤坝，还

有泥滩上波光粼粼的海水，提提和布里奇特就是在这处泥滩上看到了乳齿象的一长串脚印。右舷侧的一切都是崭新的。这侧的堤岸越伸越远。水中一小簇一小簇的野草表明那地方是浅滩，可是再过去的水面一直延伸到雾茫茫的远处。他们要去那里的某个地方接乳齿象，他说是一座旧驳船码头，可是除了洒满阳光的海水和簇簇野草，什么都没有。

约翰坐在巫师号中间的座板上搜寻着标出的航道的踪影，南希在萤火虫号上也在做同样的事，罗杰和提提在掌舵。

"稍往右转舵。"约翰说道，罗杰改变了航线。

提提注意到南希也改变了航线。

"水面上冒出一棵小树，在左舷船头那边。"罗杰说。

"我们去那里是不会错的，"约翰说，"是株柳枝。我们从这座岛绕行回家的路上曾经过它。我们就去那里，然后也许能看见别的东西。"

"我们还没怎么开始探索那个部分。"提提说。

"你怎么知道那里真的会有一条航道？"南希说。

"爸爸的地图上显示有一个很大很宽的开口，"约翰说，"而且乳齿象说我们一路走都会发现记号。"

"前面有更多的柳枝。"南希说。

前方远处有一排柳枝在潮水中弯着腰，彼此之间可能相隔一两百米。

"那就是航道，"约翰说，"我们昨天看见它们了。你们看见那些柱子了吗？刚露出来的。那就是我们回家时撞上的……穿过涉水滩半路上那根高的。到柱子之前就要向南转弯，不然就全走错了。"

"右舷那边是什么？"提提说。

"是根棍子，是根棍子。"罗杰叫道。

"向它挺进，"约翰说，"从这里往正南方行驶，这就对了。它标示着这条航道的起点。"

两艘小船都转了弯。罗杰和提提收了收主帆索，驶向远处水面上没有树叶的小枝条。约翰和南希忙着查看指南针。

"肯定没错。"南希说。

"最好把活动船板拉高一点，"约翰说，"现在是顺风，船板放低最糟糕不过的就是陷在泥里。"

提提努力保持沉默，驾船笔直前行。

"那簇野草离得相当近，"她说，"没问题吗？"

南希看着野草离得越来越近，野草周围的水很清澈。她拿出一支桨在船侧捅了捅。

"继续行驶。"她说。

"是，长官。"提提说。

野草向后退去。

"那是另一株柳枝吗？"约翰问，"看起来离左舷很远。"他指向离他们正在靠近的那株柳枝左边很远的另一棵带着枝条的幼细小树。

"和我们没有一毛钱关系，"南希说，"前方一目了然。"

"跟着她走。"约翰说。

"是，长官。"罗杰说。

"测量这株柳枝到涉水滩柱子的方位和到当地人登陆点的方位。"

"船速太快了，"南希说，"你测量到涉水滩的，我测量另一个。"

"她开船的样子真滑稽。"提提说。

"什么情况？"罗杰说，"我说，约翰！我觉得这里有点浅。"

并排行驶的巫师号和萤火虫号的速度慢了下来，然后停住了。它们搁浅了，然而周围都是清澈的水，一直延伸到远处。

"遭遇七鳃鳗①了！"南希叫道，"放开你们的帆脚索。"

罗杰已经放开了船上的帆脚索，一两分钟后两位船长都拿着船桨搏击，使船重新漂浮起来，搞得一等水手们一会儿向前一会儿向后。淤泥太软了，撑着淤泥没什么用。

"我说，"罗杰说，"如果我们走不了，潮水退去，我们被困在这里会怎么样？我们不能像乳齿象一样在上面行走。而且我们连点巧克力都没有。"

"就连他也没办法在这么软的淤泥上行走。"约翰说，"潮水就要来了，南希也动起来了。我们还是应该走另一株柳枝那条路。他的确说过水道有很多弯，可是我从来也想不到会像那样向右穿过。"

小船又航行起来，这次是向新的方向前进，几乎和旧航线呈直角。约翰测量了柳枝彼此之间的方位。南希试了试水深，同时洗掉船桨上的淤泥。

"我们现在的航道对了。"她说。

"这比麦哲伦海峡糟糕多了，"提提说，"那里我们只要找到正确的沟渠然后沿着它一直走，而这里没有河岸，显示不出来哪里是沟渠哪里不是。"

---

① 七鳃鳗，又名八目鳗、七星子，是头甲鱼纲七鳃鳗目的一种古老动物，分布在北冰洋水域。

他们来到下一株柳枝旁边时，约翰降低了巫师号的帆。

"不想再搁浅了，"他说，"我到处都看不到另一个记号。"

南希拉下萤火虫号的帆。"坐在船底，等一下，"她说，"我要站在座板上看看四周。"

"别翻船了。"约翰说。

"不会的。"南希说。

"他说有些记号是秘密记号。"约翰说。

"嗯，没有任何记号，"南希说，"而且看起来周围的水都很浅，到处是野草。喂！"

"看到什么了吗？"

"那边有个东西在漂浮。没有漂走，不管是什么，肯定固定着。"

"我什么都看不到。"

南希跳下来，拿起桨。

"水深够，"她说，"我轻轻划，防止水变得太浅。"

"有东西，"提提叫道，"看起来像串项链。"

"傻瓜……"南希说，"不可能是项链。"

"是项链。"提提说。

"对不起，"南希说，"是项链。"

南希停止划船，萤火虫号慢慢滑过水面，来到漂浮着的用旧软木塞串起来的圆圈前。他们从旁边漂过时提提伸出手去够它。

"它系在什么东西上。"她说，"要我把它拽起来吗？"

"不，不要，"南希喊道，"如果是个记号，我们不要动它。快点，约

176

翰。我们目前为止没事。"

"我们接下来去哪儿？"罗杰问。

"先停在这儿。"约翰说道，然后，他在船上站起来，焦急地看着周围的大片水面。似乎有一只鸭子正沿着一丛野草边游动，它开始游得更快了，突然拍打着翅膀飞走了。

"其中一只落单了。"罗杰说。

"也许它受伤了。"提提说着，用望远镜看它，"噢，只是一只瓶子……在水上漂。"

"它为什么不动？"罗杰说，"它肯定在逆着潮水游，或者已经满潮了？"

提提又看了看它。"不是逆着潮水。"她说。

"好了，"南希说，"干得好，提提。我应该发现它的，瓶子在水中来回摆动时总是瓶口朝上，那只瓶子被下了锚。快点，约翰，我们找到下一个记号了。"

那是一只柠檬汽水瓶，系在水底的什么东西上。靠近瓶子的地方，他们看见一株柳枝，是一根上面有些枝条的棍子，就像水道外面作标示的那些柳枝，只不过没有那么醒目。约翰先看到，划船直直地过去，不一会儿就搁浅了，动弹不得。萤火虫号上，南希向后划水，差点就像约翰一样陷在泥里。

"肯定还有另一个记号，得先去那儿。"约翰说，"如果我们一直像这样搁浅，在潮水转向前肯定到不了那里，然后可能整个计划都会失败。"

"我们立即返回吧。"罗杰说，"我说，我们会找到路吗？"

"我一直在认真观察。"约翰说。

"看那儿,"南希说,"有另一处软木塞。也许去那根棍子前我们应该绕过它们。"

她调转方向,回到漂流瓶的位置,再从那里划向漂浮着的软木塞圆圈。

"过来,"她说,"没问题,一路都是深水。现在去那根棍子那儿。"

"我们不能从这里直接过去。前面有芦苇丛,船会碰到的。当心,约翰,我们又要搁浅了。"

"那边还有一只瓶子。"约翰说。他使巫师号从淤泥中摆脱出来,这会儿刚刚到达第二处软木塞圆圈那里。"天啊!"他叫道,"我懂了。左舷和右舷浮标。所有的漂流瓶在右舷侧,所有的软木塞在左舷侧。他为什么不告诉我们?"

"那棍子是什么意思?"罗杰说。

当他们来到棍子前就明白了。从棍子旁边他们能看到南边有另一只系着的瓶子,西边还有两根棍子,远处的棍子离岸边很近。

"那里肯定有个登陆点。那儿停着一艘渔船。那根棍子就标示着航道分开了,半分钟后到那里。"

"我们要去那儿吗?"提提说。

"不可能。"南希说。她坐在萤火虫号的底部,手里拿着指南针和地图,"差不多是正西方向,我们应该向南走。"

"那里没有像码头的地方。"约翰说,"走吧,去找下一只瓶子。"

水道蜿蜒伸展,每一个弯都由一串软木塞或一只旧漂流瓶标示,瓶

口用软木塞着，瓶子的颈部系着绳子。

"真看不出来我们要去哪里。"罗杰说。

"反正水道变得更窄了，"提提说，"我们肯定快到了。"

他们前方，长满野草的低矮长堤伸到水面上，从两侧环绕过来。不了解的人根本不会猜到，这里有条水道可以通过。就连约翰都开始怀疑，他盯着指南针，注意看着水道上一个又一个秘密记号。

然后，突然，他们看到了。萤火虫号紧紧跟在巫师号船尾，驶向一串软木塞，靠近满是淤泥和野草的堤岸。他们来到软木塞前时，可以看到河岸周围，前面只有几百米的地方，是一座木头搭建的旧码头，上面有一座房屋，还有几艘船停泊在陆地上。

"太好了！"约翰喊着，此时船又搁浅了。

即使到了这里，虽然能看见码头了，他们还要沿着水道，一路摸索过去。他们也不再能找到记号指引，不得不用桨划水听声音仔细辨认。

"嗯，我们找到了。"约翰说，这时两艘小船向前靠着码头，然后他们爬上了岸。他们站在码头顶部回头看，能越过水面看到远处燕子岛上当地农庄的屋顶。"天啊！"南希说，"从这里的高处看过去，好像过来很简单。"

"在下方水面上时，"约翰说，"根本不是这么回事。"

"可是乳齿象在哪儿？"罗杰说。

"还没到满潮的时候。"约翰说。

两艘小船的船长坐在码头上面挡风的旧货仓里，开始比对他们的地图。提提和罗杰在他们身后看了一两分钟，听他们争论那些记号的正确

位置。

"走，罗杰，"最后提提说，"我们走，去探险。"

"不要走得太远，"约翰说，"他一来我们就要走了。"

"也许我们会遇见他。"提提说。

多年以前，这里肯定有繁忙的驳船来往，在这座旧码头进进出出。那时候没有铁路，陆路条件很差，所有可能的东西都通过水路运输。他们能看出来这座码头先前要更大一些。他们发现一台旧起重机的残骸，以前系驳船的起重环现在几乎全都生锈了。现在搭建码头的木头全都腐烂了，水从木桩上的空隙流进又流出。货仓内是空的。码头旁边是一处露天的空地，大小足够马车在里面转弯调头，却没有车辙，野草和蓟草从沙地中钻出来生长着。

沙土地面上有脚印。

"当地人的，"提提说，"我们最好小心。"

"这些弯曲的印子是什么？"罗杰说，"有人在画蛇。"

"是鳗鱼！"提提叫道，"可以从头部和鳍看出来。嘿！约翰！乳齿象来过，又走了。"

约翰和南希沿着码头跑过来看沙土地上的曲线。

"确实是鳗鱼。"约翰说。

"他为什么不能等等我们？"南希说，"潮水仍然在涨。"

"它们都指向同一个方向。"约翰说。

"是路标，"提提说，"我敢说他画这些是要告诉我们他去了哪里。"

"这儿还有一条。"罗杰说。他已经从码头边上走开，跟着鳗鱼指示

的方向，一边走一边弯腰查看地面。

"又一条。"约翰说。

"他肯定觉得我们是笨蛋，画了这么多。"南希说。

沙地上画了一条又一条鳗鱼，全都歪歪扭扭指向同一个方向，指引着他们穿过这片露天的空地，来到一条绿色的小路跟前。提提跑到小路上，搜寻地面。其他人跟着她。

"他不可能在草丛里画鳗鱼。"南希说。

约翰返回到他们最后看到的鳗鱼那里。这条鳗鱼不像其他的那样直。虽然全都是歪歪扭扭的线，可是很容易看出来他们要往哪里走。这最后一条有一个明显向左的弯折。

"他在这里转弯了，是不是？"

往左边去是一排破败的木篱笆，篱笆上有一扇小门，篱笆那边有一座茅草屋顶的小屋，一座涂了焦油的黑色木头搭建的迷你小屋耸立在一小块土豆田中央。

约翰走到半开着的小门前，那里门柱之间的地面上有一条扭曲的线。穿过土豆田的小路上也有一条。

"他来过这里。"提提说。

"快点，"南希说，"我也要进去。"

小屋的一扇窗户破了，不过上面糊着纸，里面的窗台上有一株天竺葵。

"有人住在这里。"约翰犹豫着要不要进去，说道。

有人敲了敲窗户。小屋的门开了，一个佝偻着腰的老妇人拄着根拐

杖，站在门槛边。

"找小唐吗？"她低声说道，咳嗽起来，"我嗓子哑了。他把包放在棚子里了。"

她指着小屋一边的坡顶棚子。

"谢谢您。"约翰说。

老妇人没有答话。她开始咳嗽，咳着咳着笑了起来，然后又开始咳嗽。她回到小屋里。

约翰领路走到棚子里。一进棚子，就有一只袋子，袋子口还用绳子系着。袋子上有一张纸条，用一块尖木头插在袋子上。他们一起读纸上的字。

"请把这个放到你们的船上。我带其他的。如果开始退潮，不要等我，否则你们就回不去了。如果我没有及时回去，我会走陆路。"没有签名，只画了一条弯曲的鳗鱼。

"那些划掉的字是什么？"南希说。

"坏什么，"约翰说，"坏消息。"

他们看着彼此。会有什么坏消息呢？

"噢，好吧，"南希说，"他反正划掉了。你抓着一头，约翰，我拿另一头。"

他们抬起袋子，袋子很重，他们抬着经过小屋，从小门走出去。小屋的门关上了，可是他们能看见那个老妇人的脸，她一边咳嗽一边笑，通过天竺葵旁边那扇破损的窗户看着他们。

"我打赌她是个巫婆，"提提想起妈妈讲的奥比女巫的故事，说道，

"她棕色的脸上皱纹深得像沟壑。当地女巫。我怀疑她体内是不是也有鳗鱼血。"

他们把袋子搬到码头，然后放到下面的巫师号上。

"潮水还在上涨，"约翰说，"不过肯定快到满潮了。"

罗杰在码头忙活，他把一根木头插到泥里，趴在岸上看。约翰望着红海，以及远处燕子岛的轮廓。

"潮水停止上涨的时候叫我。"他说，"快，南希，我们来画图。另一条水道开始的那个地方看来画错了。"

提提趴在罗杰旁边的岸上。

"肯定发生了什么事让他写下'坏消息'，"她说，"然后肯定又有什么事让他划掉了。"

第十五章

乳齿象悔不当初

"开始退潮了。"罗杰的叫声惊动了码头上绘制地图的人。提提走到他们旁边，去看那两幅大体上一样的地图，然而她很难辨认出来哪些铅笔线是作数的，哪些又是要擦掉的，要是测量员没忘记从营地带橡皮就好了。

"那么快走。"约翰说。

"乳齿象怎么办？"南希说。

"他说了让我们不要等他。本来水就不深，一旦开始退潮很快就没水了。我们不能等。如果在潮水退去之前没能出去，那就意味着要一直到明天早上才能回家。"

"而且我们连军用干粮都没有。"罗杰说着，跑去解开巫师号的缆绳。

"他说过会尽量赶到这里。"南希说。

"我跑到小路上看看他来了没有。"提提说。

"去吧，一等水手。"南希说。

"不过快点，"约翰说，一边从码头边伸出一只脚下到巫师号中间的座板上，"全体上船！"

"是，长官。"罗杰说。

巫师号慢慢从码头旁边漂移开。

南希站在萤火虫号上，船仍然系在木桩上。

提提跑回来了。"连他的影子都没看到。我说，我们最好有一个人在

这儿等他？我来等。然后我和他一起从陆路回去。"

"我们不能丢下你，"约翰说，"这只会让苏珊担心。"

"那等一下。"提提说，接着跑到他们发现的画在沙地上的第一条鳗鱼那里，把它抹平，然后画了另一条，头朝向小河，"就是要告诉他我们来过又走了。"

"听着，我们必须启程了，"约翰说，"潮水已经退了几厘米了。"他开始划船，"快点，南希。这样的风，一旦我们离开那些水草，就可以扬帆了。"

"加把劲，一等水手。"南希说。可是，即使提提已经跳到船上、开始跟在巫师号后面划船，南希也没有尽力划船。她的视线仍然停留在码头和后面的空地上。南希没有约翰那么担忧船触底淤泥搁浅，约翰的思绪主要被苏珊和营地占据，而南希仍在希望乳齿象会在还来得及的时候从那条绿色的小路跑出来。

"噢，好吧，"她最后说，"再等没意义了。"然后弯腰认真划桨。她用力划了一下，然后又突然倒回去，搞得提提几乎从船尾的座位上被甩到前面。

"来了，"她叫道，"来了。"一边调转船头，向码头划去。约翰停止划船等他们。乳齿象背着巨大的背包，一只手拿着一只包裹，另一只手拿着一大罐牛奶，摇摇晃晃地走到码头边。

"卡拉巴达那格巴拉卡。"南希把萤火虫号停到码头旁边，说。

"卡拉巴格那达巴拉卡。"乳齿象喘着气，可是提提有种奇怪的感觉，觉得他并不想这么说。她环顾四周，疑惑着是不是有某个当地人在附近，

不应该让他听到口令和答话。没有人。也许不是他不想说，只不过是他接不上气。

"对不起，我来晚了，"乳齿象说，"我不得不在镇上等到最后一分钟。"

"幸亏我们还没走，"南希说，"要是我们拐过长着野草的堤岸，就看不见你了。"

"你们等我，我太高兴了，"乳齿象说，"把这么多东西从岸上搬过来很费力的。我说，你们把那只袋子带上了，是吧，棚子里的那只？"

"我们的确带了。"南希说。

"你们费了很大力气找到的吗？"乳齿象问。

"给他看看我们的草图，"南希说，"我们在转弯的地方搁浅了一两次。"

乳齿象盯着地图看，对任何不知道小圆圈代表软木塞串、黑点代表瓶子、每一个直线构成的迷宫旁边标记的字母都是指南针方位的人来说，地图看起来就像纠缠的蛛网。

"我说，南希，约翰挂起了帆。"

"我们同样也会的，"南希说，"乳齿象来掌舵。你能看懂地图吗？"

"我没有地图会更好，"乳齿象说，自从他上船，第一次咧开嘴笑了起来，"不过最好你们掌舵。"

"好的。"南希说，"提提，你掌舵，乳齿象作导航员，我来查看路上的标记。嗨！约翰！等等我们。乳齿象领航，这样我们就不会搁浅耽误时间了。"

"好的，"约翰松了口气，喊道，"我紧紧跟在你们的船尾。"约翰使巫师号的帆松弛地在风中拍打，一直到萤火虫号从旁边扬帆驶过。提提掌舵，乳齿象坐在中间的座板上，南希手里拿着地图坐在底板上，水流在船头下面发出汩汩的声音。提提回头看见约翰在拉帆脚索，帆被风灌满了，巫师号掀着水花，跟在萤火虫号船尾后面几个船身的位置。

"对不起，我们出发了，"约翰叫道，"可是我很担心出不去，水位下降得很快。"

"没事，"乳齿象说，"如果你们走错路，就没有多余的时间了。如果真的搁浅了，可能在能再行船之前都要被困在那儿了。稍微向右转一点舵……"他用右手指着，"这里有一处浅滩……没错……再向左转……现在向右转……朝软木塞直行……"

约翰把舵柄交给罗杰，自己拿着指南针坐在船的底部，一个标记一个标记地核对航线，不时还在地图上做些小改动。南希在做同样的事情。她想指出什么给乳齿象看时，乳齿象直接挥手表示不需要看地图。他在自己的地盘上是领航员，不需要地图。而且潮水在不断退去，两艘船航行得飞快，除了知道的那些标记，他挤不出时间去看别的。先举起一只手，然后再举起另一只手。"左转……再右转……向柳枝直行……不要靠得太近……现在向漂流瓶方向……"这和来时摸索弯弯曲曲的水道小心翼翼而又缓慢的方式截然不同。乳齿象从来不用船桨测试水深，他了然于心。他们来到一个记号前时他的眼睛已经看着下一个记号了，从来不用去找。

"哎呀。"他们终于来到红海的开阔水面时，南希说道。他们能看见

标示航道的柳枝仍然漂在水下，四根柱子就在中间立着，"你肯定非常熟悉这里。"

"我出生在这里。"乳齿象说。

"鳗鱼们呢？"提提问，然后他的脸上似乎蒙上了一层阴影。

"噢，是的，他们也熟悉。"

"非常熟悉吗？"

"黛西有一次在晚上领航。"

"伟大的海鳗！"南希回头看着错综复杂的航道和水草丛说道。

"什么？"乳齿象说。

"干得漂亮！"南希说。

"可是你说什么？海鳗什么？"

"她变得越来越像鳗鱼了，"提提说，"从昨天晚上就这样。"

"怎么了？"南希看着他，惊叫起来。

"继续前进，"乳齿象说，"先不要转弯。那里看着水深，其实不然。"

"地图很不错，"约翰喊道，"只有一个地方我们搞混了。记号全勾出来了吗？"

"是的。不过终版全擦干净要费番工夫了。"

"我们在迅捷号上吃完晚饭再擦。"约翰说。

"他有一只很大的灯笼。"罗杰说。

提提又看到乳齿象脸上那种闷闷不乐的奇怪神情。

"我们遇见你的那个地方叫什么？"她问。

"女巫……"乳齿象停住了，"其实它有两个名字。"

"它在鳗鱼部落叫什么名字?"提提问,"另一个名字不用说了。"

"女巫码头。"乳齿象说。然后他又说:"我不明白你们知道这个有什么用。"

"现在我们是鳗鱼了,告诉我们当然没关系。"南希说,乳齿象的脸上又出现了那种奇怪的阴影。提提看见了,可是南希忙着把"女巫码头"写到地图上。

直到他们绕岛进入通往妖精河的河道时,才又提到鳗鱼们。

"部落其他人没有消息吗?"南希问。

"嗯,其实有,"乳齿象说,"他们可能随时会到这里。可能现在已经在这里了。这就是我为什么耽搁了这么长时间的原因。我以为他们会在涨潮时来镇上储备物资,可是我离开的时候他们都还没到。"

"三次欢呼,"南希说,"再多三个野人会大不相同。特别是他们每人都有一艘船。"

乳齿象没有接话。

"我说,"提提说,"其实没有什么坏消息,对吧?"

乳齿象看了看她,就连开心的南希也看出了他的担忧。

"如果有,也是我的错。"乳齿象说。

"跟当地人的麻烦?"南希安慰他说,"我们知道,实际上常常无法避免。"

约翰从另一艘船上喊道:"怎么上岸?水深够我们调头到迅捷号吗?还是我们要在小河河口把东西搬到岸上?"

"我们可以去迅捷号,"乳齿象喊道,"如果你确定不介意的话。"

"鳗鱼万岁!"南希说,"不要这么客套。"

帆降下来了,约翰和乳齿象划着巫师号和萤火虫号,沿着乳齿象岛后面那条蜿蜒的小河驶向旧驳船。潮水早就退去了,可是仍然有水可以让他们一路过来。

"太晚了,不能转弯了。"约翰看着小河前面的淤泥说。

"没关系,"南希说,"我们有很多地点要在地图上标记。"

乳齿象爬上梯子,他们抬起他的背包和那只大袋子,然后更小心地拿起他的包裹和牛奶罐。

"上船!"没等收到邀请,南希就说道。她爬上去跳过甲板的栏杆。罗杰很快就到了她旁边,然后是约翰。

"快点,提提,"南希向下面喊道,"我很快就上来了。我说,乳齿象,这地方多可爱啊。"

"你还没有看到下面什么样,"罗杰说,"和一艘真正的船一样好。"

"我先下去好吗?"南希拎起背包,说,"或者你先下去,我们把东西递给你?"

乳齿象把包裹从舱口扔进去,然后又单手从梯子上下来,另一只手拿着牛奶罐。南希在他后面把背包放下来,罗杰把袋子拖过甲板,约翰和南希抬着往下递。

"拿到了吗?"南希叫道。

"拿到了。"乳齿象说。

"都拿好了?"南希说,然后走下来,其他人跟在她后面。

"相当顺利,是吧?"罗杰说。

"哎呀,"南希说,"难怪你不用搭帐篷。"

乳齿象沉默地站着,看起来有点烦恼,不大开心,真是奇怪。

"你不用拆包吗?"南希说。

"只是些生活用品。"乳齿象闷闷不乐地说。

"让我们看看吧。"罗杰说。

"如果你不愿意也没关系。"南希说,"你不用担心跟当地人的麻烦,不管是什么。你只需要给他们点时间。我们有一个姑奶奶总是出难题,可是我们总能有办法搞定,而且想方设法就在她鼻子底下搞事情……"

"不是那种麻烦。"乳齿象说,"听着,你们得知道。我根本不应该说出鳗鱼的事。今天早上我收到了其他鳗鱼的一封信,是关于你们的。"

"可是我们还不认识他们呢。"提提惊呼。

乳齿象在口袋里摸索,掏出一只信封。

"哎,"南希说,"角上是鳗鱼吗?我们总是画上骷髅。"

乳齿象没有回答。他从信封里掏出一张折叠起来的纸。"你们读一下吧。"他说。

"可是我不认识。"南希盯着这些用一种未知的语言写就的毫无意义的字词,"我说,鳗鱼们有自己的语言吗?"

"练习一下就好了,"乳齿象说,"习惯以后其实很简单。那堵墙上有一面镜子,你拿到那跟前。"

南希拿着那张纸,在镜子里,那种语言变成了通常的英语。他们都认识。

危险，注意，小心入侵者，敌人，给传教士修船的人说他父亲带了两个女人去了我们岛上。他用摩托艇带的她们，还说有更多的人住在帐篷里。赶他们走，让他们滚蛋。他们会破坏一切，想办法撵走他们。船已备好，明天或后天来，如果我们到达，傍晚会放三发信号弹。

没有签名，只有三条画得很生动的鳗鱼。鳗鱼下面还有两行字：

附：传教士说你千万不要放火烧他们的帐篷，但是我们来之前一定要撵走他们。

（信件原稿的镜像手写图像）

信件原稿

他们一遍遍地读着，脸拉得老长。

"可是两个女人是谁？"南希说，"我们根本没看见周围有大人。"

"他们说的是你和佩吉。"提提说。

南希的脸一下子红了。她好像要说些什么，可是没说，气愤地咽了下口水。

"两个女人，是的！"她最后压低声音说。

乳齿象悲伤地看着他们。

"情况会很糟糕，"他说，"他们永远都不会懂。要是他们在这里可能会没事，可是现在他们要来了，而我已经把一切弄得一团糟。什么都不再是秘密了，我已经把一切都告诉你们了……就连口令都说了。而且我一直在帮你们，而不是把你们赶走。我不知道这都是怎么发生的。他们会认为这就是背叛。"

"噢，听我说，"南希说，"没事的。他们来了以后，你们可以赶我们走。我们会建起围栏防卫。这会跟最好玩的战争游戏一样。如果你们人不够，我们有些人可以去你们那边帮忙。"

"不是这样，"乳齿象说，"黛西根本不想有任何人在这儿。我应该坚守住。如果我没有把你们误以为是他们，去你们的营地，然后告诉你们各种事情就好了。我怎么跟她说结拜兄弟的事？"

"伟大的海鳗和七鳃鳗，"南希嚷道，"我们无法换掉我们的血。"

"我也不能，"乳齿象说，"问题就在这里。"

约翰一直沉默地听着。

"听着，"他最后说，"如果你觉得他们不愿意，就不要让我们来这里吃晚饭。"

乳齿象感激地看着他。

"要是我能跟他们解释清楚就好了。"他说。

"以后再说吧，"约翰说，"我们最好现在去告诉苏珊。"

"非常抱歉，"乳齿象说，"我全都准备好了。我告诉妈妈你们有多少人，她给了我一块火腿，还给我带了很多其他的东西。"

"我觉得那只袋子相当重。"罗杰说。

"你留着吧。"南希说。

"都是我的错，"乳齿象说，"我不知道这一切怎么就变成这样了。全都乱套了……"他怀着希望又说："当然，黛西不知道你们是被流放在这里的。"

"开心一点，乳齿象，"南希说，"我们不来。可是我不懂你为什么不过来跟我们一起吃晚饭。白人营地里的野人间谍。没人会反对。"

"还是别了。"乳齿象说，"听我说，你们带上火腿……"

"噢，我们不能这么做。"提提说。

他们默默地爬出舱口，来到甲板上，又默默地下到他们的船上。

"你们跟其他人解释一下。"乳齿象从迅捷号的甲板上往下望，说道。

"来吧，乳齿象，"约翰突然说，"你来跟我们一起吃晚饭，哪怕是最后一次。"

"我真的不去了。"乳齿象说，"我说，你们知道我非常抱歉。"

"根本不是你的错。"提提说。

"不管怎样，非常感谢你所做的一切，"约翰说，"告诉我们航道还有其他事情。"

"我不应该这么做。"乳齿象说。

他们沉默地划船离去。乳齿象站在旧驳船甲板上看了他们一会儿。船名"迅捷号"以花体字油漆在栏杆上，鲜艳的颜色似乎在嘲笑他们。那艳丽的油漆看起来比他们开心多了。

南希停止划船，跟乳齿象挥手告别。其他人也挥了挥手。乳齿象也向他们挥手，然后突然转身下去了。有几分钟，他们能看见那艘旧驳船，是船的残骸，一点也显示不出这是一个野人的巢穴。然后，随着小河转弯，旧驳船被高高的河岸挡住了。

他们沿着妖精河划到登陆点，一路上谁都没有说话。

他们沿着小路穿过盐碱滩时，布里奇特跑过来迎接他们。"嗨！"她说，"我们全都准备好了。"

佩吉紧跟在她后面。"可以开始了吗？"她说，"我们做了一大堆香蕉黑莓酱。我捣得手腕差点都断了。苏珊现在在炖一整锅的蘑菇。我们去了农庄，她拿来了一罐奶油。"

"我要带上自己的马克杯。"布里奇特说。

"我们不去了。"罗杰说。

"我希望能煎了世界上除了他以外的每一条鳗鱼，"南希说，"要断掉的可不光是你的手腕。"

"不去了？"布里奇特说。

"究竟发生了什么事？"苏珊一看见他们就说道。

"是其他的鳗鱼，"约翰说，"他们要来了。知道我们在这里，他们给他写了一封信，让他把我们清除出去。他不知道怎么做，因为先跟我们

成了朋友。"

"他希望自己没有跟我们结拜。"提提说。

"他给我们看了信,"南希说,"太聪明了。所有的字母都是倒着的,顺序也是反的。他们知道我和佩吉乘摩托艇来……"

"两个女人。"罗杰咧开嘴笑着说。

南希生气地瞪了他一眼。"他们知道营地的事,让他逼迫我们走。除了不放火烧我们的帐篷,怎么样都行。所以他不能让我们去吃晚饭了。那些混蛋可能已经到这儿了。他还觉得他们会认为他是个叛徒。他永远都不会来我们这儿了。"

"他们准备傍晚放信号弹。"罗杰说。

"你们为什么不把他带来呢?"苏珊说。

"他不肯来。"约翰说。

"噢,我说!"布里奇特说,"这意味着他们不肯让我作人祭吗?我觉得他们很讨厌,我比任何人流的血都多。"

"他和我们结拜前已经和他们结拜了。"提提说。

"他们认为这整个地方都是他们的。"南希说。

"开心点,布里奇特,"约翰说,"我们自己献祭你。"

"可是我连迅捷号都没见过。"布里奇特说。

"我们做了一大堆香蕉黑莓酱,"苏珊说,"蘑菇也就要好了。"

"反正不会浪费的,"罗杰说,"我们可以在这儿吃。"

"我们最好马上就吃晚饭,"苏珊说,"我来开一罐干肉饼。"

"他有一块火腿,"罗杰说,"还有成吨的食物。"

"好吧，我们也有成吨的吃的。"苏珊说，"那些鳗鱼真讨厌。"

跟干肉饼和炖蘑菇一道的，还有香蕉黑莓酱，每个探险者都有一瓶格罗格酒。晚饭太丰盛了，他们都没太顾上谈话。南希虽然仍为被称作"女人"气愤不已，而且心里的计划也被破坏，但是心情也因为丰盛的晚餐好了一些。

"呃，"她说，"如果有战争……"

"可是没有，"约翰说，"他们不会和我们有任何关系。而且最糟糕的是，我们不再有向导了。不过我们也没指望有。反正我们失去他之前已经干了很多事。好了，南希，我们来看看那些地图吧。我这就去拿平行尺。"

那天晚上没有用墨水画图。除了绘制通往女巫码头的那条软木塞水道外，还要整理每个人都参与了的测量乳齿象岛的结果。地图上那天探测过的部分向东向南延展。他们用铅笔和尺子努力画着，一直到天色暗得看不见，布里奇特早就去睡了。暮色降临，天色变暗。

"罗杰在哪儿？"苏珊突然说，"还有提提呢？"

火炬的光沿着堤坝跳动。罗杰和提提回到营地。

"嗯，他们还没有到这里。"提提说。

"你怎么知道？"南希说。

"没有信号弹，"罗杰说，"我们一直看着，等他们来。"

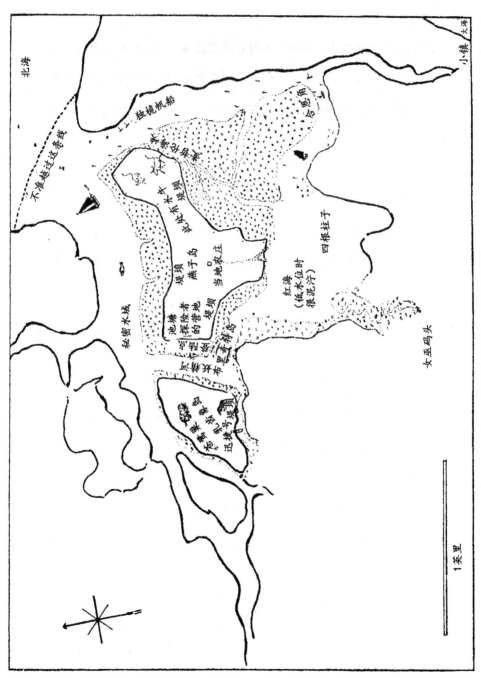

标记了乳齿象岛和女巫码头的地图

1 英里

第十六章

敌人的国家

"没有乳齿象的影子。"罗杰说。

"他反正不会来。"提提说。

早饭后，他们从登陆点下来，光着脚把巫师号推到水里，黑色的淤泥一直没到膝盖。

佩吉下来加入他们，把靴子留在盐碱滩上，开始拖萤火虫号。

"你推巫师号船头，"罗杰说，"等会儿我们来帮忙把萤火虫号拖出去。淤泥太黏了。"

"他们决定好了吗？"提提问。

"还在考虑，"佩吉说，"不过有件事定下来了。我们都去。约翰说乳齿象不会对我们的帐篷怎么样。他知道我们在这里孤立无援，走不了。而且，他是歃血兄弟，虽然他希望不是。可是一旦其他人到来，我们就得全天候留好守卫。今天是最后一次整支探险队出去探测的机会。苏珊现在在打包食物。"

"这些野蛮的鳗鱼真讨厌。"提提说，"罗杰，不要溅得到处都是泥！"

"鳗鱼，"罗杰说，"我感觉有一条正在我的脚趾周围扭动。"

"好吧，你不用把泥甩得到处都是。"

"我们要去哪儿？"罗杰说。

"不知道。"佩吉说，"南希想袭击乳齿象。她说如果我们抓到并囚禁他，就能告诉其他鳗鱼如果他们不守规矩，我们就不放他走。"

"好主意，"罗杰说，"我们还可以把他的虫子拿走钓鱼。我说，我们可以让他钓鱼，同时作囚犯……像驯养的鸬鹚。"

"约翰和苏珊不同意。苏珊说我们不能在营地囚禁他，因为没有多余的帐篷。南希说晚上相当暖和，我们可以把他像只山羊那样拴起来。约翰说他并不是敌人。其他鳗鱼想独占整个地方并不是乳齿象的错。而且得有人整天看着他，他又太强壮，除了约翰，没有人看得住，这样就意味着地图永远也画不完。所以我们不带着他去探险。"

"作为一个当地向导，他很好。"提提说。

"可是如果他不想继续作向导呢？"佩吉说。

他们先把巫师号拖到水边，然后是萤火虫号。他们刚使萤火虫号在水上漂起来，就看到探险队其余人沿着小路走过盐碱滩。每个人都拿着东西：布里奇特抱着辛巴德，约翰拿着指南针、背着背包，南希拿着指南针和一捆探测竿，苏珊则拿着一壶饮用水。

"我们要去哪儿？"罗杰问。

南希答道："趁现在还能去，我们去探索燧石岛。他们在那里扎营后我们就不能去了，所以如果现在不探测，那一片地方都探索不了了。"

"我说，"罗杰说，"要是我们在他们的岛上时，他们来了怎么办？"

"看到他们的船，我们会有足够的时间撤离。"约翰说。

"反正是六对三。"南希说。

"加上乳齿象，他们是四个人。"提提说。

"他们也可能有六个人。"罗杰说。

"他们不会让他们的传教士打仗的，"南希说，"而且即便他们参加，

又怎样？"

"你们总是把我漏掉。"布里奇特说。

"我们有七个人。"南希说。

"还有辛巴德。"

"天哪。好了，那就八个。"南希说，"谁到我们的船上来？跳上来，布里奇特。你和辛巴德可以坐在桅杆前面。还可以来一个人，或者多放些行李。好的，罗杰。"

提提看了看南希，但是没有说话。她非常清楚南希为什么不像鳗鱼那样咒骂了。

"如果可以的话，我们不想吵架。"约翰说。

"我想我们去试试接上乳齿象根本没必要吧？"佩吉说。

"短头发傻瓜，"南希说，"难道你不明白他希望从来没有遇见过我们？"

两艘小船都装满了。探险者们坐在船舷边清洗脚或靴子，避免弄得船上都是泥。船帆已经挂好，吹拂的西南风很快就将他们送出小河，进入秘密水域。他们离开小河时每个人都张望着，可是仍然没有乳齿象的身影。他们认识乳齿象只不过几天，可是毕竟和他歃血结为兄弟，所以他们除了白白刺破手指，好像还失去了一个老朋友。

可是来到秘密水域的阳光下，挂着帆，听着船头下欢快的水流声，大家很快就不再郁闷了。看着另一艘船一路激起的浪花，每一个船员都感觉到了他们航行得有多快。

"喂，上将，"船长南希说，"我们比试比试吧。"

"好的。看谁先到达十字路口浮标。我们要绕过浮标，进入另一条水道。"

"重心向上一点，佩吉。"南希说，"哎呀，他们已经超过我们了。我们的帆有什么问题吗？"

"我可以把帆桁沿桅杆降一点。"罗杰说。

"去吧。这样好点。尽量把顶桁立起来。"

随着船员们尝试各种不同的设置让帆发挥最大的作用，两艘小船竞相往前冲。燕子岛的堤岸已经绘制在地图上，此时飞快地向后退去。他们前面，秘密水域伸向大海。远处，挂着棕色船帆的驳船正随着最后的退潮从港口驶出，趁这六小时的涨潮前往伦敦。

"阳光真讨厌。"约翰说，"我说，苏珊，那个是十字路口浮标吗？"

"阳光也让我觉得晃眼，"苏珊说，"不过我想是的。没错，上面有个十字。"

"罗杰已经看到它了，"提提望着萤火虫号说，"他们要赢了。"

"他们离岸边太近了，"约翰说，"南希不懂潮汐。这里潮水更大。我们会比他们快，因为我们在潮水外面的水流里。"

因为巫师号在水域中央，虽然河岸仍然被萤火虫号上的船员遮挡着，巫师号上的探险者却率先看到了燧石岛上金色的山丘。这让他们丢掉了比赛。

"天啊，"约翰说，"看那些桅杆。那是田凫号吗？"

"那只是些舢板，"提提说，"有三艘。它们一直都在那儿。"

"约翰，"苏珊叫道，"小心驾船。"

巫师号一下子被风吹得旋转起来。船帆拍打着，虽然约翰很快又让船回归了航道，却在萤火虫号之后驶过浮标，差了一个船身的距离。

"我们赢了。"布里奇特叫起来。

"没什么大不了，"南希说，"就跟以前的亚马孙号和燕子号一样。现在往哪儿走？"

"右舷方向，"约翰叫道，"看这里，你们跟着我们。我们和乳齿象来过这里，我在地图上做了标记。黑色浮标在左舷侧，离开这边的柳枝。"

水道突然变窄了，和开阔的海面之间有一道沙子堆成的堤岸。前方，水道向内陆延伸，形成一条波光粼粼的小河道。

"那边过去是什么地方？"南希叫道。

"小镇。"约翰说。

"当地人定居的地方，"提提说，"还有合恩角和麦哲伦海峡，我们和乳齿象差点困在那里。"

"讨厌的乳齿象。"南希说，"我们在哪儿上岸？"

"快到那些快艇前面时有个像海湾的地方，"约翰说，"看起来好极了。往上抬起活动船板，大副先生。我们不想把它弄坏。好的，站到旁边去收帆……现在……"

传来了轻柔的嘎吱声，然后又响了一下，探险者的两艘船碰到了陡峭的沙滩。

上岸后的几分钟里，探险者们一起行动。他们感觉有点像闯进了别人的房子。田凫号不在锚泊处，那些沙土山丘上也没有帐篷。这座岛被

遗弃了，可是他们感觉似乎随时可能会迎面碰上真正的岛主。

苏珊第一个发现了野人扎营的地方。靠近陡峭高耸的沙滩后面，沙地上有一个凹陷的坑洞，中间是小小的一圈烧焦的石头。"这就是他们的营地，"苏珊说，"幸运的家伙。他们找到了石头搭真正的炉子。看那些木头，比我们找到的好多了。"

"大海在岛的另一边，"约翰说，"他们能找到真正的浮木。"

"我们装些走。"罗杰说。

"不。"苏珊说。

"我们自己能找到很多。"提提说。

他们看了看坑洞四周，找到了帐篷柱的痕迹。

"他们找到的真是个好地方。"南希说。

"如果他们来了，我们在这儿不是很糟糕吗？"提提说。

"不会的，"约翰说，"他们走近之前，我们早早就可以看见他们从哈里奇过来。而且不管怎样，他们都要等涨潮时才能来。快点，南希，我们开始吧。快去那个点，插一根竹竿。我们还要在海湾另一侧设个点，中间再设一个。"

"你们走过这条水道吗？"南希站在坑洞边看着蜿蜒进入内陆的一湾水问道，"哎哟！布里奇特，当心这个海冬青，它跟长在陆地上的冬青一样尖。你会白白流更多的血。"

"没去小镇，"约翰说，"我们在合恩角转的弯。"

南希看着她的那份地图。"我们是不是最好趁现在把那里也探测一下？麦哲伦海峡和合恩角中间的这个空隙是什么地方？"

"我们要一直注意海面，"约翰说，"这样才能看见他们过来。"

"我和佩吉可以去探测，"南希说，"或者你去。一组人去镇上，另一组在这座岛上，同时值守。"

约翰犹豫了一下。"顺着潮水走。潮水正在转向。满潮大约在四点半才会出现，假如他们真的来的话，应该也是那时候。不过我们一看见他们就撤离。"

"好的，"南希说，"如果我们看到你的船不见了，就知道发生了什么，然后穿过红海赶紧回家。"

"听着，"苏珊说，"如果你们真的去镇上，能给鲍威尔小姐打个电话，说我们很好吗？妈妈今天上午应该已经收到那份报告了，可是我答应她如果有机会会打电话的。号码是伍尔弗斯通 30。"

南希把号码写到她那份地图的背面。"对了，"她说，"自从我们发送报告后，发生了很多事情。我会告诉她的。四面都是敌人。不怀好意的野人威胁要进行屠杀。一切都好，送上每个人的爱。"

"一切都好才是最要紧的。"苏珊说。

"别忘了带上你们的食物。"罗杰说。

"南希的主意非常好，"萤火虫号驶走时，约翰说道，"一旦野人在这里，到营地视野范围之外的地方去就很不安全了。我们要在他们来之前把所有能做的事情完成。"

"然后其余的地方只要写'食人部落'就好了。"提提说。

上午剩下的时间里，他们带着指南针和探测杆有条不紊地工作。他

们在地图上画上那条水位低时会干涸的水道。潮水来时，这条水道使燧石岛成为一座真正的岛屿，而不是像爸爸的草图上显示的那样，只是一个岬角。潮水到来填满水道之前，他们沿着水道那边的沙地赶紧探测。布里奇特在这里发现了贝壳，辛巴德玩着贝壳，他们还捡了很多浮木，中午生火烧水用。想到萤火虫号上的两个探险者喝不到茶，他们感到一阵不妙，但是又想起如果她们真的到了镇上，就可以吃点别的东西。"快乐地喝着格罗格酒，"罗杰说，"我敢说南希走之前就想到了。"

苏珊在下面的海滩上搭了一只新火炉，离鳗鱼的火炉很远。自始至终，无论他们干什么，测量、探索、在地图上标记，还是在卵石滩上吃辛苦工作后的午饭，都一直留神着海上，注意看小船组成的舰队、田凫号，以及曾经发出要不惜一切代价赶走他们命令的野人们来了没有。饭后，潮水经由那条水道涌进来，将燧石岛和陆地隔开，他们发现还有别人也在守望。

靠近秘密水域入口的地方，乳齿象在他停泊的船上钓鱼。他也在守望从海上过来的船尾带三艘小舢板的一艘独桅纵帆船，准备在他们到达时去迎接，无疑还会跟他们坦白自己没有把探险者们赶走，相反还跟他们成了朋友，和他们交换了血液，向他们泄露了鳗鱼的秘密。

"天啊！"罗杰说，"我希望他会过来找我。我打赌他船上还有一条备用的渔线。不知道他有没有看见我们。"

"当然看见了。"提提说。

"我要招手吗？"

"不要，"约翰说，"最好别打扰他。"

满潮前一小时，绘图结束了。他们已经完成了尽可能多的工作，现在成了海岸警卫，望着海面寻找敌船，同时也注意着还独自待在船上的另一个守望者。潮水转向，开始退潮了，他们看见乳齿象解开了船锚。海面上没有东西在动，除了远处一艘驳船巨大的主帆和小小的后帆，太远了，他们看不见船身。乳齿象放好船锚，拿起桨划船，立即就消失了。

"回家去了，"约翰说，"嗯，现在他们不会来了。"

"今天晚上他又得自己一个人了，"提提说，"不能和他说话，太不仗义了吧？"

"不是我们的错。"约翰说。

乳齿象刚刚从视野中消失，他们看了看另一个方向通往小镇的那条水道，看见萤火虫号回来了。风已经变小了，虽然仍然挂着帆，但是有人在使出最大的力气用桨划船。

"嗨！"南希一走近他们就喊道，"嗨！快，上船啦！"

"没事的，"罗杰叫道，"他们连影子都没有。"

"他们现在不会来了。满潮已经过了，"约翰叫道，"不用急。"

佩吉掌舵，驾着萤火虫号来到沙滩旁边。

"烧烤的公山羊①！"南希从船上跳下来，叫道，"不用急！尽快上船。他们不从海上过来，从另一条路过来。我们看见他们了。他们停泊在靠近小镇的地方，随时会过来。他们昨天肯定是在满潮时进来的。如果乳齿象再稍微等得久一点而不是去码头找我们，他就会看见他们了。"

---

① 南希经常使用的水手语，表示感叹。

　　两分钟内探险者们全都上了船，又一次离开了燧石岛。燧石岛准备迎接它的野人主人。

　　"你们去镇上了吗？"两艘小船驶入小河时约翰问。

　　"当然去了，"南希说，"我们顺着潮水慢慢航行，就像你说的。我们在地图上画了整条水道……以后就叫它亚马孙河……你们已经有燕子岛了……我们仔细看了麦哲伦海峡和合恩角之间的那个缺口，它直接通往堤坝，然后就和海峡会合了。"

　　"乳齿象就是这么说的。"约翰说。

　　"我们上了两次岸，"佩吉说，"两个都是好地方。我们在一个码头模样的地方吃了东西，还从一家商店买了柠檬汽水。"

　　"我跟你说了她们会买喝的。"罗杰说。

　　"你们打电话了吗？"苏珊说。

　　"打了，"南希说，"你们的妈妈接的。她刚刚从伦敦回来，可是明天又要去。她说报告写得很棒，说爱你们，还说你们一定不能饿着罗杰。"

　　"噢，听听这个，"罗杰说，"这句是你编的。"

　　"你们确定那些人是鳗鱼吗？"约翰回头看着通往小镇的水道说。

　　"不可能是别人。我们进去的时候看见一艘黄色的独桅纵帆船，然后又看见三艘舢板停在靠近小镇的地方。回来时舢板在独桅纵帆船旁边，我们在帆船的船尾看见'田凫号'的字样，还听到其中一个传教士让他们快点帮忙整理船帆。"

　　"一旦他们来了，我们就不能探险了，"约翰说，"没希望好好地画完地图了。"

"乳齿象确实说过我可以作人祭。"布里奇特说。

"他们不想要祭品了。"提提说。

潮水退去，风也变小了，而且是逆风，帆没了用处，他们并排划着两艘小船驶过秘密水域进入妖精河。就他们所看到的而言，一切都没有变化，然而又都变了。

"今晚最好把我们的水罐装满，"苏珊说，"我们不想在农庄碰见他们。"

约翰和苏珊、南希和佩吉分别用船桨悬挂着两只水罐，抬去农庄。即使在那里他们也忘不了情况已经发生了变化。"看到野人了吗？"那个男人为他们的水罐装水的时候笑道，"只有一个？明天其他人就都在这个地方了。我在镇上的时候遇见了他们的爸爸。他昨天开船过来的，他们今晚会在河口处扎营。"

回到营地，他们相当沉默地吃了晚饭。

傍晚降临了。

探险家们围坐在火炉的余烬周围。布里奇特上床了，辛巴德睡着了。南希拿着一支手电筒照亮地图，约翰正在地图上画出燧石岛和通往小镇的水道的轮廓。提提在削铅笔。佩吉在打呵欠。苏珊正在擦掉盘子上的油渍。罗杰溜走去了堤坝转角的瞭望点。

突然传来一声喊叫，远处传来砰的一声，还有奔跑的脚步声。罗杰飞奔到营地。

"你们看见了吗？"他喊道。

没有人看见任何东西。罗杰指着小岛漆黑的上空。

一道细细的亮光划过夜空。远远地，又响起砰的一声，高处的黑暗中，几点星光四散开来。是信号弹。

"这是第二发。"

他们这时都站了起来。

"第三发。"提提说。火花又一次飞散到夜空中，似乎在那里停留了片刻，然后坠落下来，分散成星光划过。

"不知道他有没有看见。"提提说。

他们转身望向昏暗的小河那边乳齿象岛黑暗的轮廓。

"如果他不是正好在观望，就不会看到。"罗杰说。

但是旋即他们看到了一抹微光。小河的另一边又响起了"砰"的声响。一发信号弹呼啸着升空，然后炸开。黑暗中迸发出三颗红色的星星从中弯曲着，缓缓降落着熄灭。一切又归于黑暗。

"烟花?"布里奇特听到外面的响动，爬到帐篷口说道。

"你应该睡觉。"苏珊说。

"他们来了。"南希说。

"不知道我是不是该守夜。"约翰说。

"明天之前他们不会怎么样，"南希说，"不过我敢说不管你们愿不愿意，战争要开始了。"

那天晚上探险者们都曾从睡梦中醒来。先是一个，然后另一个在梦中受惊醒来，时而听着芦苇丛中的风声，时而听着猫头鹰在沼泽上方鸣叫，时而听到遥远陆地上火车的声音，时而听到远处轮船驶进港口的汽笛声。先是一个，然后另一个惊醒，睁大眼睛听着，接着又睡去。

第二发信号弹

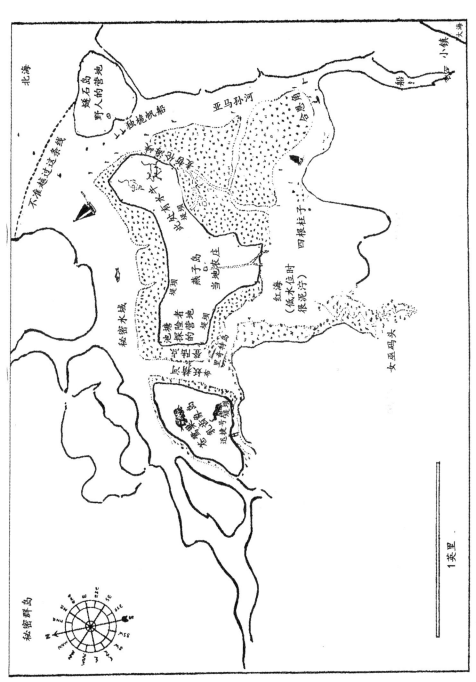

标记了嶙石岛和亚马孙河的地图

第十七章

战时状态

　　探险者们在一个全新、但又不友善的世界中醒来。营地周围的一切看上去没什么两样。那两艘船（约翰和南希早饭前跑去查看过）还停在原地。沼泽地上空的杓鹬还在鸣叫，泥地边上海鸥和牛鸟还在忙忙碌碌。太阳也从东边升起，影子落在饭点日晷的早餐树枝上，没什么两样。但是，整个地方的气氛感觉不同了。昨晚他们看见了野人到来时发射的那几发信号弹。甚至在那些野人还没来之前，就已经让乳齿象对跟他们结拜成兄弟感到惭愧，为他们结下的友谊感到后悔了。

　　约翰和南希又查看了船只，然后俩人分开，一个往北，一个往南，沿着堤岸巡视，眼耳都保持着警惕。

　　"秘密水域上方没有东西活动。"他们在营地会合后，约翰说。这时别人的早饭刚吃了一半，辛巴德在舔那只空了的碟子。

　　"红海差不多要干涸了，"南希说，"潮水还在落。他们一时半会儿不会从那儿过来。"

　　"乳齿象来了吗？"提提问道。

　　"没影儿。"

　　"你认为他们会来吗？"苏珊问，"他们难道就不会假装我们不在这儿吗？"

　　"乳齿象收到的信中写着'赶他们走，让他们滚蛋'，"提提说，"信里还说他不能放火烧我们的帐篷。我觉得他们应该会有所行动的。"

"他们当然不会安分。"南希说，"要是他们敢乱来的话，我们就把他们揍扁！"

"我们把他们该死的图腾给烧了。"罗杰说。

"天哪！凭什么烧了？"南希说，"那可是我们付出了鲜血的代价才得到的。"

"我比谁流的血都要多。"布里奇特说。

"他们要是看到图腾在这儿，可不是要气疯了？"提提说。

"谁管他们？"南希说，"现在就是我们的。我们就是鳗鱼部落的，跟他们没什么两样。"

"得有人留在营地。"约翰说。

"我反正得待在这儿，"提提说，"我要把地图的事情搞定。好多地方需要用墨水描呢。"

"画不了多少了。"约翰难过地说，"我们必须一直在互相看得见、能够打手势的范围内。到时候我们只好拿着没画好的地图回去了。"

"你需要一个哨兵。"南希说，"你画图的时候是什么样子，你自己可是清楚的。他们有可能来这儿，神不知鬼不觉就把帐篷抄走了。"

"我来当哨兵。"罗杰说。

"测绘的时候会用到你，"约翰说，"尤其是提提留在营地的时候。"

"我当哨兵行吗？"布里奇特问道。

南希笑了。

"我已经够大了。"布里奇特说。

"我看行呀，"约翰说，"我们会一直在你们看得见的地方。必须这

样。你们唯一需要提防的是突然袭击。如果你们一直在堤坝上瞭望，就会看到敌人过来，哪怕我们看不到。如果你们看到有人过来，就把旗帜降下来。我们会一直看着，要是看到旗帜降下来了，我们就飞奔回来。再说了，又不是一大帮野人，会从四面把我们全部包抄。"

一小时后，由两艘船组成的探险队驶出了小河。布里奇特、辛巴德和提提在泊船的地方目送他们离开。

"一有危险的迹象，就立即降下旗帜！"约翰边推船边说道，"还有提提，地图能画多少就画多少。"

"是，长官！"提提说。

"是，长官！"布里奇特也说。一会儿，她又说："长官，你听到了吗？辛巴德也回复'是'。"

"好样的，辛巴德。"约翰说。

"我猜他们现在一切正常。"苏珊说。此时巫师号正紧跟在萤火虫号后面，开进了秘密水域。

约翰回头望去。帐篷已经影影绰绰看不清了，但旗帜还在阳光的照射下摇摆不停。地平线上，一个小小的蓝色身影正有模有样地在堤岸上来回走动。

"布里奇特正在放哨呢。"罗杰说。

"他们不会有事的。"约翰说。

"我该朝哪个方向开？"佩吉问道。

南希正坐在萤火虫号的船底，眉头紧锁，回头看了看。

"直接朝那边的河道开去。"她说。

有一阵子她俩谁也没有说话。

"要是只有我们两个人的话，"南希打破沉寂，终于开口了，"我们就直奔他们的营地，往他们的篝火嗖地射一支箭，看看他们有什么反应。"

"我们身边连弓都没有。"佩吉说。

"我不是那个意思，你这傻瓜。我说的是约翰和苏珊，还有提提。要是打仗能避免，他们可不想开战。他们想着画那张地图。那些野人就是坏，要是他们能和气些，我们就有六艘船可以用了，加上四个当地的向导，就可以先把事情干完，有时间打一仗了。再说明天该轮到我们一整天待在营地里了，什么事都干不成，什么事都不会发生。那样我们就白白刺破手指头了。"

"我真希望当初没刺。"佩吉说。

"说这话太晚了，"南希说，"要是我能把那鳗鱼血给吸出来吐掉就好了。"

她们来到目的地那个小水湾宽阔的入口，另一艘船紧跟在她们的后面。水湾两侧都是泥地，长满了绿草。淤泥滩中间的这条水道变得越来越狭窄，一直伸向远方。

"我们上岸可有点麻烦。"约翰说，"乳齿象说过，水道两边各有一个停泊的地方，但是只有涨潮的时候可以停靠。天啊，我真希望他就在

这儿。"

"他在那儿呢。"南希说。

远远的，在秘密水域的另一边，一艘小船正从妖精河里划出来。堤坝上那亮蓝色的光彩表明，他们忠诚的哨兵布里奇特正在盯着他们这个方向看呢。

"他没朝这个方向来。"罗杰说。

"他是去看他那些讨厌的小朋友的。"南希说。

乳齿象驾船绕过妖精河河口的岬角，转而向东驶去了，他们目送着他渐渐离去，看着他把船越划越远。

"哎，单单瞅着他又没用，"南希说，"我们上岸吧。"

乳齿象划船经过秘密水域，去见鳗鱼部落的其他成员了。现在的情形看起来不会发生什么事。毫无疑问，他会因为同探险者们表现得过于友好而遇上麻烦，但他们对此也无能为力。他们开始工作起来。南希和佩吉费了好大力气从东边上了岸，弄得膝盖上满是污泥。约翰、苏珊和佩吉从西边一片残存的坡道上了岸，倒是没怎么把自己弄湿，那坡道和他们营地旁边妖精河的坡道差不多。竹竿立了起来，作为地标。两队人马都竭尽所能，从一杆测量到另一杆，再到岬角、农庄、以及其他测量过的地点。时不时地，他们都要张望一番，看看野人有没有出现，或是望着秘密水域另一侧的旗帜，看它有没有在营地上飘扬，以示一切正常。

但是，尽管旗帜还在营地飘扬，野人们还是使探险者的工作困难了很多，哪怕他们还没露面。他们不得不待在能够看得见旗帜的地方，这

样的话，一旦提提和布里奇特发出危险的信号，他们就必须放下手中的活计，立刻把船划回去。正因为如此，探险就不能好好地进行。他们使出浑身解数，把海岸线一带都探测好了，但还是不能解决最重要的问题。他们是在岛上呢，还是只是在奇形怪状的岬角上？他们不能离开停船的地方太远去看个究竟。两支探险队对他们的工作都不甚满意。最后，罗杰抱怨起来，说太阳已经升到最高了，探测杆的影子又变长了，还说要是他们在营地的话，饭点日晷一定会显示已经过了午饭时间。南希和佩吉把船划了过来，加入了他们的队伍。她俩抓起一把一把的草，把腿上的泥巴刮掉。她们赞成罗杰的说法，认为到吃饭的时间了。

"你们那儿进行得如何？"约翰问道，"这里是不是座岛屿？"

"我不知道，"南希说，"有个像是条小溪的地方，看起来像是要流到这里的，但是我们不能走远了去看。水位低的时候是干的。我们好不容易扒拉了过去，泥巴都沾到耳朵上了。有一小块地方是座岛，我们已经画在地图上了。那些一个劲拍打翅膀，又扎到水里去的，是什么鸟来着……就是那些白色的鸟，头上有黑冠的……"

"那些是燕鸥。"罗杰说。

"那就叫燕鸥岛吧……那岛周围到处都是这种鸟。"她把名字匆匆写下来，然后把地图递给约翰。地图上密密麻麻的是蜘蛛网一样的线条和方向角。"可怜的小提提呀。"她一边看着约翰、苏珊和罗杰画的图，一边说道。

"等我们用尺子量过，再照着画到总图上，让提提上墨的时候，看起来就没这么糟糕了。"

"其他地方我们取名叫'田凫地'如何?"佩吉说。

"我们这儿就叫黑莓海岸,"罗杰说,"苏珊在这儿找到很多黑莓,别的地方从没见过这么多。"

"在我们确定这不是座岛之后,再用'海岸'这个字眼吧。"约翰说,"看看那边吧,到处都是泥巴和水,面积差不多和红海一样大。要么这是个湖,要么通向条小河。如果秘密水域上游还有一条通道,一条西北走廊的话,那么就是类似北冰洋的地方,而长黑莓的地方就是一座岛,而不是海岸了。我们发现了两条河沟,但都是死胡同。不过再远点很可能是条通道。"

过了半小时,他们喝了汽水,吃了三明治和在黑莓海岸摘来的一些黑莓之后,约翰和南希站起身,隔着秘密水域,望了望远处营地上飘动着的小点。

"那边没事,"约翰说,"潮水现在正快速上涨。我们往上游再走走吧,看看那儿是什么样的。"

"我也要去。"罗杰说。他现在对探测杆这样东西已经彻底腻味了。

"佩吉和苏珊负责放哨。"南希说,"来吧。"

他们走过泥泞的旧斜坡道,上了萤火虫号,不过没走多远,就听到身后模仿猫头鹰的叫声,那叫声学得不伦不类的。

"大中午的猫头鹰叫。"约翰回想起了很久以前发生的事,不禁笑了。"有事发生了。"他又立马说道。

佩吉正站在小溪入口附近的堤坝上,焦急地朝他们打着手势。

"她在说什么?"罗杰问道,"天啊,她动作也太快了。"佩吉的胳膊

刚比画出一个字母的样子，立马又比画出一个新的字母。"乳……齿……"

"乳齿象！"南希还没等对方打完手势，一刻也不耽搁，立马拼命把船往回划去。

"他回来了。"佩吉叫道。

"一个人吗？"

"是的。"

他们匆忙上岸，和苏珊会合。她正趴在一块干地上，望着乳齿象的小船飞快地顺流朝秘密水域驶去。在即将拐进妖精河的时候，乳齿象突然停住了桨，然后调转船头，朝着几个看着他的人划了过来。

"真好，"南希说，"他已经把他们说服了。他是来告诉我们，没事了。"

但是，正当乳齿象划到距离黑莓海岸能听到彼此喊叫声的地方，停住桨、转过身时，他们看到，他脸上的表情并不十分高兴。

"我该说口令吗？"罗杰说，"卡拉巴达还有别的什么。"

"闭嘴，"约翰说，"等他先说。"

但是乳齿象并没有说口令。他说出来的话，就像是随便哪个人在跟过路的问路一样。"你们没看到三艘小船吗？"他喊道。

"只看见了一艘。"罗杰说。

"有帆的？"

"没有。是你的船。"

"哦。"乳齿象接着又问，"我出发之前更早的时候，你们没看到吗？"

"我们除了你谁都没看见。"南希喊道。

"我们昨天晚上看到信号弹了。"罗杰说。

"闭嘴。"约翰又说。

乳齿象等了一会儿，把双桨从水里抽出来，往秘密水域西边很远的地方望了望，然后又往东看了看。

"他们肯定会从这里走，"他说，"现在水位还不够高，他们没法从岛的后面通过。"

"找不到他们了？"南希喊道，"鳗鱼部落果然有点狡猾。"

约翰和苏珊疑惑地看着她。他们都很清楚，乳齿象心里想着要是当初没告诉他们一丁点关于鳗鱼部落的事该多好。

"是我的错，"乳齿象说，"我该一大早就去的，可是我还以为他们会来迅捷号呢。"

"真可怜，他是真的想对我们友好些呢。"南希压低了声音说。"我们没看到他们。反正今天是没看到，"她大声喊道，"我们一直都在巡视呢。"

"最好还是让他知道，我们时刻都保持着警惕。"她轻声补充道。

"我去了他们的营地，那儿一个人都没有，"乳齿象喊道，"田凫号在那儿。而且他们把帐篷也搭好了。也许我该问问那些传教士。我还是回去吧。他们肯定被派到镇上去干什么事情了。"

他把小船调了个头，划走了，再一次朝着秘密水域的入口驶去。

小探险者们目送着他逐渐消失。突然佩吉说道："万一他弄错了，他们没去镇上……"

"走全程的确说不准，"佩吉说，"但如果他们在潮水退得很低之前，

就已经抵达上岸了呢？"

"烧烤的公山羊，"南希仿佛已经彻底摆脱了鳗鱼血的影响，"他们现在可能已经在岛上了。"

"不会的，"约翰说，"他们不可能一直藏着呀。那样的话提提和布里奇特早就看到他们，给我们发信号了。"

"你别忘啦，他们可是鳗鱼部落。"南希说。

"但他们又不是隐身人。"约翰说，"你们看，水位现在涨得够高了，我们应该可以派一艘船去看看这地方的背后到底是不是有一条通道。我相当肯定，应该是有的。我们要是抓紧时间赶过去应该是有机会的。他们要是去镇上了，回来可是要有一阵子呢。"

但是佩吉的想法让苏珊很不安。

"把船划走不好。"她说，"要是提提给我们发信号，让我们回去怎么办？要是你们到小河上游去就远了。约翰，听着，我们早就该在潮水涨上来之前回到自己的岛上去。"

"她说得对，"南希说，"他们整支舰队都可以开过红海，那我们继续在秘密水域这儿放哨就没什么用了。"

"他们现在还做不到。"约翰说。

"这只是个时间问题。"南希说。

"我要回去了。"苏珊说。

水面上风平浪静，所以不用费力把帆升起来。他们郁闷地把船往家的方向划去。和前几天勘察的大块区域相比，今天他们探测过的地方简

直可以忽略不计。

划着划着，营地的旗帜有一阵子被挡住看不见了，但等他们划到妖精河河口时，又能看得见了。

"还好没事。"苏珊说，"有一会儿，我以为旗帜不见了，把我吓坏了。"

"约翰，"南希说，"我一直在想，我对图腾的判断是错误的。我们把它拔出来，送到河对岸，留在迅捷号上怎么样？要是他们不想理我们，那我们也不想跟他们还有讨厌的图腾打交道，就让他们去那儿找吧。"

"也许我们最好那么做，"约翰说，"可能他还后悔，不该把图腾给我们呢。"

"当然了，我们可以把它烧了。"南希说。

"最好还是把它送回去吧。"约翰说。

"我真想把他们扔热油里炸了。"南希说。

"然后把他们吃了。"罗杰说。

停泊的时候，没有人来迎接他们。

"鬼哨兵。"罗杰说。

"别把我们的船拉上去了，佩吉，"南希说，"待会儿我们还要把图腾还回去呢。"

她带头踏上通往营地的小路。

"喂，"她说，"提提也想到了。她把图腾取下来了。"

提提正忙着她那张地图，没有听到他们过来。

"你们把图腾怎么了？"南希问。

提提手里握着钢笔，被吓了一大跳。

"天哪！吓了我一跳。"她说，"还好没把墨水洒出来，我快要画完了。"

"图腾去哪儿了？"南希问，"我们要把它送回去。"

提提伸了伸发麻的双臂，翻了个身。

"不就在那儿吗？"她说。

"没有啊，"南希说，"那边只留下个洞，我的表也在。"

"布里奇特哪儿去了？"苏珊问。

"她在堤坝上放哨啊。"提提说。

"想想清楚，提提！肯定是你拔出来的。我们离开的时候它还在这儿呢。"

"但是我根本没动过它，"提提说，"也许是布里奇特……"

"布里奇特！"苏珊喊道，"罗杰，快跑到堤坝上去，把她带回来。"

"刚才她还在这儿呢，"提提说，"然后她就和辛巴德走了。"

"她是不会拿走图腾的。"苏珊说。

"反正我没碰。"提提说。

"我的天，"约翰说，"你这地图画得可真不错。"

"布里奇特！船宝宝！布里奇特！"他们听到罗杰在堤坝上边走边喊。

苏珊正在收拾背包和空瓶子，听到罗杰的声音中突然出现了一丝疑虑。她跳了起来，罗杰正沿着堤岸往回走，不时地呼喊两声，眼睛则看着远处的草地。

"我找不到她，"他回到营地后说道，"她去过小岛旁边那个拐角。我在小路上找到她的发带了。"

"吹哨子找她。"约翰说。

苏珊吹响了大副哨子。通常只要听到哨声，布里奇特都会跑回来的，可是这次没有回音。

"我们一起喊。"罗杰说。

"布里奇特！布——里——奇——特——"六个探险者扯开嗓门大喊着。他们站在堤坝上帐篷的旁边，眼睛在岛上各处搜寻着。

没有应答。

"她不可能走远的，"提提说，"她身边跟着辛巴德，刚才一直就在堤坝上来回走着。"

"她可能到水边去了，然后跌进去了。"苏珊说。

"噢，不……不……"提提说。

"不可能。"南希说。他们转过身，惊讶地看到她的眼睛闪闪发亮，"你们难道看不出来吗？图腾也不见了。"

他们都盯着她。

"她被俘虏了。她被鳗鱼部落抓走了。他们不仅抓走了布里奇特，还把图腾带走了。快点，罗杰，你是在哪儿找到那根发带的？"

"都是我的错，"提提说，"我心里就想着画地图。真不该让她离开我的视线。"

南希已经在堤坝顶上飞跑起来了，罗杰费力地跟在她后面。

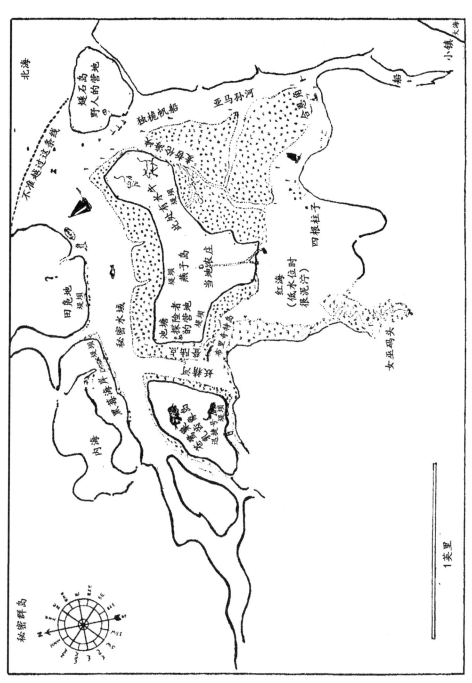

标记了黑莓海岸和田凫凫地的地图

1 英里

第十八章

急切的俘虏

这个早晨对于布里奇特来说，很是无聊。其他人都划船走了，只留下她和提提看守营地。提提的制图工作有很多需要补上，她一心都扑在了地图上面。不同的地图上画的通往女巫码头的水道需要互相比较，然后要用铅笔誊到爸爸的图上去，另外还有在乳齿象岛探测的结果、南希画的通往镇上的水道、燧石岛的图，以及麦哲伦海峡和合恩角之间的沼泽地，等等，都要画到爸爸的图上去。用铅笔勾出轮廓只是第一步，之后全部都得用墨水描好。沼泽地要用几十丛小小的芦苇来表示；表示水面的地方得画上一两艘船，或者一条鱼，以便和陆地区分开。另外，如果还有地方，而且不会显得太杂乱，她打算用虚线来表示探险者实际走过的路线。提提实在是太忙了，根本没时间说话。布里奇特开始的时候，很积极地在堤坝上来回走着放哨。她看到乳齿象划船离开。后来，她想有个人陪着，于是就来提提这儿帮了一会儿忙，帮着压住那几张地图，免得它们被风吹走，可是她的手指并不比石头更适合作镇纸。有一会儿，她帮提提举着那一小瓶墨水，可是对于需要在墨水瓶里蘸墨水的人来说，瓶子放在地上要好得多，因为那样的话墨水瓶就不会老是动来动去了。然后，布里奇特又去放哨，她走来走去，一边眺望着远处在秘密水域另一边的几个探险者，一边警戒着有没有野人的踪迹。她看到饭点日晷的影子慢慢地挪动着，不断地变短，直到终于落到了标着"午饭"字样的纸条上。她一直等着，等影子盖住了纸条时就去喊提提。接下来，她拿

出了苏珊留给她们作午餐用的三明治、橙子，还有两瓶姜汁啤酒。提提还趴在地上使劲画着，鼻子都要碰到地图了。"午饭准备好了，"布里奇特说，"除了辛巴德的。"

提提放下笔，盖上墨水瓶的盖子，翻了翻僵了的身子，伸了伸压麻了的手臂。

"连一半都没画完呢。"她说，"好吧，船宝宝，我来开辛巴德的罐头。"

"它已经叫了好久了，饿坏啦!"布里奇特说。

辛巴德狼吞虎咽地舔完了它的牛奶，提提和布里奇特大口咬着她们的三明治。可是这最初开心的时刻过去了之后，连三个小探险者一起在营地吃午饭都开始变得沉闷无聊。她们在吃橙子时，布里奇特问道："我说，提提，跟我讲讲拿人当祭品的事吧。你当过祭品吗?"

"没当过，"提提说，"不过你也别想了。不会有这事了。他们不会跟我们有任何关系，乳齿象也是。"

"可是我们流了那么多血，又怎么说呢?"

"他们又不知道这事，"提提说，"即使他们知道了，也没什么两样。他们让他恨不得自己从来没跟我们说过话呢。"

"那真是混蛋的行径。"布里奇特说。

"说得没错，"提提说，"不过地图是最主要的。即使没有乳齿象，我们也要把地图画完。"

吃完午饭，提提又开始工作了，布里奇特和辛巴德顺着堤坝顶继续

巡逻。堤坝向东拐弯的转角处正适合哨兵放哨。从那里你可以顺着堤坝一直望见营地，还有营地后面。你还可以朝另一个方向望过去，看到转角那儿的沼泽地，在涨潮的时候，那里会变成一座小小的岛。你可以看见小河弯弯曲曲，朝着红海流去。你也可以往东看，视线越过整座岛，直到看到远处的草原和吃草的水牛。

布里奇特坐了下来。没错，这儿是个放哨的好地方。别人看不见你，你却能把四周尽收眼底，因为堤坝顶的小径两边有高高的草挡着。她看看营地，看看那一排白色的帐篷，只见提提又在那儿埋头苦干，除了用钢笔认真描画那些铅笔线条之外，对别的事情一概不过问。布里奇特觉得有点困了。她和辛巴德玩了一两分钟，可是辛巴德也是刚刚吃完午饭，也显得睡意蒙眬。

哨兵躺了下来，一边挠了挠辛巴德的耳后。

天气很热。

哨兵头枕着自己的胳膊，看着身旁的辛巴德，她和猫咪一样高了。

哨兵打起了瞌睡。

提提在此次探险中既是一名一等水手，也是一名绘图员。她一丛又一丛地画着芦苇，只消用一支细尖绘图笔向上画三下，一丛芦苇就浮现在纸上了。原先一片空白的纸上，本来可以画出任何无序的图案，在提提的笔下，逐渐成了一幅栩栩如生的地图。那些已经勘探过的地方渐次在地图上展现：水面、堤坝、沼泽地、水道，等等，在图上显示着自己的形态，和爸爸地图上那粗略的涂鸦和简简单单地用白色表示的未知地

带相比，可是大不相同了。一笔，两笔，三笔，一丛芦苇就画好了，而且每一丛之间的距离都相等，这样一来，沼泽地真的就像沼泽地了。水牛地那儿的那头牛画得可真够像的，要是把牛犄角再画长一点点就更好了。反正任何看到地图的人都会知道，那艘船标识的是秘密水域。不过，那些先不管了，再画些芦苇丛吧。她必须在约翰、南希和其他人回来之前把这些都画完，等他们回来就会有新的探测过的地方要填上去了。一笔，两笔，三笔。一笔，两笔，三笔。噢，那丛芦苇和它前面的挨得太近了点。帐篷边是什么声音？肯定是布里奇特。可怜的小布里奇特，终究还是当不成祭品了。一笔，两笔，三笔。一笔，两笔，三笔。提提一直都没回过头。

一个野人正在堤坝远远的另一侧看着她。他趴在堤坝上那排帐篷和小池塘之间的斜坡上。通过两顶帐篷之间的空隙，他能看见她。他朝堤坝北边望过去。一只黑乎乎的手臂在草丛里挥了挥。没有异常。一点点地，他爬上了堤坝顶，爬过两顶白色帐篷之间。没错。就在那儿，离那个女孩只有六七米远。那些人神圣的脖子上挂了什么东西？手表吗？他像条鳗鱼一样扭动着前进。提提动了动，他立即趴下，一动不动。提提蘸了点墨水，又开始画了起来。他贴着地面向前扭动。提提又动了，此时野人的手已经放在他前来取走的东西上了，还好，她只是为了活动活动握笔握得发麻的手指。她一直没回头。过了一会儿，手表已经放到了地上原来插图腾的地方。紧紧地抓着他的宝贝，那野人悄悄退了回去，藏在堤坝的另一边了。

　　布里奇特慢慢醒了过来，眼前仿佛有幅猩红色的窗帘挂着，那是阳光从她闭着的眼皮透了进来。她睁开眼，眨了眨，还是睡意沉沉的。她有一种奇怪的感觉，觉得自己不是一个人在这儿。她翻了个身，看到了辛巴德。当然是辛巴德，它一直都在那儿。她睡了多久？它已经自己玩了起来，肯定是因为觉得孤单。她看到小猫蹲在地上，尾巴慢慢地摇来摇去。小猫向前一扑，扑到了小径边的一丛野草上。布里奇特睡眼惺忪地看着它。它又蹲了下来，这一次，那丛野草好像离它远了些。它又扑过去，可是那丛长着花儿的野草滑走了，没扑着。小猫在离布里奇特脑袋不远的地方等了等，正纳闷呢。那野草开始摇晃起来，好像有人拿着另一端在故意耍它呢。布里奇特的视线随着野草来到草丛。草丛被分开了，布里奇特发现自己和另一双眼睛撞了个正着。这双眼黑亮黑亮的，正透过草丛冲她微笑呢。

　　"嘘！"布里奇特刚要跳起来，一个声音在耳边响起。

　　草丛分得更开了，布里奇特发现，自己正盯着一个女孩子的脸呢。那女孩躺在堤坝的斜坡上，头部刚好和堤坝顶的小径齐平。

　　"你是谁呀？"布里奇特轻声问道，虽然并没有别人在听。突然，她猜出来了。

　　"卡拉……卡拉……卡拉巴达那格巴拉卡。"她结结巴巴地说。

　　"卡拉巴格安达巴拉卡。"那女孩立刻说。

　　"格那达，"布里奇特说，"格那达……你是黛西吧。他说你总是要说错，说成'格安达'。"

一个野人正看着她

"他真是多管闲事。"黛西说，"你是谁?"

"我是布里奇特，我……"

"嘘!"黛西说，"等一下……好了。什么?"她在跟什么人说话，一个布里奇特看不见的人。

"插在他们营地中央，"一个男孩的声音说道，"真是厚脸皮。他们肯定是从唐那儿偷来的。他们还在上面挂了块表。所以迪留在洞穴，我溜过去把它弄了出来。他们中的一个也在那儿，不过她没看见我。"

"迪在哪儿?"

"来了。"

岛内侧堤坝的草丛中传来一阵响动，有人突然跑着越过堤坝顶，然后又藏了起来。

"好。"黛西的声音说道。

"德姆的潜伏行动还真有两下子，"第三个声音说，"那人一动都没动。你觉得他们是怎么得到它的?"

"他们也知道口令了。"那是黛西的声音。

她的脸又从草丛中露了出来。

"喂，你!"她说。

"在。"布里奇特说。

"不要站起来……趴着从这边滑下去。"

布里奇特照她说的做了，从草丛里爬下了堤坝的斜坡。

两个男孩和一个女孩看着她爬下来，他们蹲在堤坝底下，岛上的人是看不见他们的。有那么一瞬间，连布里奇特都有点吃惊。除了他们的

脸之外，三个人全身都是黑亮黑亮的。三个人都穿着像泳衣一样的东西，但根本分不出来哪儿是衣服，哪儿是泥巴。他们就是野人，毫无疑问。布里奇特知道，机会来了。

"卡拉巴达那格巴拉卡！"她说。

"我告诉过你了。"黛西说。

"卡拉巴格那达巴拉卡。"两个男孩齐声说道。

"他问了你们没有？"布里奇特问。

"问我们什么？"黛西说。

"他说他得问问你们。但我真的不小了，连约翰和苏珊都这么说，所以这事全看你们了。"

"什么事？"

"嗯，我已经够大了，可以当祭品了，再说我一点也不瘦……"她看着黛西，她的嘴已经张开了，"而且他说我非常适合，只不过他要先问问你们。"

"潮水够高了，可以去迅捷号那里了。"一个男孩说道，"我们最好去看看他在倒腾什么。"

女孩像是想了想。"不。"她最后说，"让他来找我们。"她对着那两个男孩悄悄说道，然后转向布里奇特。

"我们得先把你抓起来。"她说。

"那么要让我当祭品。"布里奇特说。

"来吧。"黛西说。

"我能带上辛巴德吗？"

241

"那是谁?"

"我们的小猫。他们在海上救了它……"

"真的在海上吗?"那个叫迪的男孩说。

"在去荷兰的路上。"布里奇特说。

"你能抓住它吗?"黛西说,"它也可以作个俘虏。"

"但是它不能当祭品。"布里奇特说,"他们都答应说我可以。来吧,辛巴德。快点。"

辛巴德似乎也急着要加入他们。它推开草丛走过来,布里奇特把它抱了起来。

女野人黛西正忙着和另外两个人说话。"要是我们不行,那就不行。"她说,"但还是要试试。"她转向布里奇特,"接下来你就跟着我,别离太远。可惜你的衣服了,那么干净。那种蓝色,好几里之外都看得见。"

"我往下滑之前还要干净得多呢。"布里奇特说。

"你可以在泥巴里打个滚。"黛西说。

"苏珊会不高兴的。"

"苏珊是谁?传教士吗?"

"是大副。"布里奇特说。

"好吧,"黛西说,"只要你不让人看见就行。因为抹了泥巴,我们不会让人看见。我们就是为了不让人看见才抹的。但你穿了条这么亮的裙子,呵,要是别人看见你了,我们就只好把你抛下赶紧溜了。"

"噢,不要,"布里奇特恳求道,"他们说只要你同意,我就可以的。"

"快跟上。"黛西说。她大概就是发号施令的野人,虽然她的个子没

那两个男孩子大，"德姆在前，迪在后。谁都不能把头露出堤坝。如果我们看到有人，就下到泥里去，管他什么苏珊不苏珊……"

"我做不到。"布里奇特说。

"希望你用不着钻泥里去吧。快点，俘虏！"

"你会让我当祭品吗？"

野人们已经出发了。那个被黛西叫作德姆的男孩在最前头领着队，头顶离堤坝顶还差了一大截，时不时警觉地向四周看看。他弯腰往前跑着，身上的泥巴和环境融为一体。黛西带着布里奇特跟在他后面，布里奇特的怀里抱着小猫。另外一个野人，名字好像是叫迪的，跟在他们后面，不时地回头看看，好像是为了确保没有人跟踪他们。

布里奇特穿着蓝色的裙子，兴高采烈地跟着涂满了泥浆的野人们一路小跑。约翰、苏珊和提提都错了，连南希也错了。他们都说野人们跟他们毫无关系，还说连乳齿象都没办法兑现诺言。瞧瞧，他们都错了。布里奇特高兴极了，她终究还是要当祭品了。

他们沿着红海泥地旁的堤坝底部快步走着。布里奇特想知道困扰她的问题的答案，但是很快就上气不接下气，没法说话了。反正回答一定是肯定的，不然的话他们绝对不会带她走的。其他人当初真是错得离谱。

"我来抱会儿小猫。"女野人说。

他们一边跑着，布里奇特把辛巴德递了过去。

突然间，打头阵的那个野人一下子站住了，他三步两步跑到一边，蹲了下来，然后整个身子趴在了泥浆里。布里奇特突然发现自己也跳进草丛里趴了下来，是女野人拉她下来的，又把小猫塞给她，然后就滚下

了堤坝。布里奇特四处望望。第三个野人也不见了。要是布里奇特不知道黛西藏在哪里的话，她一定会觉得自己是一个人在场。

"尽量趴低，"黛西趴在泥浆里悄声对她说，"是那个农夫。你那裙子真是太显眼了。"

"现在裙子上已经有好多泥巴了。"布里奇特上气不接下气地说。

"好。"

他们前面不远处，一个男子正站在堤坝顶，观察着涨起的潮水逐渐盖过内陆海的泥地。他没看到他们。布里奇特一动不动地趴着。有一阵子，那个男人好像正朝他们这儿张望。

"他是从当地农庄来的那个人，"布里奇特轻声说，"是朋友。"

"别动。他是个白人。"低声的答话从泥浆中传了过来。

那男人好像望着地平线的方向。他转了个身，踏步走下堤坝，然后消失了。

野人们又花了一两分钟等他走远。

然后，他们身上沾着新裹上去的闪闪发光的泥巴，又起身往前走去。就快到通往农庄的路的地方时，他们在堤坝旁停了下来，领队的野人打手势让他们等着，他要先去侦察一番。他在草丛里蠕动着穿梭前进，在布里奇特的视野中一次次消失，又一次次出现。

接着，她看见半空中举起了一只黑色的手臂。

"海岸没问题。"女野人悄悄说道，然后他们继续往前跑，还是一直都在堤坝顶下面。他们穿过小路，转了个弯。这里的水面都快要和陆地齐平了。三艘小舢板停在不远处的杂草丛里。领头的野人已经开始把藏

在草丛里的锚往外拔了。他往外拉着，一条长长的缆绳拍打着跃出水面，滴着水，然后一艘舢板就从草丛里钻了出来，朝着岸边冲去。黛西和另一个野人如法炮制。三艘小舢板都被拽了出来，停在他们脚下。

"跳上去。"黛西说。

"我的靴子沾满了泥巴。"布里奇特说。

"没有我们的泥多，过后我们会把船洗干净的。"

布里奇特爬上了船，黛西跟在她身后。另外两个野人把小船推离了岸边。三艘舢板一起朝着外面的水道划去。不一会儿，泥岸和长满野草的沼泽地就把身后的小岛挡住了。

他们停了桨，任由小船在水里漂着。

布里奇特正纳闷接下来会发生什么，只听见"哗啦啦"一阵水声，接着又是一阵。两个野人跳进了水里，接着又浮了上来，一只手扶着船，另一只手洗着身上的泥浆。

"很快，"黛西说，"我们得想想传教士的事情了。"话刚说完她也跳进水里，身上的颜色迅速褪去。

不一会儿，三个野人从船尾又爬到船上。他们的皮肤也不是很白，因为都被太阳晒黑了，但是看上去就像探险者的样子，一点都不像野人了。

"没风，"黛西说，"涨潮了，我们得加快速度划过去。"

三个野人又开始奋力划起船来。三艘小船在水中飞速前进，掀起一道道水花。水道越来越窄，两边的沼泽地越来越近了，不过很快水面又开阔起来。

"我们成功了。"黛西说。

"我们要去哪儿？"布里奇特问。

"去我们的营地。"黛西说。

"我知道我够大了。"布里奇特说。

第十九章

密切追踪

"我就是在这儿找到的。"罗杰说。

"他们就是在这儿抓住她的，"南希说，"看那些草都被踩过了，有人在堤坝旁边躺过。"

"可是你看草丛上面沾了好多泥巴。"

"她掉到泥里去了，"苏珊说，"什么事都有可能发生。"

"要是她掉到泥里去了，肯定会出来的。"约翰说，"她不可能在掉进去之前，就在草上留下这么多泥巴。"

"我说，你们看，"罗杰说，"有人在泥里打滚。"他走下堤坝，正看着满是淤泥的河沟。水位高的时候，河沟会把沼泽地分隔开，形成一座小岛，"看来像是头小河马。不会是乳齿象吧？"

"他一整天都在外面，我们看到他了。"约翰说。

"那些不是布里奇特的脚印，"佩吉也来到了河沟边，"这些脚印更长。再说了，要是她把靴子脱下来了，我们会找到的。这些脚印的主人是光着脚的。"

"有人曾经在这儿躺过，"罗杰说，"这儿又有很多泥巴。"

南希弯下腰，正沿着堤坝的底部走着。突然，她直起身来。"苏珊，"她说，"快过来看这个。"

在泥地边缘软软的地面上，有一串清晰的脚印。有的脚印上有脚趾的形状，但是小些的脚印上没有。

"那些是布里奇特的脚印，"苏珊说，"到哪儿我都认得出来。"

"她在这儿站过，"南希说，"有个没穿鞋的人跟她在这里说过话。除了她，还有两个人。那只光脚比另外那只更大。我打赌，肯定是鳗鱼部落。"

"可她为什么没发出喊声呢？"提提说，"要是她叫了，我肯定会听见。"

"你画画的时候可什么都听不见。"罗杰说，"你画画的时候，要戳你才有反应。"

"或许她压根没喊过，"南希说，"也许她不能叫，嘴巴被堵住，手脚也被捆了。"她看到苏珊的脸色，立刻闭上了嘴。

"快过来，"佩吉叫道，"他们是从这儿走的。"她沿着堤坝底部走了会儿，指着一片被压弯了的草，还有软地上的一串脚印。

"他们不可能从这儿上岸的，"约翰看着沼泽地说，"也不可能从这儿登船。他们可能还在岛上。"

"快点！去救她，去救她！"南希喊道，"在他们上船之前，我们一定要抓住他们！"

小探险者们就像一伙猎犬一样，一路嗅着气味，沿着堤坝底快速搜寻。草地上被踩出了一条路，告诉了他们野人和俘虏的踪迹。

"喂！"罗杰跑在前面，突然停下了，"这儿还有往另一个方向走去的脚印。"

"嗯，"南希说，"他们必须先到这儿来。这天中的大多数时间红海都是干的。"她又急匆匆地朝前走。

"别泄气，苏珊，"约翰说，"我们一定会把她找到的。"

"她会被吓坏的，"苏珊说，"我不该丢下她不管。这不是提提的错。她专心致志的那股劲，大伙儿又不是不知道。"

"我实在想不通，他们是怎么做到的。"约翰说。

"狡猾的鳗鱼部落。"南希说。

"混蛋。"提提说。

他们继续在堤坝下面急急地走着，朝着农庄车道和堤坝交界的地方走去。车道越过堤坝，直抵红海。在这儿，红海的水已经在涉水滩处汇合了，潮水逐渐漫过泥滩，泥滩也变得越发狭窄。

罗杰又是打头阵的，现在忽然停了下来。

"有人在这儿趴下来过，"他说，"看他们在草地上留下的印子。"

"但你们瞧，"南希说，"这事真是奇了怪了，又有人在地上打过滚。看这个，他们到底在干什么啊？专门跑下去在泥里打滚吗？"

"别等了。"苏珊说。她继续急急忙忙地顺着草地上的痕迹往前走去，"他们做了什么不重要。我们必须找到她。早知道我就在营地里陪着她了。"

车道通向红海的地方有一块湿漉漉的土地，几米宽，但是没长草。

"是鳗鱼部落，"罗杰说，"两个人光着脚，加上布里奇特。"

"不，有三个人光着脚，"约翰说，"那对脚印和这对不一样，这些又比那两对小些。三个人光着脚，加上布里奇特。"

"嗨，别浪费时间看脚印了。"苏珊说。

他们继续往前跑着，却突然发现，他们刚刚跑过的草丛没有人踩过。

追踪小队于是分散开，爬上大坝，像猎犬一样再次搜寻刚才失去的线索。他们的右侧，是麦哲伦海峡两边布满沼泽的小岛。左侧则是寂静的田野，牛群在安静地吃草。和煦的阳光照在岛中央当地农庄的红砖房上。他们前面很远的地方，可以看得见大海的边际，还有燧石岛金色的沙丘。但是丝毫没有野人或是俘虏的踪影。

佩吉第一个转回身子，还不到一分钟，她就在喊他们了。

"有什么发现，佩吉？"南希喊道，接着又说："她在有些事情上的表现没法恭维，但是在追踪这件事情上可是个能手。"

佩吉指着地面。潮水正拍打着河岸，在一丛草旁边，她发现了一串深深的脚印，还有三个边缘不太规则的深坑。从这片草丛开始，泥地上好像被轻轻地刮出几条线来。有人在那里踩过，然后从一片草丛跳到了另一片。

"是船，"约翰说，"他们把锚定在了这里。他们离开了。"

提提已经跑回堤坝顶上去了。她拼了命地往回跑。

"没错！"南希喊道，"快点！他们把她带到他们的营地去了。没有船，我们就没办法追上他们。快点。回到我们上岸的地方去。"约翰、苏珊、佩吉和罗杰赶紧跟在她后面，提提则是已经遥遥领先了。

气喘吁吁地，他们终于回到了营地，又上气不接下气地蹚过了泥泞的小路，到了停船的地方。没人想着把身上的泥巴给洗掉，他们马不停蹄地上了船，六个人，每三个人乘一艘，赶紧出发了。

"你来掌舵，罗杰。"苏珊说，"我和约翰各拿一支桨。"

"我一个人就行了。"约翰说。

"不行。"苏珊说。她知道时间不等人，一想到自己坐在船上无所事事，而别人正在奋力划船，她就觉得受不了。

"我会和你划得一样快的。"约翰说。

南希看着他们忙活个不停，出于不一样的原因也做了同样的事。"提提会把握方向，"她说，"不能让他们打败我们。加油，佩吉！一、二，一、二。跑起来！"

两艘船顿时如箭一般驶出了妖精河，开始沿着秘密水域奔去。

"我们要去做什么？"罗杰问。

"把她找回来。"约翰气喘吁吁地说。

"我们要去做什么？"提提问。

"把那些鳗鱼揍扁。"南希立马回道，一边挥着船桨向前划去。

逆着潮水的方向划船很是费力，不过他们终于来到了十字路口浮标处，然后进入了连接燕子岛和燧石岛的沙丘的那条水道。两艘船都已转向右边，好像要去镇上似的。他们看到了以前曾见到过的停靠在水湾的游艇，一共三艘……不对……有四艘。另一艘是昨天来的，正停在水湾更靠近水道入口的地方。这第四艘船是一艘黄色的独桅纵帆船。

"那是他们的船。"罗杰说。

"最好直接过去找他们要人。"苏珊说。

约翰擦了擦额头。"不行，"他说，"我们不能让他们跟传教士吵

起来。"

"但要是他们已经把她带上船了呢？"苏珊说，"他们根本就不该把她带走的。"

"那艘船后面只有一艘小平底船，"约翰说，"他们不会把她带到船上去的。嘿，南希看到什么了。"

南希和佩吉停止了划桨，她们的船在更前面一点，南希的手指正指向岸边。

约翰和苏珊跟了上去，苏珊一直盯着那艘黄色帆船，搜寻着是否有俘虏的身影。

"那是他们的小船。"罗杰说。

三艘小舢板排成一排，整齐地停在燧石岛金色的沙滩上。周围看不到帐篷，不过有很多上岸的脚印。

"他们上了岸，"南希轻轻地说，"我们怎么办？悄悄过去，夺下他们的船，然后冲到他们的营地去？"

"他们的帐篷在哪儿？"佩吉问。

"应该是在我们看到的有炉灶的那块凹地上。"

"真滑稽，他们居然没留一个人放哨。"约翰说。他疑惑地看看停在岸边的帆船。一个身穿白色套头衫的男人刚刚走上船，来到驾驶室，抖抖烟斗清理烟灰。"我猜他们是觉得有传教士在外面守着会很安全。"

"抓紧行动，"苏珊说，"布里奇特恐怕都要把小命给吓没了。"

他们划到岸边，把船拉到岸上，停在当初在风磨坊看到过的那三艘小舢板旁。南希和约翰把锚抛在离船身远远的那块陡峭的沙坡上。

253

"得有人在这儿守船。"南希说。

"别管船了。"苏珊说，一边往沙丘跑去。

她跑到陡峭沙坡的顶上，停了下来，其他人紧跟在她后面，此时也站住了。难怪他们到达之后那天早上，乳齿象会搞错，把他们的营地当成他朋友的营地呢。燕子号船员低头看着沙丘之间那一片凹地，那里有三顶帐篷，和他们自己的帐篷简直一模一样，另外还有一顶稍大些的。仿佛有人把他们的帐篷抄走了，搬到了别人的地盘。但看样子这儿并没有人。他们本以为会看到鳗鱼部落和他们的俘虏，而不是空无一人的营地。

"他们肯定知道我们在追踪他们。"南希说。

"布里奇特！布里奇特！"苏珊又开始喊了。

"要是他们把她的嘴堵上了绑起来，你再怎么喊也没用。"南希说。

可就在此时，布里奇特从那顶大帐篷里爬了出来，嘴巴没被堵着，手脚也没被绑着。

"喂，苏珊，"她喊道，"他们同意了。他们说我够大了。我终于可以作祭品了。"

"天哪，布里奇特，"苏珊喊道，"你还好吗？"

"发生什么事了？"约翰说。

可这时，其他人也从帐篷里出来了。两个男孩和一个女孩，都穿着黑色的泳衣。

"卡拉巴达那格巴拉卡！"三个人齐声喊道。

有一会儿，谁都没回答。

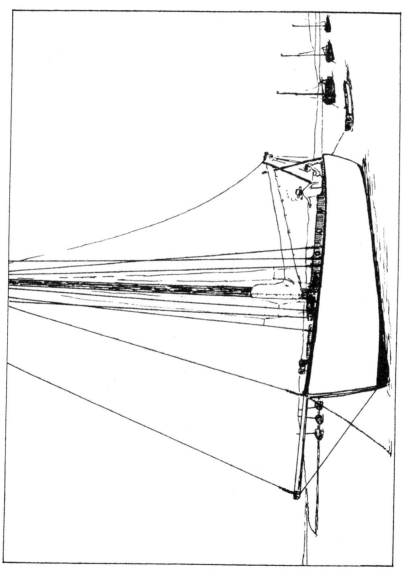

第四艘船是一艘黄色的独桅纵帆。

“我记住了。”布里奇特说，“她说的的确是‘格安达’，不是‘格那达’。”

“他们没伤害你吧？”罗杰气愤地问道。

“当然没有，”布里奇特说，“而且，他们还要告诉他说，没关系的。”

“卡拉巴达那格巴拉卡！”那女孩急切地说，跺了跺脚，“你们是鳗鱼部落吗？”

“听着，”约翰说，“你们要是不愿意跟我们做朋友就不要做，没人逼你们。但别想着把我们赶走，这招没用，我们本来就孤立无援。在船回来接我们之前，我们不能离开。再说了，我也看不出为什么我们得走。这儿空间大得很。”

“这一切都是个误会，”女孩说，“我们抓到布里奇特之前，不知道你们是什么样的人。我们根本不知道你们是歃血兄弟。”

“你们不该把布里奇特带走的。”苏珊说。

“机会难得，我们不能错过。”女孩说，“这儿还有个东西是你们的。我们还以为是你们偷的呢。”她跑回帐篷，把那个涂了漆的图腾拿了出来。

“你们是怎么弄到的？”提提说，“我一整天都没离开过营地。”

一丝笑容浮现在那个大男孩的嘴角。

女孩看看苏珊。“你们到底是不是鳗鱼部落啊？”她说，“你们一直都没说应答口令。”

“伟大的海鳗和七鳃鳗，”南希说道，然后狠狠地瞪了苏珊一眼，“再对我们说一次。”

"卡拉巴达那格巴拉卡。"三个野人说道。

"卡拉巴格那达巴拉卡。"七个探险者齐声回答。

"这就对了。"女孩说，"我是黛西。这两个是我兄弟。我们都是鳗鱼部落的成员。他俩不是双胞胎，尽管人人都觉得他们是。我管他们叫德姆和迪，你们懂的，这两个名字来自特威德尔德姆和特威德尔迪①。你们既然是歃血兄弟，那也能这样取名。你一定是约翰，你是苏珊，那是罗杰。还有那个名字很好玩的是谁？"

"噢，不，"布里奇特说，"这是苏珊。那是佩吉。这是提提。那位是南希船长。我告诉过你们的，她和佩吉在家里的时候是海盗。"

"在这儿就不是，"南希赶忙说，"在这儿当野人比当海盗好得多。再说我们身上有鳗鱼血……"

"听着，南希，"约翰看着她居然在自己眼皮底下变成野人了，"我们必须把地图画完。这两天我们基本上什么都没干成。"

"地图是怎么回事？"黛西说，"是干什么用的？俘虏说的话，我根本没听明白。"

"是探险用的。"提提说，"乳齿象在帮我们，所以有了鳗鱼血那档事。然后你们的信把一切都搞砸了，弄得他悔恨不已。"

"我们都会帮忙的，"黛西说，"那是他做过的最好的事了。而且，唐取了'乳齿象'这个名字真是可爱。我真希望我们也想到了。"

"他在哪儿？"南希问。

---

① 特威德尔德姆和特威德尔迪，英国作家刘易斯·卡罗尔（Lewis Carroll，1832—1898）所著小说《爱丽丝镜中世界奇遇记》中的人物，是一对镜像双胞胎。

"他一直在找你们。"约翰说。

"我们没看见他。"黛西说。

"他可真是惨。"南希说。

第二十章

皆大欢喜

　　乳齿象郁郁寡欢地把船沿着水道往镇上划去。今天，他去了两次燧石岛，只看到了传教士的船。在通常停船的地方，没见到野人的船。在鳗鱼部落的营地里，帐篷里也空无一人。他昨天晚上看到信号了，他们也一定看到他的应答信号了。整个上午，他一直在等他们。他们不可能在红海上航行的，因为直到下午傍晚时，红海的水位才涨到可以让他们通行的高度。他很肯定，他们一定会顺着秘密水域来的，三艘小船一起，就像以前一样。但是他们没来。他脑子里一遍遍地想着，他该怎么跟他们说，怎么解释自己不但没赶走探险者，还跟他们交了朋友，甚至还把他们变成了鳗鱼部落的歃血兄弟。他们到底会不会理解他？他把连传教士都不知道的秘密都泄露给了他们，黛西究竟会不会原谅他？

　　他简直要恨起探险者来了。不知怎么就被他们迷惑了，自己迫不及待地把什么都告诉了他们。本来他是没权力这么做的，除非部落成员先商量过。把他们赶走？奇怪，他们反倒让他对他们大加欢迎呢。他几乎要第一百次给他们和自己找借口，他们不是简单的入侵者，而是在这里孤立无援，没法离开，直到有一艘船来把他们带走。而且，他们不光是在露营，他们还是探险者。探险者遇到野人，而野人为了回报对方送给自己珠子之类的东西，给他们当向导，还有什么比这更顺理成章的？（真是心烦！他连鱼钩都没带，没法跟黛西解释发生了什么。）还有画地图的事。要是没有真正了解当地的人帮忙，地图是绝对画不好的。接着，他

又觉得自己不光背叛了鳗鱼部落，还背叛了探险者们。他划船经过他们，看到他们在探险，而自己又扬长而去，感觉糟透了，他毕竟答应过他们要帮忙的。他们表现得又非常大度，谁都没有责怪过他一个字。他们耐心地目送着他远去。而今天呢，他故意隔开一段距离跟他们说话，问他们有没有看到鳗鱼们时，他们也正常回答了他，好像他根本就没有让他们失望似的。

现在鳗鱼们会觉得……他们会怎么想呢？他们肯定在盼着他去燧石岛吧？而他却盼着他们会来迅捷号。他们没有在抵达之后马上联系对方，这样的情况以前从没有过。或许他们以为他会在昨晚摸黑划船过去，或许他们本来计划围着篝火开个会。而他却只是按兵不动地坐在迅捷号上，重新雕刻一个图腾，来替代他送给探险者们的那个。也许能做个漂亮的图腾呢，他看着立在小船船尾的图腾，情不自禁地想到……当然啦，油漆还没干透不免是件可惜的事。可要是他告诉黛西他已经把另一个同样好的图腾送给探险者们了，就是她让他赶到海里去的那些探险者，她又会怎么说呢？

再说，鳗鱼们到底在哪儿呢？他很肯定他们上午进城去了，因为退潮而滞留在那儿，等到下午潮水涨起才能走。现在，他已经把船划到游艇俱乐部那儿了。没人看到过他们。头一天他才跟他们错过了。他又沮丧地往回划着小船。反正他知道田凫号在哪儿，现在只有一个办法了，虽然对于野人来说，这是很丢人的事。他只得问问传教士们了。黛西要是知道了，会有意见的。要是野人们只有问了传教士才能知道彼此的下落，那他们可算不上什么有本事的野人。

他稳稳地往前划着船，沿着水道正中央往下游驶去。他正经过停在那儿的三艘船中的一艘，提提管它们叫什么来着？阿拉伯三角帆船？名字还不赖，连黛西都会喜欢的。他经过了第二艘，然后第三艘。现在要到田凫号了。他肯定离船很近了。他把船桨抬起来，转过身去。那艘就是田凫号……现在用不着去问传教士了。三艘鳗鱼部落的小船就停在岸上，还有两艘别的船，这架势真像……到底发生什么事了？探险者们对他们发起了进攻？七个对三个，而他却没去帮忙。这个世界真是乱套了。他的桨哗啦一声掉在了水里。

"喂，唐！"

他抬起头。这会儿可不是和传教士说话的时候，但是男传教士正站在田凫号的前舱口往外看呢。

"您好！"唐说。

"我们把水壶烧上了，"男传教士说，"要是你是到营地去，能否告诉他们，等我们敲响雾钟的时候，让他们回来？告诉他们，可以带朋友过来。当然啦，你也可以过来。"

"非常感谢。"唐说着，又把桨扎进水里，像比赛似的朝岸边冲去。朋友！朋——友！可能连营地都不存在了呢。他告诉过探险者们，黛西曾经命令他把他们赶走，只要不是烧帐篷，做什么都可以。探险者们认为，进攻就是最好的防御。七对三，鳗鱼部落怎么抵挡得了呢？唐使出全身力气拼命划船，直到船头冲上了沙滩，他跳下船来，把锚一下丢开，然后冲上陡峭的海岸去营救鳗鱼部落的成员们。

"你好，乳齿象！"

那是德姆，还是迪？他刚跑了几米远，就听见有人跟他打招呼。

"发生什么事了？"唐气喘吁吁地问，接着倒吸了一口冷气——鳗鱼部落不会喊他"乳齿象"，那可是探险者们给他取的名字。怎么回事？到底发生什么事了？他跑上斜坡坡顶，望着下面凹地里的营地。一大群人正在帐篷边热烈地讨论着什么。

"卡拉巴达那格巴拉卡！"黛西喊着，忍不住笑出了声。

"卡拉巴达那格巴拉卡！"所有人一起喊道。

乳齿象几乎不敢相信自己的耳朵。一切都是那么祥和。鳗鱼部落和探险者们在一起，还有黛西，就是黛西本人，当着那些她说要不惜一切代价赶走的人的面，第一个把秘密口令说了出来。

"卡拉巴格那达巴拉卡！"终于，乳齿象疑惑地回应道。

接着他看到了，就在鳗鱼部落营地中间的沙地上，立着他曾亲手插在探险者营地上的图腾。

"它真是漂亮极了，"黛西说，"我们以为是他们偷走的，所以就悄悄把它拿走了。我们还抓了一个俘虏。我们不知道他们也是鳗鱼部落的人，布里奇特告诉了我们之后才知道。这真是你做过的最棒的事情了。还有，我们都要开始叫你乳齿象。'唐'除了用作'唐纳德'的简称，也可以用作乳齿象的简称。野人乳齿象，真是妙极了。还有，你得再给我们做个图腾。"

"新的就在我的船上呢，不过漆还没干……"乳齿象说，"你们看，这个是我本来给你们做的，但是错放在他们的营地里了……。"

"他们都告诉我们了，"黛西说，"这可是你犯过的最好的错误了。接

下来他们要让我们帮着探险呢。再说，四个人开个狂欢会未免太寒碜了，现在多少人加入都行……"

"黛西说我能行，"布里奇特说，"我问过她了。"

"明天我们要带他们到上游去……一共六艘船……"

乳齿象的视线从一张脸转到另一张脸，没发现一丝责怪他的意思。黛西肯定已经忘了她自己发出的命令了。探险者们肯定已经忘了，这两天他们的歃血兄弟一直都在躲开他们。曾经发生在他身上的事，肯定也发生在黛西身上了，这样一来就相安无事了。

"可你们是怎么弄到他们的图腾柱的？"他问道。

"完美的鳗鱼行动。"黛西说。

"他们溜过去拿到了图腾，再神不知鬼不觉地溜出来，我一点都没注意到。"提提懊恼地说，"我一直都在营地，却什么也不知道。"

"不是你的错，"黛西说，"德姆是我们当中最好的鳗鱼。他可以把整整一座营地的人的头皮都剥下来，受害者看到自己的头皮挂在他的腰上才知道怎么回事。"

"叮当！叮当！叮当！……"

"那是什么声音？"南希问。

"是传教士来了，"乳齿象说，"他们要我告诉你们，邀请你们上田凫号喝茶去。其他人也去……"

"唉，我们不能去。"苏珊说。

"你们必须去。"黛西说，"但船舱里会挤成沙丁鱼罐头。恐怕他们不一定知道有多少人。来吧。要是你们不来，他们会非常难受的……我们

来了！"她扯着嗓子大喊一声，然后，几乎是在说悄悄话一般，"不要提到鳗鱼部落。就当你们听都没听说过。俘虏的事也不要说……特别是鳗鱼……一个字都别提。什么是鳗鱼啊？我想是鱼吧，还是爬虫来着？反正，就装傻是什么自然界的东西……"

乳齿象此时跑回自己的船上，拿来那根新的图腾柱，把它插在另一个图腾旁边。"小心油漆。"他说。

"等我们喝完茶回来，你们可以把自己的带走。"黛西对探险者们说道，"来吧。大伙儿都准备好了吗？快走吧……"

"受苦的八目鳗啊！"南希惊叹道，"你到底是怎么做的？你的样子都变了。"

"嘘！"黛西说，"这表情真是奇怪。不知道你是从哪儿学来的……我想，我们恐怕最好坐你们的船去，免得有那么多船围着田凫号。"

巫师号和萤火虫号现在都装得满满当当的，一艘船上有六个人，另一艘船上有五个人外加一只小猫。两艘船向着田凫号划过去。鳗鱼们和探险者们都消失了，任何看到他们的人，都会认为这是一群出去郊游的孩子。

传教士和妻子看上去就是一对普普通通、和蔼可亲的大人。他们等着接孩子们上船，连挡板都准备好了，不过根本不需要，因为约翰和南希都轻轻松松地把小船停在大船旁边，一点都没碰到船上的漆。

"啊，真是太高兴了！"女传教士说，"这么说，你们已经找到朋友了。"

"恐怕我们人太多了。"苏珊说。

"人越多越高兴!"男传教士说,"我们有只很大的茶壶,茶杯却不多。不过我敢说,你们中肯定有人不介意用茶碟喝茶。"

"辛巴德会喜欢的。"布里奇特说。

"我也是。"提提赶忙说。

"还有我。"罗杰说。

茶点的气氛轻松而平和。大家问一句答一句,客客气气的。传教士在风磨坊的时候,其实听说过妖精号历险的经历,还有那艘船如何到了荷兰的故事。苏珊赶紧解释说,他们本来没打算出海的。南希和佩吉想知道田凫号是不是和妖精号一样大,结果得知它比妖精号大一些。主人带着探险者们到处看了看,大家挤来挤去,发现只需要四个人在甲板上喝茶,不过男传教士得坐在台阶上,需要的时候把茶和小圆面包递给大家,女传教士则必须坐在餐厅和前舱之间的门口。女传教士说,她坐那个位置最方便,好随时够着茶壶。"在妖精号上,做饭的地方在后面。"罗杰说,接着又说道:"我觉得要是这样安排:厨房在前面,那更舒适些。"男传教士接着带着约翰在甲板上走了一圈,罗杰也跑去加入他们,按照他后来的解释,这是因为听南希严肃地讨论园艺实在让人受不了。黛西坐在船舱里,跟苏珊和提提快活地聊了聊有关学校的证书的事。罗杰看到她的眼睛闪闪发亮,差点又跑回去了,不过还是没回去,而是把鼻子擤了擤(幸运的是,他这回带了手帕),然后赶忙跑到前甲板上,问了个有关绞盘原理的巧妙问题。

瞧着自己的孩子们找到了伙伴,传教士们显得很高兴。"那真是太棒

了，"女传教士说，她刚听说他们第二天都要在一起玩，"到上游去聚会，一直都是我们最喜欢做的事情。虽然在那里没什么可做的，可那是个很漂亮的地方。只不过你们要小心潮水。潮水升上去，船通得过的时候你们得赶快过去，潮水一开始往下落，你们就得往回走。不过男孩子们什么都知道。"

苏珊在恰当的时机站起身准备离开。黛西和她的兄弟们询问约翰和南希，能否把他们送到岸上去。这一大群人在感谢了传教士请他们上船参观之后，终于离开了田凫号。

"他们真是我遇到过的最有礼貌的孩子。"他们划船离开时，听到女传教士说。

"太有礼貌了，简直过头了。"男传教士说，"黛西是在玩她的游戏呢，我看她的眼神就知道。"但是幸好，这句话没有被返回的客人们听见。

"你们做得很棒。"黛西上岸时说。

"真是和善的传教士呀。"罗杰说。

"他们的确很棒，"黛西说，"不过传教士毕竟是传教士。鳗鱼部落必须记住这一点。眼睛看不到的，还有……你们懂我说的是什么吧。反正，我们不要给他们任何担心的理由。你们不上岸吗？"

"我们必须回去了。"约翰说，"我们要给地图添加点内容，还得做晚饭。再说了，现在有一点风了。"

"抓紧。"黛西说，"唐，你去拿图腾。你们把图腾带上。我们会跟你们一起到水道的入口……"

布里奇特坐在巫师号船底，手里拿着图腾柱，膝上则坐着辛巴德。

约翰负责掌舵。苏珊把帆升上去之后，就坐在中间的划手座上。紧挨着他们的提提在为萤火虫号掌舵。四艘野人的小船组成了一支编队，奋力地划着，跟在他们的后面。

到了秘密水域的入口，风更大了，两艘载着探险者的船开远了。野人们调头回去。

"明天早一点。"黛西喊道。

"一切都会准备好的。"约翰回答。

"卡拉巴达那格巴拉卡！"南希喊。

"卡拉巴格那达巴拉卡！"德姆、迪和乳齿象回喊。

从黛西嘴里喊出来的稍稍有点不同。

"是格那达……格那达，"布里奇特喊道，"你听到了吗，苏珊？她又说'格安达'了。就是因为这个，我在草丛里遇到她的时候，才知道那就是她。"

"反正，我很高兴一切都好，"苏珊说，"不过你真把我吓坏了，我还以为你落入他们的陷阱了呢。"

"德姆和迪，"罗杰说，"那对安静的兄弟，他们俩都该叫达姆①还差不多。"

"他们都是厉害的野人。"约翰说，"现在我们有六艘船了，一天可以勘探一百六十千米了。"

"我们不能把他们浪费了，"南希说，"伟大的康吉鳗啊！提提！掌舵

---

① 原文为 dum，意思是哑巴。

268

的时候小心点，我们可不想和他们的船撞上。鳗鱼部落万岁！受苦的八目鳗啊！一想到接下来的探险，我们得有多高兴啊！"

那天晚上，布里奇特已经上床了，其他人也要睡觉了，这时佩吉听到小河里传来桨声。"那是怎么回事？"她说，"他们不会又来进攻了吧？"

他们侧耳听着。

乳齿象高兴不已的声音越过水面传来："喂，早上我把大脚板带过来。"

"好啊。"约翰喊道。

"卡拉巴达那格巴拉卡！"南希叫道。

"卡拉巴格那达巴拉卡！"黑暗中又传来一声欢快的应答。很快，桨声越来越远，乳齿象划着小船，朝着迅捷号和他的巢穴去了。

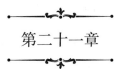

第二十一章

六艘小船探险

第二天一早的头一件事情，就是乳齿象带着他的大脚板赶来营地，这时早餐的锅碗瓢盆都还没洗好、收拾好呢。

"卡拉巴达那格巴拉卡！"他兴冲冲地招呼他们，他们刚刚来得及说出应答口令，他就接着说道："今天晚上大家都来迅捷号吃晚饭。我还留着那块火腿呢，还有妈妈给我的所有吃的东西，就是那天我告诉她要请你们吃饭时给我的。"

"哇，太棒了！"罗杰说。

"我们很愿意来，"苏珊说，"可是我们把准备带去的蘑菇和香蕉黑莓酱都给吃了。"

"我那儿吃的东西可多了，"乳齿象说，"唯一缺的就是杯子和盘子。"

"我们把自己的带上。"苏珊说。

"还有，罗杰能带上他的笛子吗？"乳齿象说。

"我马上就开始练习。"罗杰说。

"你还是别练了，"约翰说，"一天吹那么一次，就够大家受的了。"

"好吧，"罗杰说，"我不练了。可是，今晚上要是我吹错了，就是约翰的错。"

"我说，"约翰说，"还是专心看地图吧。我们昨天去的地方，有路可以过去吗？"

"我不知道，"乳齿象说，"有一个缺口一样的地方，但是看样子穿不

272

过去。反正另一头除了淤泥，什么都没有。"

"这点极其重要。"约翰说，"你瞧，那里如果有条西北通道，那么昨天我们待的地方就是一座岛。如果没有，那地方就只是个岬角。从爸爸的图上看不出来。要不我们去看看怎么样？"

"退潮的时候不行，"乳齿象说，"现在潮水已经落下去很多了。你不是说想试试我的大脚板吗？现在正是时候。潮水涨上来之前，去上游不是个好主意。"

"我也能试一下吗？"南希问。

"还有我！"罗杰说，"哈啰！其他人都来了。"

"卡拉巴达那格巴拉卡！"黛西和她的兄弟们正划船从妖精河过来。

"卡拉巴格那达巴拉卡！"乳齿象和探险者们走到停船处去迎接他们。

"那就定了！"黛西一边啪嗒啪嗒地走上岸，一边喊道，"明天晚上开狂欢会。传教士会让我们一直待到天黑之后，而且涨潮时间很晚，一切都很合适。"

"但是你们今晚要来迅捷号吃晚饭，"乳齿象说，"我准备了一顿大餐。"

"也没问题！"黛西说，"只是我们很早就要离开。明天早上天一亮我们就得起床。"她在乳齿象耳边轻声说。

"我们正要试试看大脚板。"罗杰说。

"以前穿过没有？"黛西问。

"没有，"罗杰说，"不过我们看到他穿过。"

安静的两兄弟德姆和迪看了看彼此。

"我们看着，"黛西说，"谁第一个穿？"

"我。"南希说着站到了大脚板上，乳齿象帮她把脚背上的带子系紧。

慢慢地，她穿着大脚板在泥地上一点点走着，一边抓住一艘小船的船舷保持平衡。

"那样不对，"罗杰说，"你应该摇摆着走，而且得跑起来才行。"

"让他来试试。"黛西笑道。

南希看起来很担心的样子，这可奇怪得很。她松开抓着船舷的手，又试了几步。"你来，约翰，你试试。"她说。她坐在船舷上，乳齿象把她的脚解放出来。

约翰站在大脚板上，系紧了带子。他慢慢地挪动着。"没有看起来那么简单。"他说。他一只脚在有点倾斜的泥地上滑了一下，于是想把重心移到另一只脚上，可那块大脚板也开始像架平底雪橇一样滑动起来。接下来的一刻，约翰就已经坐进泥巴里了。他徒劳地想把一块大脚板踩在身下，可是根本没有用。他打了个滚，四脚着地，终于爬了回来。

"够了够了，"苏珊说，"你现在得把身上的衣服都脱下来了。"

"他应该走得更快点，"罗杰说，"而且该把身体向前倾。"

"你来做给我们看。"约翰说。

"一个泥人就够啦。"苏珊说。

"咳，就让他试试吧。"黛西说。

乳齿象帮罗杰把大脚板固定好。"好，看着，"罗杰说，"你应该身体向前倾，摆动双腿……像这样……"他站了一会儿，脸上忽然泛起一阵不确定的神情。接着，他想起自己看到乳齿象是怎么跑过那条小河河底

的，于是就往前跑去。第一步还可以。第二步也没问题。第三步，他一只脚踩在了另一块大脚板上，脸朝下摔了下去。

德姆和迪一句话都没说，但是看了看彼此，开始无声地大笑起来，身子都跟着颤抖。

"成为乳齿象可是需要练习的。"黛西说。

随后，鳗鱼部落的成员们被带到营地，这次是作为朋友来参观，而不再是敌人了。约翰和罗杰把衣服摊开挂到灌木上。他们决定接下来要像野人一样穿着泳衣，然后在池塘里打了个滚，把身上其他地方的泥洗掉了。苏珊和佩吉忙着准备去上游探险时吃的三明治。约翰和提提复制了几张只画了妖精河西边一带区域的空白地图，这样的话六艘船每艘上就都有一张了。乳齿象蹲在他们旁边，赞叹他们已经完成的工作，并指出了一两个他觉得探测员们有一点失误的地方。不远处的堤坝上传来欢声笑语，那是南希、黛西和鳗鱼们正在私下里开会呢。布里奇特很不开心，因为被他们赶到了一边，只好和辛巴德玩。罗杰被大家赶出了营地，正在船边用他的笛子练习一首《船曲》，顺便观察着潮水的情况。此时，水位渐渐升高，淤泥又开始被水面淹没了。

罗杰跑回去告诉大伙儿这个消息。

"水开始上来了。"他说。

"再等至少一个小时吧，"乳齿象说，"水道里有了水，我们才能出发。"

最后的准备工作也完成了。布里奇特很不情愿地同意把辛巴德留在营地。"它要是一整天都在船上，会很难受的。"苏珊说，并且许诺下次去陆地探险时带上辛巴德。乳齿象指出，大点的船得一直在主水道里航行。

"那些细小的水道是最难勘测的。"约翰说，"听着，提提和我要去鳗鱼们的船上。他们的船比我们的浅一些。"

"我要和黛西在一起。"南希说。

"有些地方我们可能得下来推船。"乳齿象兴高采烈地说。

"那我们出发吧。"提提最后说道。

"要不要先把午饭吃了？"苏珊问。

"最好还是路上吃吧，"乳齿象说，"我们到时候就能顺便跟着潮水漂过去了。"

半小时后，营地就空无一人了。妖精河也空了。不过，假如有人从飞机上往下看，会看到一个像是浮动的岛一样的东西，正在秘密水域中间慢慢地随波逐流。秘密水域平静无声，一丝风都没有。巫师号和萤火虫号拴在了一起。南希和黛西、约翰和迪、提提和德姆，两两组合，在鳗鱼部落的小船里往前行进着。每艘小船的乘客都把缆绳丢到了其中一艘更大一些的船里。乳齿象和罗杰一起，绕着所有的船划了一圈，最后紧跟在巫师号后面。六艘小船距离都很近。食物从一艘船传到另一艘上，大家都忙着吃东西。

慢慢地，潮水带着像浮岛一样的船队来到了宽阔的水道中央。两岸都是低低的绿色河岸，还有绵延开来的亮闪闪的泥地。在他们前面，如镜的水面伸向远方，那里也有绿色的河岸。远处现出一座房子的屋顶，

还有低低的绿色小岛，小岛四周都是泥地。

"我们是不是该划船了？"约翰最后说道。

"不着急，等潮水高些再说。"乳齿象说。

"我已经开始往图上画了。"罗杰说。

"可是还没什么东西值得画上去啊。"约翰说。

"我们已经填上去了，"罗杰说，"就像这样，还很不错呢，尤其是香蕉。"

"可是香蕉和地图有什么关系？"约翰说。

"有啊，"罗杰说，"我刚写上了'船队在这里大快朵颐'，可不是吗？"

水平如镜的水面上出现了一片水波，然后又是一片。

"像猫爪一样。"黛西说。

"起风了。"约翰说。

"解开缆绳，"乳齿象说，"快点，罗杰。要是他们能航行了，我们就该开始划船了。"

不一会儿，这座漂浮在水面的小岛分散成了六艘小船。罗杰和乳齿象冲在前面。其他船上，小水手们开始把帆升起来。

"鳗鱼风。"黛西边把小小的帆升起来边说，南希则难得成了名安逸的乘客，坐在船底，手上拿着铅笔，还有她那一份地图。

"为什么叫鳗鱼风呢？"她问道。

"因为这正是我们需要的风。"黛西靠在吊索上一边大口喝着饮料，一边喘着气说，"这风真是棒极了。用不着调整风帆，两边的风都能帮助

我们前行。"

苏珊掌舵巫师号，已经把舵盘固定好了。这回，她首次把布里奇特提升为一等水手，让她坐在舵柄旁，自己则把帆升起来。

佩吉一个人孤零零地在萤火虫号上，遇到了点困难，可是当约翰提出过来帮她一把时，她像南希那样回答道："那些船帆船索的①！让我的骨头颤抖！只是陷到泥里啦。烧烤的公山羊！现在起来了！"

德姆和迪正急于向他们的乘客展示野人的本事，几乎在乘客们明白发生了什么之前，就把帆全部升起来了。

"我说，"提提说，"那真是不错。"

"势均力敌，"德姆说，"有时候迪比我快些，有时候没我快。"

"我们现在要做什么，首领？"迪抓着舵柄，跨过约翰的双腿。

"我们一起前往水道分叉的地方。"约翰蜷着身子躺在船底，这样他的海图就可以一直放在中间的座板上了，"不过我们不要离北岸太远。我还没去过那儿。你们要知道，我们当时勘探这个地方的时候，还以为你们是敌人，所以不得不待在可以看得见营地的地方。"

迪忍不住笑了。"你们离营地可是没走远。"

"要是提提没有忙着画地图，你们没法成功的。"约翰说，"话说回来，你们好歹算是做到了。但遗憾的是我们没把北岸勘探完毕。喂，前面是座岛吗？"

"是其中一座。"野人向导说。

---

① 南希常用的水手语，表述感叹。

"快看这儿，"几分钟后约翰大声说，"那个缺口是什么？有路可以通过吗？如果有的话，我们勘察过的那整个部分可能都属于一座岛。"

迪向约翰手指着的方向看去。在他们北边那长长的堤坝上有一个缺口。

"可能吧。"他说。

"喂！乳齿象！"约翰喊道。

乳齿象停止了划桨，向后望去。在微风的吹拂下，此时他仍在这些帆船的前面。"怎么了？"他喊道。

约翰指着那个缺口："那个是你提到过的缺口吗？"

"没错。"乳齿象喊道。

潮水带着他们往前漂去。

"喂，我们试试那儿吧。"约翰说。

正在这时，布里奇特看到了那头海豹。在他们的面前，秘密水域似乎到了尽头，被低矮的、长满绿草的河岸取代了。那里有块泥地还是沙地，上面有什么东西在动。"看，"布里奇特说，"有人在游泳，在水里打滚呢。就像德姆和迪那样。"

所有人都赶紧朝着那边望去，一想到有陌生人出现，不禁都警觉起来。

"是头海豹！"提提从望远镜看出去，喊了起来。

"是那头海豹。"黛西说。

"是乔治。"乳齿象说完，敏捷地悄悄往那个方向划去。

海豹在游泳之后，正悠闲地晒着太阳，看上去简直就像一块大磁石，

Arthur
Ransome

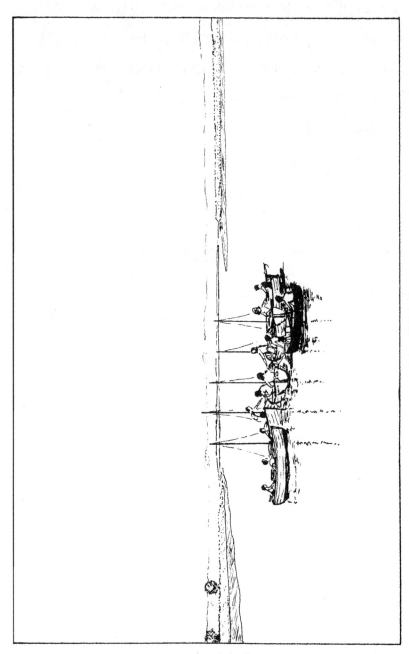

浮岛一样的船队

整支船队都朝着它划去，就连约翰都有一阵子目不转睛地盯着它。不管怎么说，岛是不会跑的，可海豹会。再说了，是迪在掌舵呢，不是约翰，迪也和大家一样，改变了航向。

"这是我们今年第一次看到它。"迪说，"唐说它在这儿出现过很多次了，不过它出现的时候我们总是在别处。"

"为什么他管海豹叫乔治呢？"约翰问道，这个问题从每一艘船上都陆续传来。

"为什么不呢？"迪说。他的回答真是绝妙。

这就像一个赛艇会，海豹乔治所在的地方就是比赛的终点。六艘船离彼此越来越近了。每艘船上，连最轻声的讲话，在别的船上都听得见。"船桨别打出水花！"黛西向乳齿象嘘声说道。"别说话。"乳齿象又对罗杰说。"我们要是抓到它了怎么办？"布里奇特问苏珊。"佩吉，你把我们的风抢走了。"提提说。"呵，那就不要挨这么近嘛。"佩吉说。"它看到我们了。"迪悄声说。

平躺在泥地上的海豹突然抬起那圆圆的灰色脑袋。它慢悠悠、不慌不忙地用鳍支起了身体，摇摇摆摆地朝水里扭去。它在水面上浮了一会儿，然后就消失不见了。

船队继续朝它之前出现的地方驶去。

"它还会上来的。"乳齿象说。

"可是在哪儿呢?"罗杰说。

"在那儿。"黛西说道,整支船队随即又改变了航向。乔治在一百米以外的地方又出现了。它的头和肩露出水面。船队对它很感兴趣,它同样对船队也很感兴趣。

"我们再靠近点,好把它画下来。"提提说,"我们该把它画到地图上。"

但是乔治已经看厌了他们。它一头扎进水里不见了,船开到了它之前到过的地方,可没再见着它的身影。

约翰转过身,又一次看了看那个缺口。"我说,乳齿象,我该去那个缺口试试看,"他喊道,"可能那儿真的是条西北通道呢。"

"明天吧,"乳齿象喊道,"现在还不能去,除非你不想和我们一起吃饭了。即使那儿通得过,你也得等着水涨起来。要是你绕过去,就没时间探测这些地方了。"他指着他们面前低矮而满是沼泽的小岛说。

约翰在地图上缺口的地方画了一个大大的问号。如果那是通向北海的通道,那肯定值得去探测一番。这个缺口看上去延伸到很远的地方。所谓的西北通道。而且可能还有一条东北通道呢。他可以勘察其中一条,南希负责勘探另一条。但是眼下,潮水在把他们推着向前,他们必须听野人向导的指示。

"我们该怎么走?"黛西喊道。

"有两条主航道,"乳齿象喊道,"往南有条小河,中间是通过盐碱滩的水道。我和罗杰走小河那条路,因为我的船吃水最浅,你们的船还没法过去的时候,我就可以到那儿打个来回了。然后我们就跟你们一起在

盐碱滩那里勘测。"

"好的。"黛西喊道,"来,首领,你走那条路。"她指着水道的开阔处,"带他走那里,迪。要是你们先到了,就在另一头等我们。"

"最好把帆放下来吧,"迪说,"那儿太窄了,没法通过。"

约翰把帆降了下来,看着另外五艘船一起沿着沼泽地边缘往前行进。

"最好让我来划船,"迪说,"你画地图会很忙的。"

"好的。"约翰说,"喂,其他人也要把帆降下来呢。"

"那是我兄弟。"迪说,"通过那里,他可是要花点力气。那儿大概只有一米宽。"

"又有两艘船把帆降下来了。"

又过了一会儿,其他的船被挡在了陆地后面。此时,约翰盯着他的罗盘,即便他看得见那些船,也根本没时间看了。现在他一边行船一边画图,可不是闹着玩的,他不知道其他画图的人是如何做到的。正东方向就是乳齿象岛上的那一点,他在密密麻麻的地图上标注了出来,然后每隔几分钟,就得重新在罗盘上定一下方向。与此同时,迪一会儿向前划着船,一会儿把桨上沾着的泥土给刮了,然后继续驾着小船在两岸之间航行。

"这儿比别的水道好多了呢。"迪说道,一边看着奋力工作的约翰。

"好在我们是在涨潮的时候从这儿通过,"约翰说,"而且泥地还没被完全淹没。"

"那儿有一艘船。"迪说道。终于,他们面前出现了清澈的水面,几乎与此同时,瞥见了一艘小船的桅杆,那艘船显然是在他们南面的干地上移动。

"又有一艘。"约翰说。

"还有一艘。那是大部队，不，少了一艘。那是谁的？"

五艘小船在小岛之间的水道汇合处碰头了。巫师号、萤火虫号、乳齿象的小船，还有两艘野人的小舢板都到了。还有一艘——南希和黛西的船还没到。

"她们被困住了。"乳齿象站在船上往后望着。

"我们自己都被困了三次呢，"罗杰说，"有一次，乳齿象只好穿上他的大脚板，走到泥地里把船推出来，"

"我们至少被困过两次。"提提说。

"我们被困了一百次，"布里奇特说，"对吧，苏珊？"

"黛西应该能想办法出来的。"乳齿象说。

迪和唐都调转船头，准备去营救。不过不需要了。他们看到了桅杆顶在沼泽地里移动，几分钟后小船终于出来了，野人黛西在小船一边，戴着红色鸭舌帽的探险者在另一边，用桨撑着小船，把船推出了水道。

"喂！发生什么了？"

"被困住了，死活出不来，"黛西说，"我们只能等着潮水上来。没关系的，真是说来话长。"

她俩都微笑着。在约翰看来，她们对于耽搁了行程还挺高兴的。

"接下来做什么？"罗杰问。

"最好交换水道，再过一遍。"约翰说。

他们把船调了头，每艘船都换了一条没走过的水道，再走了一遍。这时，水位已经高了一些，被泥地困住的时间都不超过一两分钟。回来

之后，每艘船上的探险者都各尽所能把水道在图上画了出来。

"就叫芒果群岛吧，"提提说，"到处是沼泽，没地方上岸。"

"上游有两个可以上岸的地方。"罗杰说。

"我们可以在那儿登陆。"布里奇特说。

"我们走吧，"提提说，"那是个定居点，那儿的人都穿着当地服装。"

他们继续划船，经过了一片开阔水域，时不时还有一块块泥地露出水面。水域一边是座旧码头，码头旁停着几艘当地人的小船。码头后面是些乡村小屋，还有一块地，马儿在地里吃草，摇晃着尾巴把苍蝇赶走。码头下面，几个穿着衬衫和裤子的男子（正是当地人的装束）正在给一艘船上漆。探险者们在挨着码头的碎石滩上了岸，爬上碎石滩，站在高处眺望着芒果群岛，还有他们来时走的水道。

"那儿就是我们接下来要去的地方，"乳齿象说，他指着开阔水面对面河岸上的一个缺口说道，"那里是条运河。不过现在水还涨得不够高。"

约翰和提提赶紧沿着高高的小河河岸走了一圈，发现爸爸地图上描绘的这个地点只需要做些微的修改，只是上面没把运河画出来，也没标上当地人聚居的地方。等到他们回来，水位又上升了三十厘米，其他人都已经回到船上，准备好了最后一个阶段的航行。

"我们出发吧。"乳齿象说，"我和罗杰先走。太窄了，两艘船没法并排前进。

六艘船，一艘接一艘地离开了这片开阔水域，驶入了运河狭窄的河口。这算得上是他们经历过的最奇特的探险了，画到图上却很简单，因为运河几乎是笔直的。划到前面没水了，他们没法继续，于是停了下来，

泊在一根黑乎乎的旧码头桩旁边，这儿原来是座装卸码头。这里的水实在是太浅了，最后几米的路程，他们只能把船撑过去。

"我们好久好久没来这儿了。"黛西说道，她和南希每人架着布里奇特的一只胳膊，把她抬到了干地上，"我们去看看牛奶工还在不在这儿。"

靠近装卸码头不远的地方坐落着几幢房子，房子上刻着字，说这些房子是用旧伦敦桥上的石头建成的。野人和探险者们围着房子逛了逛，好像到了外国一样，然后他们来到了一户农家庭院，院子里有人正在一座木头棚子里给奶牛挤奶。

"来买牛奶的？"牛奶工问道，然后喊他儿子去拿些玻璃杯。"我记得你……还有你……"他说，"但我不认识你，还有你……"

野人们匆匆耳语了一会儿，然后黛西说道："我们一分钱都没有。我们不买牛奶。"

"我们有足够的钱，"约翰说，"苏珊掌管探险队的钱袋子。你们要是不喝，那我们也一口都不要。"

"你们当然必须喝点。"苏珊说。

"好吧，我们还真口渴了，"黛西说，"谢谢你们。"

"喝完吧。"牛奶工说。于是七个人轮流，你一口我一口地喝着，因为他们只有三只杯子。

"这是双耳杯，"南希说，"专门用来传着喝的。"

"我说，"他们转身准备回到船那儿去时，罗杰说道，"他每品脱 ① 只

---

① 品脱，英美计量体积或容积的单位。英制 1 品脱等于 0.5683 升。

收了两便士，比家里还要便宜一便士。我是说，在我们自己的国度。"

"哈哈，你们这是到了海外吗？"牛奶工笑着说。

"嗯，是啊。"罗杰说。

牛奶工又笑了，好像罗杰刚才说了个笑话似的。谁都没告诉他，罗杰说的是实情。他们回到船上时，水位还在不断上涨。

"快上来，罗杰。"乳齿象说道，"风正好吹向运河下游。他们可以升帆航行回去，但我们要比他们先到迅捷号可就困难了。"

"迪，"约翰说，"还有时间去看看那条西北通道吗？"

"没时间了，"迪说，"除非我们不去迅捷号吃晚饭。"

"快点吧，"乳齿象说，"把你们的帆升起来，看能不能追上我们。"

约翰放弃了。先是那头海豹，然后是乳齿象那儿的聚餐。他真想去确认一下那条通道啊，可是自己就这么走了，还把迪带上，就太不合适了。"我们会赶上你们的。"他喊道。

一艘接一艘地，小帆船们把帆升起来，在运河里顺风而下。他们冲出运河，发现乳齿象卖力地划着船，消失在了芒果群岛南边的水道里。他们紧紧跟在他后面，都能听到罗杰在鼓励他快点的声音，就好像在赶一匹马似的。等他们又来到开阔的水域时，看到乳齿象岛就在面前，看到了苍鹭筑巢的那几棵高高的树，于是，他们不得不把帆降下来，换上桨跟在他后面，再通过迅捷河西边那蜿蜒的水道。

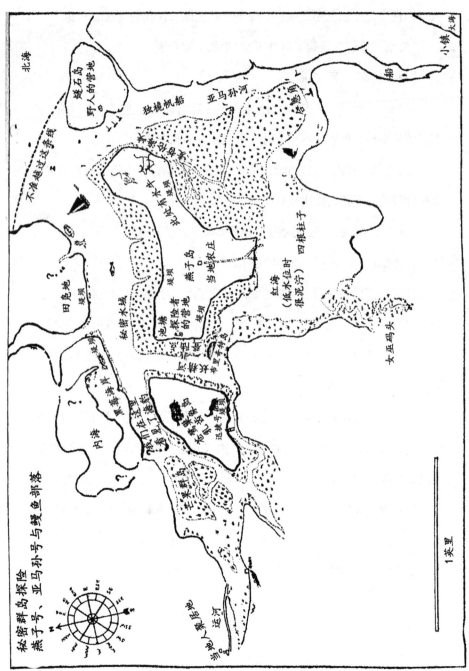

标注了上游水域和芒果群岛的地图

288

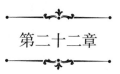

第二十二章

乳齿象办派对

在水道里拐过一个弯，六艘小船便一股脑地朝着乳齿象作为巢穴的古旧破船划了过去。涨起的潮水拍打着竖立在那儿的柱子，但是那乳齿象亲手涂过焦油、上过漆的船头，在水花的拍打下，看上去就好像是蓄势待发正要出海一般。大家紧追不舍，不过在其他船把帆降下来的时候，乳齿象重新开始加油往前冲，他刚刚和罗杰爬到迅捷号上，其他的客人就接着上来了。

等客人们爬上了梯子，乳齿象扶着他们翻过栏杆，那情形就好像是在欢迎他们到他的私人游艇上去一样。"泥巴就别管了，"他说，"之后我会清理干净的，一点都不麻烦。我每天早上都要打扫。噢，对了，要是你们非要洗掉的话，这儿有只桶。"他把桶丢到一旁的水里，提了满满一桶水上来。客人中光着脚的，把脚上最明显的污泥给洗掉了。那些穿着靴子的，仿照着乳齿象的样子，脱下靴子，把它们排成一排放在甲板上的排水沟里。罗杰当他的助手，带着佩吉、苏珊和布里奇特在甲板上走了一圈，好像他才是这艘船的主人似的。"这是绞盘，"罗杰说，"你们都看到岸上的锚了，还有这儿原来是桅杆，那儿是烟囱……他有只炉子，真材实料的……那里是通到下面船舱的入口……"

"我们下去吧，"乳齿象说，"做好准备工作还需要一两分钟。谢谢你们带来杯子和盘子。我把它们拿下去。下梯子的时候，你们可要用两只手扶好了啊。"

前前后后，总共十一个人，居然都挤进了乳齿象的船舱里。有一会儿，大家简直没法动弹。乳齿象请大家坐下来之后才好些。大家各自在箱子上、他的床铺上、他的凳子上还有地上找到了坐的地方，乳齿象则点燃了炉子，烧上一壶水，然后开始用一把刻刀切起了火腿。

苏珊看着他切了一两分钟，看得越来越难受。"还是让我来切火腿吧。"她终于看不下去了。

"她可麻利了。"罗杰说。乳齿象感激地把切肉的工作交给苏珊，转身去忙别的事了。

罗杰把渔线、还没编好的渔网、橱柜，还有挂衣服的钩子一一指给大家看。这时南希瞧见了那封引起了所有麻烦的信，此刻便钉在墙上。

"瞧，就在这儿。"她喊道，"那就是他们的秘密信息，所有的字都是反着写的。真聪明。苏珊，你来看看，这不比我们的逊色。"

原本欢乐的笑容从乳齿象的脸上消失了。

"唐，"黛西大声说，"都是误会。你不该留着它的。"她跳起来一把抓过信，揉成一团，丢进火炉里，"好了好了，现在没了。友谊长存！"

乳齿象又露出了笑容，继续从袋子里翻出一听一听的炖桃子来。

"等到明天晚上！"南希说。

"那当然，"黛西说，"接着就是狂欢会，还有人类祭祀仪式，友谊长存长长存！你们来这儿，我们真是太高兴了。我们这部落太小了，斗个舞都斗不了……还有我说，你们看过我们的了，给我们看看你们是怎么传递信息的吧。"

"那你得懂旗语才行，"南希说，"就像这样。"她拿来一张用来裹面

包的纸，"你刚才说'友谊长存'。看这儿，这几个字是这样表示的。现在往上面画上腿……就像这样……"

"这看上去就像是斗舞。"黛西说。

"就是这样，"南希说，"看到这个的人，谁会想到它能和'友谊长存'扯上关系呢？再看这儿，我把整个字母表都画出来。关键在于胳膊，腿的话就无所谓了，想怎么画都行。"

苏珊占据了桌子的一头，忙着切火腿片。约翰把所有的地图都收到一起，在桌子另一头铺开，放在一起对比着，不时地把其中一张拿到另外一张的上面，然后把两张一起举起来，借着船舱口照进来的光线观察。要把所有地图上的东西都画在一张图上，再把那些水道的位置都画对，可是一项浩大的工程。他从正在忙着打开罐头的乳齿象那儿借来一张纸，试着画了起来。对，那儿有一条小河，罗杰干得不错，还有通向南边的水道，还有经过芒果群岛的水道……最后都会画好的，只是时间问题。

他刚开始动手工作的时候，几乎听不见周围的谈话声，不过后来，等他开始把草图里画错的地方擦掉、再把正确的地方涂黑时，别人的谈话一句又一句地传入耳中，这就说明，其他人脑子里想着各式各样的事，唯独没想着画图。"烧烤的公山羊……我是说了不起的康吉鳗啊……那可是最棒的。"那是南希的声音，她在催着什么。约翰清楚，现在南希作为一名探险者的特性已经消失殆尽了，而海盗的本性正在占据她内心的主流。还是说，是海盗和鳗鱼的精神搅和在一起了？唉，管它呢，这不重要，只要地图画好了就行。接着他听到布里奇特说："你答应过的，不是吗？就连苏珊都说我够大了。"然后是罗杰在跟那两兄弟商量："我

真不知道该怎么把篝火烧旺。为了烧水我们差不多把能找到的木头都用光了。"接着黛西又来插话:"你们别操心那个。等到明天早上就知道了。""你的笛子呢,罗杰?"乳齿象问。"我的天!"罗杰说,"我把它忘在你的船上了。"罗杰急急忙忙爬上了梯子,很快,甲板上就响起了《船曲》的旋律,接下来是黛西和南希,然后再是佩吉和鳗鱼兄弟开始和着曲子跺起脚来。

苏珊说:"听着,约翰,把地图收走。我们要用桌子摆宴了……这儿没地方跳舞。还有,要是你们不能安静的话,都给我出去。"

最后的准备工作由乳齿象和苏珊单独进行。他们俩几乎听不见彼此说话的声音,因为头顶上的声音太大了。外面的光线还很亮,不过乳齿象还是点燃了防风灯,挂在一只钩子上。接着,他对着苏珊咧嘴一笑,打开了一大盒饼干。"妈妈买给我的生日礼物,"他说,"可是我告诉她,放着不吃就浪费了。

"准备好啦!"乳齿象喊道,可是谁都没听见。"好啦好啦!"他大吼道。笛子声戛然而止,音乐家和舞者们纷纷下来吃饭了。

茶、火腿、涂了黄油的面包、听装的桃子、奶酪饼干、巧克力饼干、还有蛋糕,一样样都进了大伙儿的肚子。饼干上还装饰着纸帽子,布里奇特戴着一顶粉红色王冠,看上去可漂亮了。乳齿象戴着一顶浅蓝色帽子,看上去更神气了。

"好丰盛的一顿大餐啊。"罗杰说道,他已经饱得吃不下了。

"布里奇特和鳗鱼会更好吃,"乳齿象说,"等到明天晚上就知道了……要是我能多捉些就好了……明天你们探险不会需要我的。"他又

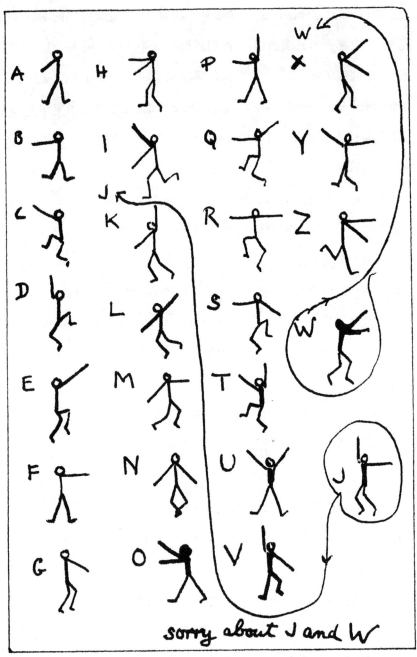

南希画的旗语原稿

说，"反正你们也探测不了太多地方。"

约翰看了看他的地图。"剩下的也不算太多，"他说，"最重要的地方我们还没探测过，就是北岸那里。我们必须确认，在黑莓海岸后面到底有没有一条西北通道。而且，我们必须弄清楚是不是有条东北通道，使得田凫地成为一座岛屿。另外还有穿过红海的路要探索一下。"

乳齿象查了查钉在墙上的潮汐表。"满潮八点之前到来，"他说，"也就是说，大约两点钟的时候是低潮。潮水下落的时候我们什么也干不了。整个中午期间，除了主水道之外，不会有什么水的。正是去涉水滩的好机会。"

"等潮水落下去的时候我们去探那条路。"约翰说，"等潮水又上来了，我们就可以去北岸那儿了。去那里不会花太多时间的。到时候你不能来吗？去看看那个缺口后面有什么！"

"那炖肉仪式怎么办呢？"乳齿象说，"鳗鱼太难抓了。等我抓到虫子之后，可能整天都得花在抓鳗鱼上。"

"我们还得为狂欢会做准备。"黛西看着南希说。

"画那条路的地图是用不着向导的。"约翰说，"等探测完那条路，就只剩下北边的任务了，那可是最重要的部分。"

"我们可以全部探测完，"南希说，"不过别想着明天下午去了。要是不让野人进攻我们一下，这么好的野人可就白白浪费了。要是你们到别处去了，他们就没有可进攻的对象了。而且，如果不打点仗，那斗舞肯定好不到哪儿去。"

"我们会做好准备的。"约翰说，"到时候四对七，他们根本没获胜的

机会。"

南希咧嘴笑了："等着瞧吧。燕子号船员得对付一大帮敌人呢。"

等他们走上梯子、从甲板上向四处望去时，眼前的潮水已经开始往下落了。探险者们匆匆忙忙下了船，回到自己的小船上，好赶在潮水落下去之前离开。黛西和她兄弟们的船更小、更浅，他们仁多等了一会儿，顺便和迅捷号的船长最后说几句悄悄话。

"真是一场盛宴。"罗杰叫道。

"非常感谢。"其他人喊道。

"欢呼！欢呼！"罗杰喊道。

"真好，我们没有那天晚上来吃，"南希说，"船舱里挤满了人真是有趣得多了。"

他们划船离开了。

"我们比赛谁先到家。"南希说，"就让帆收着，开始吧！"

两艘船上的人都手忙脚乱起来。帆桁被拉到了桅顶，角索被拽了下来，方向舵急急忙忙开动了。现在正是争分夺秒的时刻，因为距离实在太短了。

"谁的脚先踏到岸上谁就赢了。"南希喊道，两艘船几乎碰在一起，然后飞速冲进了妖精河。

"我们的舵有点僵硬。"苏珊说，她正在为巫师号掌舵，"喂，提提，你确定准备工作做好了吗？"

"我们再试一次吧，"提提说，"我刚才太着急了，急急忙忙就启动了。"

"有时候摇摇晃晃的，有时候又转不动，"苏珊说，"有大问题啊！"

"就这么开吧，"约翰说，"你做得很好。要是停下来，我们就根本没有机会了。稍稍把重心往前一点，提提。好啦，我们领先了。天哪，这个比赛真是难分胜负。"

"风是从岸上吹来的，"苏珊说，"到岸之前你是不是该把帆降下来？"

"降下来我们就输了，"约翰说，"南希不会降的。我把活动船板提起来了。朝木桩这边的泥地开，一碰到泥地立刻把帆放下来。罗杰，你准备好跳下去了吗？她说的，第一个上岸的赢。"

"是，是，长官。"罗杰说。

两艘船齐头并进地朝岸边驶去。佩吉爬到萤火虫号前部，准备跳下小船。

"小心，南希！"约翰突然喊道，"给我们留点地方。水底下有好多木桩……"

太晚了。

"把船开到硬地的另一侧，"他对苏珊喊道，"好了……降帆。跳啊，罗杰，快跳！"

同时发出两声哗哗的水声，罗杰和佩吉从两边同时跳到了狭窄小路的泥地上。他们两个都抓住了对方，免得掉下去。

"难舍难分啊。"佩吉说。

"有情况，"苏珊说，"我们卡住了。是方向舵，我一点都动不了它了。"

当时，除了一跃而起的罗杰，巫师号上的乘客都感到一阵突然的震

动。萤火虫号已经轻轻松松地滑到了硬地旁的泥地上停了下来，可巫师号就像是撞了墙一般停了下来。

"开到木桩上啦。"约翰说，"大家都上岸去，我再把帆放下来。"

他们爬下船，跳进了水里。布里奇特蹚着水哗啦啦地走过小路，跑到营地去告诉辛巴德马上就可以吃晚饭了。

约翰轻轻地拉着船。船朝另一边动了动，但没有向前移动。约翰蹚着水来到船尾，在水下摸索着。

"方向舵卡在两根该死的木桩当中了，"他说，"我马上就把它拉出来。"

"哎呀，"南希说，"真是抱歉。我以为你们是要从另一边靠岸呢。"

"是的，我们从这儿过来了，"约翰说，"但是那些木桩伸出来好长一截……看这儿，你帮我拉住了。"

约翰把手伸进水里，双手抓住了细长的木头方向舵。他使劲一拉，终于把方向舵拉了出来。

"正正好好卡在两只桩子中间了。"他说，"噢，天啊！看看这个。"

在正常情况下，方向舵在两个舵栓之间摆动，舵栓又落入舵枢。提提慌慌忙忙地开了船，结果只把上面的舵栓滑动到位了，下面的却没滑到舵枢里，难怪苏珊觉得掌起舵来那么困难呢。而现在，由于方向舵卡在了木桩之间，上面的舵栓就被压弯了。

"我们再把它掰直。"南希说。可是约翰已经试过了。

"没用的，"他说，"两个都要笔笔直才行。而且，这船不是我们的。

我得把它带到造船师傅那儿去修了。"

"卡拉巴达那格巴拉卡!"

三个鳗鱼部落的成员在回家的路上正好经过。

"卡拉巴格那达巴拉卡!"探险者们回应道。

"怎么了?"黛西问。

"我们把舵弄弯了。"南希说。

"最近的修船厂在哪儿?"约翰喊道。

"在通向镇子的小河上游,"一个鳗鱼喊道,"有家不错的,就挨着游艇俱乐部!"

小船又出发了,开得很快,他们也在比赛谁先到家呢。

"白脸人!"黛西的喊声尖利地越过水面传来,"嗨!首领!"

"哈啰!"

"你们明天晚上最好戴上帽子啊。"

"为什么?"

"而且要用胶水粘上。"

"为什么?"罗杰喊道。

"保护你们的头皮啊!"

借着潮水和风势,野人们马上就来到了妖精河的河口,甚至连罗杰都还没来得及想出怎么回答他们,喊话声就听不见了。

探险者们回到营地。约翰拿着弄坏了的舵。铁做的舵栓太结实了,两位船长谁都扳不动。"这是船工该干的事,"约翰说,"我们一定得找人

把它修好。"

　　"嗯，还有件事，"南希说，"反正你们明天要走红海上那条路，不如到镇上去。不会耽误时间的，你们都还没去过那里呢。"

　　"而且我们还可以打电话。"苏珊说。

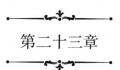

第二十三章

穿越红海：以色列人篇

天气酷热难当，饭点日晷清晰的影子已经接近表示午饭的位置。南希的手表挂在图腾上，表上的时间是将近十二点了。这个时间，涉水滩应该已经干了，探险者们应该可以穿过红海去考察那条路，顺便把弄坏了的舵拿到镇上去修。除了南希和佩吉，所有人都要去，因为她俩已经去过镇上了，而且，她们满脑子想的都是晚上要做些什么，差不多已经变成鳗鱼了。大家都想去看看镇上是什么样子，而且这会是他们第一次有机会打电话给妈妈。早饭过后，他们就一直忙着画地图。昨天六艘小船一起探险，给他们画地图提供了很多想法。约翰把六张草图画到了一张图上，提提照着画下来，再用墨水描了一遍，其他人则七嘴八舌地解释那些弯弯绕绕的线条是什么意思。那些线条，除了画图的那个人，别人根本看不懂。

现在这地图看上去真的像一张地图了。当初爸爸用铅笔粗略画下来的轮廓，基本上都已经被擦掉了。陆地和海洋不再一个样了。原来大片大片未经探测的区域已经缩小到几乎没有了，只有秘密水域的北边那一块还没去，他们在秘密水域探测的那一天，因为担心不怀好意的野人，探测工作几乎没法进行。

"一切顺利。"提提说着，用胳膊肘把身体撑了起来，从稍远点的距离看着她的作品。

"我肯定爸爸一定会说'真不错'的。"约翰说。

"那意思就是'棒极了'。"罗杰说。

"只剩那两条通道需要最终确定了。"约翰说，"哎，南希……她去哪儿了？"

传来一阵歌声。南希溜出去眺望秘密水域了，现在正唱着歌沿着堤坝往回走呢，嗓门也越来越大。那曲子大伙都很熟悉，歌词却不大一样。

> 康吉鳗要来咯，呼啦！呼啦！
>
> 嗒嘀嘀嗒！啦啦啦！

她突然停下来，然后又唱了起来。

"她在为今晚创作歌曲呢，"佩吉说，"今早起床后就开始唱个不停。"

约翰冲她打手势。南希转头看了看，挥挥手，又换了另一首曲子。

> 泥地儿震震
>
> 鱼鳍儿抖抖
>
> 大小鳗鱼齐扭扭

> 滑呀滑，扭呀扭
>
> 摆呀摆，晃呀晃
>
> 跟着野人号令走……

"能看见他们了。"她走进营地时说。

"跟田凫地有关的事，"约翰说，"你能不能……"

他不再继续说了。

"他们在那儿。"罗杰叫道,"怎么没扬帆啊?"

三艘野人的小船正从妖精河河口驶进来。

"船吃水真是深啊,"罗杰说,"他们船上装了货。"他朝着停船处跑去,其他人跟在他后面。

"卡拉巴达那格巴拉卡!"水面上传来三个人快活的喊声。

"快来,"南希悄悄地说,"给他们来一下子。大家一起!"

七个探险者齐声吼道:"卡拉巴格那达巴拉卡!"

"怪不得他们没升帆呢,"罗杰说,"他们自己都快没地方站了。那些货物是为生火准备的。我告诉过他们我们木柴不多。"

树枝、原木和箱子上拆下来的木板在每艘船上都堆得满满当当,甚至比船舷还高。每艘船都装到没法再装了。

"你们看,"南希说,"鳗鱼部落的成员真不赖。"

"我们五点钟就起来了,"黛西一边靠岸一边说,"看看我们的收获。"

"可以烧好大一堆火呢,"罗杰说,"都可以烤熟一头牛了。"

"刚好可以烤个祭品。"黛西说。

"烤?"布里奇特疑惑不解地问。

"没事的,小布里奇特,"提提悄悄地说,"作祭品的人,在最后关头总能得救。"

"乳齿象抓到炖肉的食材了吗?"黛西问。

"我看到他挖虫子来着,"罗杰说,"他说落潮的时候正好可以钓鱼,不过我没法帮他。我们都要到镇上去。"

"没关系，"黛西说，"只要你们按时回来参加狂欢会就好，而且你们必须准时回来啊，到了四点涉水滩就又要被水淹没了。唉，那只船舵真是可惜……"

"船工那地方离游艇俱乐部很近。"德姆说。

"大伙儿一起把船上的东西搬下来！"约翰说。

黛西看了看南希，南希朝她挤了挤眼。

"我们来搬吧。"她说，"你们走得越早，回来得就越早。"

"涉水滩肯定已经差不多干了。"迪说。

"你们都穿靴子啦。"黛西说。

很显然，鳗鱼部落的成员们都急着看探险者们上路。

"喂，我准备好了。"苏珊说，"佩吉拿了些三明治。我们的三明治在我的背包里。我还没把要买的东西列出来呢，不过我们可以在路上想。我们还需要点什么，你们有没有想法？"

"我们昨天把最后一点巧克力吃完了。"罗杰说。

"除了巧克力，你还能不能想点别的？"约翰说。

"当然可以，"罗杰说，"可是巧克力真的很重要。所有的探险家都备足了巧克力。斯科特 ① 啦，南森 ② 啦，还有哥伦布 ③……"

"哥伦布可没有，"提提说，"那个时候巧克力还没被发明出来呢。"

---

① 罗伯特·斯科特（Robert Scott，1868—1912），绰号"斯科特船长"，英国著名的极地探险家。

② 弗里德特乔夫·南森（Fridtjof Nansen，1861—1930），挪威航海家、北极探险家。他于 1893 年至 1896 年乘弗雷姆号横跨北冰洋。

③ 克里斯托弗·哥伦布（Christopher Columbus，1451—1506），意大利探险家、航海家，大航海时代的主要人物之一，发现了美洲新大陆。

"反正我敢打赌，要是他能吃上巧克力的话，一定会准备一大堆的。"

"我得去把辛巴德抓住。"布里奇特说。

"喂，听着，布里奇特，我们不能带它去。"苏珊说。

"不穿靴子就不能去。"罗杰说。

"穿不穿都不能去。"苏珊说。

"可你们昨天也不让我带上它。"布里奇特说，"你们答应了的，下一次我就可以把它带上。再说我们这是要去陆地，又不是在船上。"

"为什么不把它交给我们呢？"黛西问道。

"伟大的康吉鳗啊！"南希说，"我们不能带上它。别忘了我们要做那么多事。"

"它跟我待在一起，"布里奇特说，"它喜欢走路。"

"绕着圈走。"罗杰说。

接着，苏珊看到布里奇特脸色不妙，赶紧让步了，说如果辛巴德待在篮子里，就可以跟他们一起去。

"你得一直提着它，"约翰说，"我们得像野兔一样跑得很快，不能让辛巴德追着自己的尾巴，耽误我们的事。"

"别把我们弄得像乌龟一样慢。"罗杰说。

"好吧，布里奇特，"提提说，"就让辛巴德坐着轿子穿越红海。"

鳗鱼们把装得满满的船留在停船的地方，来到营地看着探险者们动身出发。

"赶紧回来啊，"南希说，"还有安排好你们的哨兵。我打赌你们拦不住我们的。不要以为白人总是能随心所欲无所不能。六个血统纯正的鳗

鱼部落成员，再加上我和佩吉。一鼓作气，营地里会鬼哭狼嚎。"

"我们等着你们，"约翰说，"不过听好了，南希，一定要把田凫地画到图上去。现在不用一直待在能看见营地的地方了。要是你们在那儿上岸，就能帮忙把地图画完，弄清楚那儿到底是不是座岛了。哪怕因为没有潮水不能坐船绕行，也能完成。然后就只剩下西北通道了……如果真的有的话。"

"是，是，首领。"南希说。

"你们可不能在我回来前就献上祭品啊。"布里奇特说。

"这你不用担心。"南希说。

"在镇上多给她吃点奶油面包，"黛西说，"就是大人们为了保持体形不肯吃的那种。"

他们排成一列出发了，沿着堤坝顶狭窄的小径往前赶去。苏珊背了只空背包。他们的玉米片和糖快吃完了，而且晚上所有的野人都要来，因此苏珊还打算买几样别的东西。约翰带上了弄坏了的舵，另外他的口袋鼓鼓囊囊的，因为他没忘记把指南针也带上。提提带上了望远镜，她和约翰还都带上了地图。罗杰提着装着辛巴德的篮子，布里奇特紧跟在他后面，不时地用手挠挠辛巴德，让它感觉到自己也是探险队的一分子，而不只是一只他们携带的包裹。

此时，堤坝下面的沼泽地已经干了。满潮时露出水面的野草现在则成了一片片长着野草的泥地，野草之间是些纵横交错的小水沟。过了沼泽地是一大片开阔平整的泥地。红海已经不再是海了，而是一大片泥地，

狭窄的小河蜿蜒流过。

提提一直都盼望着能有机会穿过红海，实际是从来这里之后的第一天早上就盼到了现在。那时，她看到红海变成了一片泥泞的沙漠，上面散布着奇怪的脚印，还有乳齿象挖出来的东一块西一块的泥堆。下午他们绕岛航行，又坐在船上经过了这同一片地方。落潮的时候她看到过这条路，上面还有车道，以及到处标示着车道的柳枝。涨潮时，她坐船横穿过那一排柳枝，知道路就在船的龙骨下面某个地方，但她还从来没有在上面走过。这个奇怪的地方得名红海便是于此。以色列人和埃及人。那些以色列人走到半路时，海上的潮水突然汹涌而来，把他们变成了埃及人，把他们的骆驼、行李搬运车还有神猫，连带他们自己都被淹死了。提提此时回头瞥了眼罗杰提着的篮子。辛巴德。有的人可能都会觉得这是个预兆呢。坐在轿子里的神猫。随后，她又想起了神猫与世隔绝的生活，比起辛巴德短暂而又平庸的生活是多么的不同。辛巴德已经经历了各式各样的冒险，还曾被装在鸡笼里，在北海上漂浮，直到被他们成功解救。想到这里，她忍不住笑出声来。

"怎么了？"约翰问道。

"我在想神猫的事。"提提说。

"什么？"

"还有那些埃及人……你知道的……"这时她停了下来。她想起了布里奇特也在场。用不着跟布里奇特讲大海淹没埃及人的故事，没什么好处。此时他们正离开燕子岛，要从那条窄窄的小路穿过泥地，小路的车辙里还有海水呢，而另外一面的陆地还遥远得很。

"说吧，"罗杰说，"提提，说呀。什么事情那么好笑？"

"噢，没什么，"提提说，"我只是在想神猫和辛巴德。辛巴德真是特别。"她懒懒地回了句。

"一样重。"罗杰说。提提感激他转移了话题。

"我来提一会儿吧。"她说，"当然喽，我们应该把篮子挂在根杆子上，它就真的像顶轿子了。不过那样甩来甩去，它会头晕的。"

"这只篮子真是糟糕，"罗杰说，"而且它还在篮子里动来动去的。要是篮子撞在我的膝盖上，那都是辛巴德的错。"

就在这时，他们来到了农庄马路和堤坝相交的地方。那是条碎石路，石子很硬，直达海平面。约翰停下来，把方向舵放在地上，看了看指南针。他眯着眼先是看了看农庄，又看了看泥地上那条路。

"我们的方向是对的，"他说，"农庄在这里的正北方向，这条路大概是南偏西方向。我还要从这里再测一下，看看到路中间那四根柱子的方位。"他在自己的地图上草草记下方位，然后就去追苏珊。苏珊没等他，已经行走在泥地上那条路上了。

"我们最好尽快到那儿。"其他人跟上来之后，她说道。

"不会花多少时间的，只要确定下方位就行。"约翰说，"我们回来的时候，时间会更紧张。"

"得赶在潮水涨上来之前。"罗杰说，"要是游过去，那得需要好长时间呢。"

"游泳是不可能的。"苏珊说。

"反正我们也没法游过去，"罗杰说，"我们还带着布里奇特和辛巴

德呢。"

"你以前也不会游。"布里奇特说。

"以前他游泳的时候，一只脚是碰到水底的。"苏珊笑着说。

"我也可以。"布里奇特说。

"辛巴德可不行。"罗杰说。

前面的路比他们想象的好走得多，但不时有些很深的水坑，是潮水留下来的。路面上覆盖了一层软泥，但是都不深，没有没过他们的脚踝。软泥下面是硬硬的碎石路面，走起来很容易。不过他们发现，走路时最好相互不要离得太近，因为走路的时候总是会把泥巴溅起来。路两旁除了泥，什么都没有。罗杰想试试路旁的泥是硬的还是软的，结果一只靴子差点拔不出来。

"天哪！"他挣扎着回到了硬路上，一只靴子上的泥巴已经快要没到膝盖了。天黑时在这儿走来走去可不是什么好玩的事。

"喂，听着，"苏珊说，"你可不能穿着这么脏的靴子到镇上去。"

"马上就弄干净，"罗杰说，"前面路上还有水呢。我们得蹚过去，我就可以顺便把泥洗掉了。"

"我们最好等水位再降下去一点。"苏珊说着，她看见前面有一条细流正横穿过小路，流入两旁的水道。

"这儿只有几十厘米深，"约翰说，"我先走，试试看。"

一分钟过后，他成功蹚过去了。"没问题，"他说，"来吧。走路中间，那儿的水都没到我脚踝。前面还有个湿的地方，那儿肯定有两条水道，而不是一条。这几根柱子，我们当时都经过过，本来可以在柱子两旁找

到水更深的地方的。等等，罗杰，把你的背给我当桌子用一下。喂，提提，帮我拿一下舵。"

罗杰又叉开两腿站稳，约翰把地图放在罗杰的肩膀之间，用铅笔在上面记下了什么。

"别扭来扭去的。"他说，"到那点是东偏南方向，到农庄是北偏东方向。"

"别用铅笔挠我痒痒。"罗杰说着，想抬头看看，身子仍然弯着，"那是什么？那是什么呀，提提？是老鹰吗？我什么都看不到。"

提提没有回答。她没听见他说的话。她正站在四根高高的柱子之间。他们坐船经过那儿的时候，柱子是淹没在水下的。她抬头直直地看着天空，没看到老鹰，没看到云雀，甚至没看到无边无际的蓝天，却看到了头顶上几十厘米的水面搅动个不停，一艘小船漆成红色的船底，还有小船的活动龙骨。

布里奇特一手伸进篮子，摸了摸辛巴德。罗杰拉了拉提提的胳膊。"我什么都看不见。"他又说。

"我也看不见，"提提说，"看不清楚。"她回头看看小岛，又往前看了看远处的海岸。她坐在乳齿象的船上通过涉水滩时，红海的两岸之间全是水，柱子是淹没在水下的，不时地只有一根柳枝的顶部露出水面，随着水流摇来摆去。可现在呢，他们站的地方原来是片海，四周的淤泥正在变干。高高的柱子竖立在他们头顶上方，而柳枝从泥地里竖起来，就像是陆地上的小树苗。

"再过几个小时，这里就又都是水了。"罗杰慢慢地说。

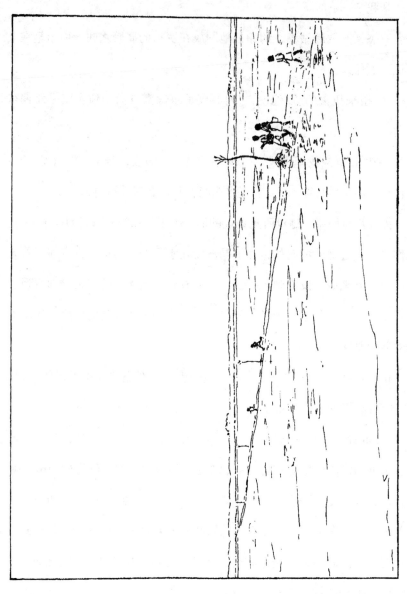

穿过涉水滩

"快点，约翰，"苏珊说，"我们必须在涨潮之前到镇上，然后再赶回去。再说了，不知道他们修好方向舵要多久呢。"

于是他们继续前进。在第二个水没过路面的地方，水深也只有两厘米。再过几分钟，这里就将一片干涸了。但是现在，除了布里奇特之外，在他们的脑海里，都有着一个很古怪的想法，那就是水马上就要回来，漫过小路，水面越来越宽，直到又一次从岛的边缘延伸到大陆，变成一片真正的海，除了坐在船上，没法通过。当然了，这个情况还有几个小时才会发生。不过布里奇特想的完全是另一件事，她是唯一一个不觉得越快过去越好的人。

"我肯定那些以色列人通过的时候速度特别快，"罗杰说，"他们会一直担心水还有多久就又要漫上来了。"

"轮到我提辛巴德了。"苏珊说，"罗杰，你让布里奇特先走一段，然后和她赛跑，冲到这条路的尽头。"

"要等我说了'开始'之后，他才能跑。"布里奇特说着，啪嗒啪嗒地踩着泥跑到前面去了。

"终点是堤坝顶上小路的尽头。"罗杰说。

布里奇特远远地跑到了前面，她扭头望了望，又朝前跑了一段，再扭头看了一下。

"看。"她一边喊，一边继续向前飞奔，哗啦啦地跑过小水坑，跑过那薄薄的一层泥巴。罗杰也开始跑了，跟在她身后。苏珊、提提，甚至约翰都快步走了起来，虽然不至于跑起来，但速度也不慢。这样做当然没关系。潮水还有一会儿才能完全落下去，再涨上来的话还要很长时间，

不过大家都觉得很愉快，因为小路高高地露在外面，伸向陆地，碎石路面上已经没有泥巴了，然后，碎石路面变成了沙子路面，而且沙子已经相当干了。他们赶上布里奇特和罗杰时，脚踩在沙子上，搅起一团团沙尘。布里奇特和罗杰像往常一样，又是不分胜负，现在他们正躺在堤坝顶上，在阳光的炙烤下上气不接下气呢。不知怎的，再次站在干地上，和长时间行走在水下的路面上相比，感觉很不一样。

约翰又在测方位了，以便在地图上正确地标示出小路尽头的位置。苏珊给大家分发三明治。他们把辛巴德从"轿子"里放了出来，看看它对这片新天地有什么想法，顺便也活动活动。

"大陆和那些岛可真是不一样，"提提说，"更像是一个大洲。从大陆上的树可以看出来，海水已经被隔开很长时间了。"

的确，很难相信，眼前的这个地方，距离他们刚刚抛在身后的岛屿、小河和沼泽地，没有十万八千里的距离。穿过红海的那条光秃秃的车道，在堤坝背后变成了一条乡间小道，小道两旁是高高的山楂树丛，头顶上方还交汇着点点的冬青、橡树和白蜡树。远处是一片片小树林、收割好庄稼的田地，还有一座座盖着茅草屋顶的小屋，以及一排高高的电线杆，电线杆标志着通往镇上的大路。他们也能看见大路上不时有汽车一闪而过。

"文明社会啊。"提提说，"我想，镇上的人们从来没有想到过，他们离秘密水域和鳗鱼部落的世界挨得那么近。"

"什么是文明？"布里奇特问。

"冰激凌，"罗杰说，"还有各种各样的东西。"他满怀期望地看着一

缕淡淡的蓝色烟雾，映衬着没有一丝风的天空，懒洋洋地悬在小镇上方。

"快来吧，"苏珊说，"我们去看看他们有没有冰激凌。别忘了我们必须在涨潮之前赶回去。一边走一边就要把三明治吃完。快抓住小猫。猫咪！猫咪！快来吧，辛巴德。我们要给你点奶油尝尝。"

第二十四章

文明社会

　　他们在小道上大概走了八百米，连一辆马车都没碰到，然后就来到了川流不息的主路上。约翰还要用指南针确定方位，所以他们在角落里等了一会儿。小道贯穿南北，主路则是东偏南方向。爸爸的地图上标出了小镇的位置，就在地图的右下角，所以约翰和提提可以把小路和大路都准确无误地标注上去。他们接着向前走，布里奇特则是竭尽全力，其他人和她保持一致的速度。这条路走起来比他们想象的要长一些，穿着高筒雨靴走在柏油路上还挺吃力的，加上不时地从他们身边风驰电掣般经过的汽车，让他们觉得布里奇特走得最快的时候也如蜗牛般慢得不行。话虽如此，但不论去哪儿，都只得走下去。不久，田野和茅草屋顶的农舍都消失不见了，路两旁出现了一座座房子，他们这才发现自己来到了一个海滨小镇的边缘地带。

　　突然有那么一会儿，他们觉得自己真的就是探险者，从野外而来，拜访那些足不出户的人栖息的地方。人行道上挤满了打扮好去海滨度假的人，有些年轻人带着铁锹和水桶，有的人拿着模型船，还有的人带着捕虾的网和钓鱼竿。有人穿着泳装，手臂和腿上被晒得黑黑的；有的人则是新来不久，不仅脸上还是白白的，连身上也是白得没有血色。不过，没有一个人身上有泥巴。有沙子吗？有。不止一次，他们看到有人把鞋子脱下来，把里面的沙子倒出来。但是没有泥巴，一点也没有。而这些探险者刚才蹚水经过涉水滩，弄得身上到处都是泥巴，现在突然意识到

自己脚上穿着污秽不堪的靴子，不好意思起来。他们继续大踏步朝前走着。这些拿着水桶和玩具船的人盯着他们又怎么样？他们哪里知道什么是真正的探险？哪里知道那些未知的神秘岛屿？哪里认识晚上即将狂欢斗舞的野人呢？

约翰拦下一个邮差，询问到游艇俱乐部的路该怎么走。邮差告诉他，到了小镇中心之后往左转就是了。

他们继续急匆匆地赶路，留意着邮差所说的那块标志牌。

"看看哪家店挂了可以打电话的招牌。"苏珊说。

他们已经接近小镇中心了，此时罗杰指着一块挂在杂货店外面的蓝白色招牌，上面写着"在此可拨打电话"。

"我们现在给妈妈打个电话，"苏珊说，"还可以顺便买点东西。"

约翰指着街上挂的一只钟。"天哪，"他说，"快看，将近两点了。乳齿象说过涉水滩大约有四个小时是干的。到四点钟的时候，潮水又要涨上去了，可我还压根不知道修船工要多久才能修好船舵呢。我们得先去修船舵。他修的时候，我们再过来打电话。"

他们继续往前赶，看到一个街角上有一块指示牌，上面写着"通往游艇俱乐部"。他们转到那条街上，经过一个池塘，那儿正有人在玩玩具船。他们找到了游艇俱乐部，两分钟后，他们已经在和修船师傅交谈了。

"你们什么时候要呢？"修船工看着方向舵，手指掰弄着弯了的舵栓，还有上面扭坏了的螺丝钉，"后天修好行吗？"

一时间大伙儿都傻眼了。"我们是打算把它修好就带回去的，"约翰说，"我们必须穿过涉水滩到岛上去。"

　　那人看了看他那块巨大的手表。"我手头还有件事，"他说，"而且我的帮手不在……"

　　"我来帮忙，"约翰说，"您要是觉得我能胜任的话。"

　　那人笑了，又看了看他的手表。"我们尽力而为吧。"他说，"你们穿过滩涂过来的时候是几点？你们剩下的时间不多了。"

　　于是他们商量好，由约翰留下来帮忙，苏珊和其他人去打电话。

　　问题立即出现了。

　　首先，等他们到杂货店时，老板正忙着招待一个顾客，手里包着商品，谈论着天气。"这可是一年中美好又温暖的时候呀，"他对女顾客说，"比七月份要热些。这样的天气，对于小镇来说正好，吸引游客前来，大伙儿都高兴。要是突然下场雨，他们就都走了，还把小镇的名声给搞坏了。我们这儿真是靠天吃饭啊。我总是说，我们该把气象预报员推举到镇议会去，然后就可以让他好好发挥自己的本事为我们服务了。"

　　等了好久，苏珊才捕捉到他的视线，才能够问他电话在哪儿。

　　"直走过那扇门，小姐。"老杂货店主说，然后他们四个就走过那扇门，在过道上找到了电话机。

　　接下来，就像人们总是会忙中生乱，他们总是把号码拨错。最后，她终于拨对了号码，是鲍威尔小姐接的电话。苏珊问她能否让妈妈听电话，这时，其他人看到她的脸色变了。"三点钟才会回来吗？"她说，"等她回来了，就叫她不要再出去了。我们会再打过来。"

　　"怎么了？"提提问。

　　"爸爸和妈妈要到三点才会到鲍威尔小姐那儿。我的天哪，约翰怎

说的来着？我们必须几点回到涉水滩那儿？"

"四点之前，"罗杰说，"修船工说剩下的时间不多了。"

"不管怎样，我们最好把东西先买了，"苏珊说，"然后再回到修船工那儿去。"

他们离开电话机，回到杂货店。另一位顾客正在柜台前购物。他们听见老店主说："要是突然下场雨，他们就都走了，还把小镇的名声给搞坏了。我们这儿真是靠天吃饭啊。我总是说，我们该把气象预报员推举到镇议会去……"

"喂，"罗杰悄悄说道，"他总在说重复的话。"

"可是顾客不是同一个人啊。"提提小声说。

苏珊急匆匆地把东西买了。她之前根本没列购物清单，而且在发现妈妈不在电话另一头之后，很是不安。她买了很多奶油面包，就是黛西觉得可以把祭品喂胖的那种面包。她买了一袋玉米片、一磅方糖，还有一磅砂糖。她给辛巴德买了一听牛奶，还买了一听牛奶可可粉（想着，到时候加点热水就可以喝了，正好适合宴会结束后享用）。她还购置了一些巧克力和其他的东西。老店主给她一一包上，然后就开始说了起来。

"这可是一年中美好又温暖的时候呀，小姐……我们这儿真是靠天吃饭。我总是说……"

苏珊眼睛的余光看见罗杰飞跑出了商店。

"罗杰怎么了？"她问。

"我去看看。"提提匆忙跟着罗杰。

真是奇怪，等他们出了杂货店，就不再感觉自己非要大笑出声不可了。

　　苏珊把所有的包裹都一股脑倒进背包里，和布里奇特一起出了店门。他们回到修船工那儿，发现他已经把船舵上面的金属部件都卸下来了。

　　"约翰，"苏珊说，"爸爸妈妈不在。他们要到三点钟才到。我们还要打次电话。还有多少时间？"

　　"时间不多了，"约翰说，"恐怕我们要跑得像兔子一样快才行。你知道打电话有多麻烦。"

　　苏珊看着布里奇特，她正提着装辛巴德的篮子。

　　"我们没法跑起来。"她说，"你得去打电话，然后追上我们。"

　　"等舵修好，就没时间了。"约翰说。

　　"可是，总得有人打电话吧。"苏珊说，"要是鲍威尔小姐告诉妈妈，说我们来过这儿，却没跟她说上句话，妈妈会非常失望的。"

　　"送一等水手和船宝宝先走，"约翰说，"那他们就用不着赶路了。我们办完了事就去尽力追他们。"

　　"我们不能去打电话吗？"布里奇特说。

　　"不行，"苏珊说，"奔跑起来会是什么样你又不是不知道，小辛巴德会被摇晃得受不了的。我和约翰可能真得拼命跑才行。我会告诉妈妈，说你们没办法跟她通电话。"

　　"他们最好现在就出发。"约翰说，"走吧。一等水手提提负责。沿着路往回走就行了。等到最后时刻才出发，就要一路狂奔了，没必要冒这个险。"

　　"好吧，"提提说，"我们把背包也带上。慢点走不碍事，但是你们背着包还要狂奔，那就太糟糕了。"

"出发前来点文明的东西怎么样？"罗杰说。

"给他们每人一个冰激凌，然后让他们上路。"约翰说。

他们在游艇俱乐部附近吃了冰激凌，然后苏珊跟他们一起回到镇上，在杂货店那只大钟下面跟他们道了"再见"，就送他们上路了。

"此时此刻出发，你们还有足够的时间，"她说，"不用着急。你们还在穿越涉水滩的时候，我们或许就能追上你们了。"

"我觉得他们该让我们等着打电话。"他们离开商店街之后，布里奇特说。

"他们没办法了，"提提说，"等约翰拿到方向舵，还有苏珊打完电话之后，他们恐怕得拼命奔跑才行。"

"我够大了，也能跑了。"布里奇特说。

"辛巴德不够大呀，"提提说，"再说了，你不会想让它晃得晕死过去吧？"

"要是他们能让辛巴德自己先走就好了。"罗杰说，"先走没关系，可是必须有人陪着它才行。不是因为我们太小了才让我们先走的，而是因为我们带着船队的小猫咪，这样就不用急匆匆的了。"

"不仅是因为带着小猫咪才不能加速行动，"提提说，"人一跑，就会立马变瘦。"

"就像黛西那样，"布里奇特说，"我从没想到这点。她说过的奶油面包呢？就是她说的我该吃的那些奶油面包在哪儿呢？"

"在背包里呢，"提提说，"等我们快到红海的时候，就把你喂胖点。"

第二十五章

辛巴德河

"再也不用忍受汽车引擎和尾气的臭味啦。"罗杰说。这时他们已经离开了大路，不用担惊受怕地躲开马路上的车子了。他们在绿色的小路中央悠闲地散着步，两边是高高的树篱，把外面的世界挡在身外。

辛巴德的篮子里传来了一声"喵"的声音。此时是布里奇特提着篮子。

"它想出来。"布里奇特说。

"我们得再往前走走，"提提说，"然后你可以让它出来跑一跑。"

"跑一跑对它好，"布里奇特说，"它又不像我那样，需要增肥。"

"为什么它好呢？"罗杰说。

"我没说'它好'，"布里奇特说，"我说的是'对它好'。船上的小猫都需要锻炼。"

"好吧，"提提说，"它马上就可以跑一跑了。"

他们在绿色的小路上走着，幸运的是，到处都有黑莓。一切都是那么顺利。现在不需要赶路了。哪怕其他人追上他们，他们也已经离涉水滩很近了。提提是这一队人的头儿，她四处搜寻，想找个好地方停下来。她知道要找的是什么……找一个人们在行军途中可以停下来的地方，一个可以坐下来歇息的地方，一个安安静静的角落，一个探险者们可以伸展伸展疲惫的四肢、不用像小孩子一样到处乱跑、忙着躲避农场的马车或是别的什么东西的地方。

　　罗杰找到了一个不错的地方。他跑到最前面，来到一个像是荆棘丛的地方。他给自己摘了两颗汁水饱满的黑莓，他一碰到就落了下来，真不错呢，不像有的果子，哪怕已经变黑了，你还得使劲扯才能摘下来，而且味道还是酸的。他还给布里奇特摘了两颗好的。他停下来，张开嘴，准备喊她。荆棘丛背后有一片开阔地，通向一条窄窄的小径，不容马车通过，但是两侧都有树篱围着。

　　"罗杰失踪了。"布里奇特说。

　　"喂，罗杰！"提提喊道。

　　"喂！"从荆棘丛后面传来他的声音。

　　"喂！快过来！这儿可以歇会儿脚。快来呀。还有一棵树呢，可以坐在上面。"

　　"别被划伤了，布里奇特，"提提说，"一定要小心点，我们可不想再见着血了，而且苏珊不在这儿，也没碘酒。"

　　"我只是把裙子划破了一点。"布里奇特说，"快来，提提。这地方真漂亮。"

　　提提小心翼翼地穿过荆棘丛，往前看了一眼，接着又回到了小路上。"这地方还不错。"她说，"让我花上半分钟做个路标，这样他们就知道我们在哪儿了。"她拿来两根棍子，一根长的，一根短的，放在路中间的地上，一根压着另一根，长棍子指向黑莓丛。她又回到小径那儿，解开背包的带子，开始在里面翻找起来。"噢，天哪！"她说，"装面包的袋子一定被压在最底下了，都要被压烂了。"

　　"那就把它们吃了。"罗杰说，"离我们吃午饭已经过了好长时间了，

327

再说我们只吃了点三明治。"

"反正这儿有一听牛奶要留给辛巴德。"

"我不能把它放出来透透气吗？"布里奇特问。

"只要你能再把它抓住就行。"

"它总是会让我抓到的，"布里奇特说，"它喜欢被人抓住。来吧，辛巴德。给你喝点牛奶。它那听牛奶呢？开一下吧，罗杰。"

辛巴德已经开始不耐烦地"喵喵"叫起来，篮子一打开，它就把头伸了出来，然后伸出一只爪子，接着是另一只。随后，它似乎不那么着急了，慢慢地跨了出来，先伸伸前腿，再伸伸后腿，然后把毛茸茸的身子也伸展了一下，不急不慢地伸着懒腰。

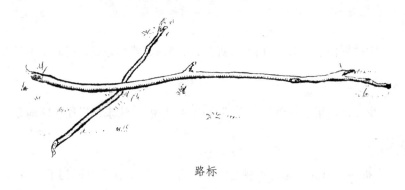

路标

罗杰把童子军小刀取了出来，从牛奶罐的两头分别往下戳了戳。他四处看看。"碟子在哪儿？"他说。

"塞点巧克力到你嘴里去，"提提说，"给你。给它找片大树叶吧，让它从叶子上舔着喝。这些面包真是烦人，我得把东西全掏出来。"

罗杰嘴里塞得满满地离开了。提提把背包里的东西全倒在地上。正如她起初担心的那样，苏珊肯定让打电话的事弄得心烦意乱，就忘了自

己先把奶油面包丢进包里这件事了，接着就把什么糖啊、玉米片啊、饼干啊、巧克力啊，都放在面包上面了。奶油面包已经被压得稀巴烂了。罗杰说得没错。还不如就让他们俩放开肚皮全吃了呢，而那些没办法从纸袋子上刮下来的奶油，就看看辛巴德愿不愿意舔着吃掉了。天啊！要是她早知道圆面包被压成这样，就用不着打开那听牛奶了。提提把损坏得不那么严重的面包放在一边，剩下被压得稀巴烂的就让布里奇特放开肚子吃。"嘿，在苏珊出现之前，你可要把脸上的东西擦干净。"

布里奇特开始大吃起来。

"噢，对了，"提提说，"你吃面包的时候，不能去摸辛巴德。看它那乱糟糟的毛。"

"对不起，辛巴德。"布里奇特说。

"哈啰！"罗杰出现了。

"大叶子找到了吗？"布里奇特问。

"到这儿来，"罗杰说，"转过那个弯，有好多呢，而且那儿还有条小河，现在是干的，但是里面有两艘小船。岸边有个老渔夫，旁边还有艘船倒扣在岸上，他在给船涂焦油呢。我问他，小河流到什么地方，他说是流到镇子边那条水道里的。我们该把小河画在地图上。快来吧。趁着辛巴德狼吞虎咽，你们可以来看看。"

提到地图的事，提提来了兴致。毕竟苏珊说过不用着急，而且他们从镇上出来时，走得很快，离红海已经很近了。要是这儿有条小河，把它画在地图上，比早点到家、把水壶放在火上要重要得多。再说了，她已经在路上留了标记，约翰和苏珊会知道他们在哪儿的。于是提提又

329

把背包装好，小心翼翼地把没压坏的圆面包放在了上面，而不是扔到最底下。

"来吧，布里奇特，"罗杰说，"你带辛巴德过来。我带上它的牛奶。"

"你还得想办法带上那些压得稀巴烂的圆面包呢。"提提说。

"吃下肚还是带着走？"罗杰问。

"随便你，"提提说，"但得给布里奇特留下够她吃的。"

"黛西说我必须吃。"布里奇特说。

"张开嘴，"罗杰说，"我把这个喂给你。你两只手都得抱辛巴德。"

"啊……啊……"布里奇特张大了嘴巴。

"别把她噎着了，"提提说，"好啦，她可以那么叼着。"布里奇特嘴里塞着奶油面包，手里抱着辛巴德。罗杰怕她嘴里的面包还没塞进去，想再帮忙往里塞，布里奇特把头扭开，顺着小路出发了。

"不要边走边吃，"罗杰说，"不然的话一大半都会掉没的。"

提提提着背包和辛巴德的空篮子，赶紧跟在他们后面。可惜她没把约翰的指南针带上。不过，当然了，约翰怎么也不会猜到，她会在回家的路上发现画在地图上的新素材。她停了下来，扔下篮子和背包，从衣袋里掏出那张已经有点皱皱巴巴的地图。她在他们离开小路的地方画了个十字作标记，然后用虚线表示那条窄窄的小路。这条小径真的会通向一条小河吗？她又拿起地上的东西，匆匆忙忙继续往前走。

一位身穿蓝色渔夫套衫的老人正在一艘船旁边工作。罗杰和布里奇特已经跟他交谈起来了。辛巴德正在从一片大树叶上舔着牛奶。提提走了过去，看到脚下有一条狭窄的小沟。一艘平底船，还有一艘带着桅杆

的小船停在泥地上，桅杆顶上还挂着一块破布。但是小河沟里一点水都没有。

"好吧，"提提对自己说，"那些船不可能是走过来的。"

那位老渔夫拿着刷子来回刷着，在船底涂上闪闪发亮的黑色焦油。空气中充斥着焦油令人愉悦的味道。他把刷子在一只旧漆罐里蘸了蘸，一滴滴焦油落在了地上。

"辛巴德，不要踩上去。"布里奇特说，就好像是苏珊对罗杰说话的口气，"啊！它踩上去了。我没早点把它抱起来。"

"噢，布里奇特，"提提说，"它把你裙子前襟弄脏了，那儿还有个地方被扯破了。"

"要是它在里面打滚，那才糟糕得多呢。"布里奇特说。

老渔夫在跟罗杰说话，罗杰刚刚问了个提提本来要问的问题。

"等潮水涨起来了，在里面游个泳。"他说。

"这条小河通到什么地方？"提提问。

"它通向主水道。"老人说着，用手指了指，"你走到那边树篱的尽头，就会看到潮水流进来。"

提提考虑了一下。"我最好走过去确认一下，"她说，"等你们给辛巴德喝完牛奶，我就回来。"

"能让我涂一下焦油吗？"罗杰问。

老渔夫把滴着焦油的刷子递给他，然后开始装他的烟袋。他对提提眨了眨眼。"看到有人干活，总是很高兴。"他说。提提笑了。罗杰忙着涂焦油，布里奇特忙着把奶油面包往嘴里塞，一边还喂辛巴德喝牛奶。

他俩看来不会乱跑的。提提急急忙忙沿着沟边走了过去，想在画到地图上之前再最后确认一下。树篱看上去不是很远，要是她在那里看得到小河河口的话，画到地图上简直就是一秒钟的事情。

时间一分一秒地过去了。河沟上面的小路滑滑的，她走不快。她来到树篱的尽头，这儿的河沟变宽了。真的是条小河呢。就把它叫作辛巴德河吧，要不是辛巴德需要一片大叶子来作盘子喝牛奶的话，他们就不可能发现这条小河。泥地里伸出大片大片的草丛，还有一圈圈的绿藻，这都说明涨潮的时候水位会有多高。看那小河的底部，已经有水在慢慢涌上来了，整条小河在她面前延伸着，变得越来越宽，直到汇入主水道，她可以看到抛锚停在那里的船。要是有枚指南针就好了，就可以确定一下小河的流向。她找了块干燥的地方，坐了下来，开始在地图上画了起来。她看着地图的时候想，这地图可画得不太好，不过这才开始呢，即便是最好的探险者也不可能看上一眼就画出完美的地图来。以后吧，她或许可以和约翰一起来这儿，把图完善一下。不管怎么说，辛巴德河就在这儿。她回头看看树篱的尽头，然后又看看前面小河延伸到深水的地方（那儿肯定很深，不然的话那些船是不可能浮在上面的），确信自己画得八九不离十了。接着，她注意到两件事。首先，远处那些停着的船都朝着北面。其次，她脚下的水正迅速地漫过泥地。她坐下来画图的时候，水还离她很远呢。现在，脚下已经有很多水了。她低头看的时候，可以看到一些白色的水花正在移动，朝着陆地漂去。

她跳了起来，把地图塞进口袋，赶紧回去了。

罗杰、布里奇特和老渔夫正在欣赏涂了焦油的小船。

"我们涂好啦。"罗杰说。

"找到路了没呀，小姐？"渔夫问她。

"找到了，谢谢您。"提提说，"你俩得抓紧了。辛巴德在哪儿？我花的时间比预想的要长得多。"

"那块地儿可以抄条近路到大路上去。"渔夫说。

"我们不是要回大路上，"提提说，"我们是要回到岛上去。

老人看了看沿着河沟涌上来的水。

"那你们得跑快点了，小姐，"他说，"要是不想湿着穿越涉水滩的话。"

"天啊！"罗杰说。

"辛巴德去哪里了？"提提说。

"它就在附近，"布里奇特说，"一分钟之前它还在这儿呢。"

"它在那儿呢。"罗杰说，"你先走，布里奇特。我去把它抱过来。"

可是辛巴德一点也没有着急的意思，还躲开罗杰让他抓不着。

"抓到了。"罗杰最后说，然后把"喵喵"叫个不停的小猫塞进篮子里。提提挥起背包背在背上，顺着狭窄的小道往回走。

"你们一刻都不能耽搁啦，"他们听到身后传来老渔夫的声音，"那潮水涨得可快呢。"

"快走，布里奇特。"他们追上船宝宝时罗杰喊道。

"它会头晕的。你那样摇来晃去它会晕得不行的。"

"没办法了，"提提说，"快跑，布里奇特，快跑。"

他们上气不接下气地出了小径，来到小路上。

"还好，"罗杰说，"还没见着他们的踪影呢。"

"一点都不好，"提提说，"我们在那儿待得太久了。喂，罗杰，你是不是把我做的路标踢到一边去了？"

"对不起。"罗杰说。

提提摆的那两根木棍倒在地上。她又把它们在路中间摆正，这回长的那根指着红海的方向，这样约翰和苏珊就会知道，先遣部队已经往前进发了。

"快点，布里奇特，"她说，"继续走，别停下。我们还能赶上。其他人要是不快点的话就迟啦。"

"迟了什么？"罗杰说。

"潮水，"提提说，"要是我们不当心点，会变成埃及人的。"

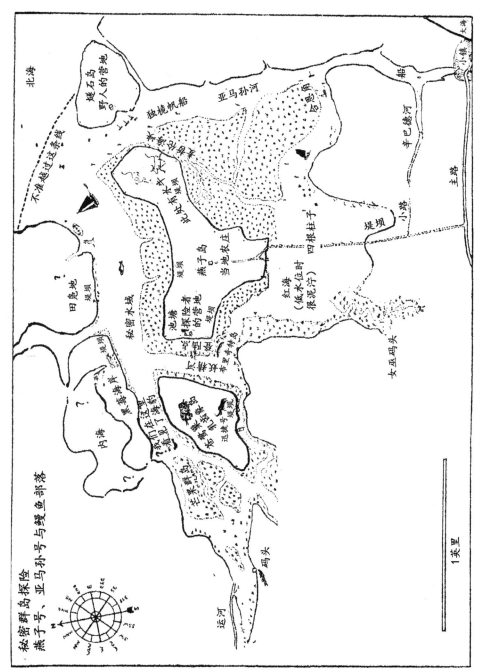

标记了通往小镇的路以及辛巴德河的地图

1英里

第二十六章

穿越红海：埃及人篇

"停一停，"布里奇特说，"停一停。我再也跑不动啦。"

"只剩几米的路了，"提提说，"接着走吧。一到从涉水滩能看见我们的地方，我们就停下来。"

他们出了小路，跑到堤坝顶上。在他们眼前，是一大片棕色的泥地，上面有条小路通向燕子岛。小路看起来还很清晰，但是在小路两边，两条宽宽的水舌正在泥地上蔓延，即将在小路上聚拢成一股水流。

"潮水已经涨了不少啦，"罗杰说，"我敢说，小路中间地势低的地方已经很湿了。我要不要跑过去确认一下？"

"约翰是知道的，"提提说，"他们肯定不会等到没办法过去才到的。"

布里奇特喘着粗气，在堤坝顶上坐下来。

提提站在她身边。她该继续往前走呢，还是在这儿等着探险队的领队们？

罗杰慢慢走下堤坝另一边，来到泥地上那条小路上。

"罗杰要干什么？"布里奇特说。

"大概是在找虫子吧。"提提说。

就在此时，正在盯着泥地上什么东西的罗杰突然转过身来。"快！快！"他叫道，"提提！布里奇特！快来呀。他们已经过去了。"

"不可能啊。"提提说，她突然感到胸口一紧，"不可能啊。"她又说了一遍，一边跑下斜坡。但是她心里知道，这是可能的。她离开小路到

那条小河那儿，再把它画在地图上，花了多少时间呢？感觉不过几分钟而已，但是在探险的时候，时间总是过得飞快。他们，或者说至少是布里奇特和罗杰，一直都没有离开那个地方太远，就是那个从小路岔开，通到狭窄小径的地方。他们没听到有人走过去呀。不过，他们又能听见什么呢？约翰和苏珊急急忙忙往家赶的时候，是不会唱歌的，连话也不说一句。他们只会急匆匆地走，能走多快走多快，每时每刻都想着探险队的其他成员就在前面某个地方呢。他们经过路标的时候，肯定看都没看见。

"看啊，"罗杰指着泥泞的小路说，"那些是我们来时的脚印……我们的靴子都是朝着同一个方向的。这些是他们回去的脚印……两双靴子。两双。那是约翰和苏珊的靴子，他们鞋底的格子图案都能看清楚呢。"

"噢，天啊！"提提说，"布里奇特！快点！"

提提往下眺望着红海泥地上那两股不断侵入的水线，还有红海对面燕子岛那又长又矮的水位线。当地人聚居的农庄在阳光的照射下显得通红，在寥寥几棵绿树的掩映下，显得那么遥远。岛上的堤坝上一个人都没有。约翰和苏珊肯定已经到营地了。他们肯定已经知道，带队的一等水手提提把事情彻底搞砸了。唉，讨厌的小猫咪，讨厌的辛巴德河。他们要是没离开小路就好了，要是附近随手就有大树叶给辛巴德盛牛奶就好了，要是他们没遇到那位老渔夫就好了，要是她没想把那条小河加在地图上就好了，要是……

"他们可能给我们留了个路标，"罗杰说，"告诉我们他们往前走了。"

"他们以为我们在他们前面呢，"提提说，"他们根本没看到我们的

路标。"

他们又一次去走泥地上那条长长的小路。提提拿着背包，罗杰提着装小猫的篮子。布里奇特，他们的船宝宝，手里什么都没拿，看样子还不着急呢。

提提注意到了罗杰的眼神，他疑惑地看着她。

"我们的时间还多着呢。"他愉悦地说道，但她知道，他实际上是在提问。

"是有很多。"她简短地说，罗杰立刻放慢了脚步。

"但我们还是得快点，"她赶快又说，"约翰和苏珊肯定已经到营地了，还在纳闷我们去哪儿了。"

"等我们告诉他们，我们又找到一条新的小河了，他们会非常高兴的。"罗杰说。

"我们根本就不该去看那条河的，"提提说，"都是我的错。我们不该离开小路，那样他们就不会和我们错过了。"

"要是我们没离开小路，也就不会发现小河了。"罗杰说。

"那时我们必须找个地方停下来。"布里奇特说，"喂，非得走这么快吗？"

"别忘了，鳗鱼们要来了，"提提说，"你可不能迟到，你忘了？"

"他们会等我的。"布里奇特说，"要是他们想让黛西当祭品，随时都可以。"

"你可不想让他们等你吧？"

"不想。"布里奇特说。

"那就快点。"提提说。

她回头又看了眼陆地，接着又看看前面红海那头燕子岛那低矮的堤坝。陆地看起来已经在他们后面很远了，可是燕子岛好像一点都没显得近一些，好像和他们刚刚开始在小路上走时一样远。不会有事的，只要他们两个不被吓着，什么事都没有。可是，泥地上弯弯曲曲的水道里，水已经涨上来了。在红海中央，她可以看到，水已经逼近那条狭窄的棕色小路了。往东看去，上午的时候，泥地几乎延伸到了麦哲伦海峡尽头的开阔水域，可现在全都是水了。往西看，一条宽宽的河通向妖精河。噢，天哪！要是他们没走那条狭窄小径就好了。要是他们现在已经走了一大半就好了。她又往后看了看。要是他们来不及走过去，水已经漫过路面了，那他们能回到陆地上去吗？要是她知道潮水到底来得有多快就好了！

"我该走到前面去吗？"罗杰说，"要是水漫上来了，我就给你打手势？"

提提看着他，看来他脑子里想的和她想的一样。

"要是没办法了，我们很容易就可以回去的。"他说。

"不会的，"提提断然说道，"要走你就走吧。"

"或许我们一起走会更好。"罗杰说。

走得已经尽可能地快了。身为祭品的布里奇特不愿意迟到，在尽最大努力往前走。

他们差不多走了一半，身后的大陆和前面的岛看起来一样远。车道

两旁已经不再是泥地，而全都是水了。车道看起来就像是大海上一座窄窄的桥。

"现在潮水的水位比我们来的时候高了不少。"罗杰说，"我们马上就要到水道那儿了，来的时候我们都是蹚着水过去的。"

"那时只有三五厘米深。"提提说。

"不是有两条水道吗？"罗杰说，"我们蹚过去了一条，另一条差不多是干的。天！快看！"

他们面前的路陷了下去，只一点，不过只这一点就足以使得那儿比正在涌来的潮水水位还低。他们来到了第一条水道。有大约二三十米的距离，小路被淹在了水下。不过水并不深，车辙上面荡起水纹，还可以很清楚地看到路面。

提提往后看了看，又看了看前面，下定了决心。

"保持方向，走路中间最浅的地方，"她欢欣鼓舞地说，"看好了，不要溅起太大的水花。"

"快来，布里奇特，"罗杰说，"我们走了一半多了。"

他走在最前面，布里奇特紧跟在他后面，提提又紧跟在布里奇特后面。路上的水约有三厘米深了，刚刚没过他们的靴底。再走了几米远后，水升到了他们脚踝的高度。

"哪条水道更深？"罗杰转过头问道。

"我猜两条差不多深吧。"提提说，"这边这条没问题。"

"看好了，布里奇特，"罗杰说，"不要把脚伸到车辙里去。水会没过你的靴子的。"

那四根粗粗的柱子此时竖立在他们的前方，巫师号曾经从柱子中间穿过。那儿的路面还是干的。路面一厘米一厘米地从水面升高，露出那结实的车辙。再过一会儿，他们就可以到上面去了。水已经不那么深了，离他们靴筒的口子还很远，但也不停地拍打着他们的脚踝。再走几步，水都快遮不住路面了。当然啦，有车辙的地方水要深一些。罗杰突然跑了起来，一时间泥水飞溅。

"罗杰！"布里奇特大声喊道，"你溅得我满身都是。"

"别在意，"提提说，"快点。我们过了第二条水道就没事了……"

"喂，"罗杰说，"我想第二条水道的水更深。你们看。"

越过那立着四根柱子的地方，路面又塌陷下去，消失在水里。这次没有水纹来标示车辙了。路面就这么陷了下去，好像到了尽头似的。只不过约五十米之外，他们又可以看到路面升了起来，在泥地上一直通向燕子岛。

"这儿真是涉水滩啊。"罗杰说。

提提回头看去。他们已经走了一大半了。要是他们走完这条水道，那就完全没问题了。"可怜的法老啊。"提提对自己说。反正他们得试试，要是那儿水太深的话，就只能赶紧折返，回到陆地上去，不然就来不及了。

"踏步的时候小心点，"她说，"一直在硬的地方走。"

他们继续往前。

"没事的，"罗杰说，"并不比另一条更难走。"

他蹚着水往前走，水刚刚没过他的脚踝。布里奇特紧跟在他后面，

提提随时准备扶她一把。

"哎哟!"罗杰突然说。"小心那个坑!"

"水没进你靴子里吧?"提提说,"一直在中间走。眼睛看着前面,看着路面又升高的地方。你脚下都是泥,看来看去没用的。"

罗杰停住了,用一只脚站稳,另一只脚伸到水底试了试。

"这儿更深了,"他说,"我要把靴子脱下来。"

"别浪费时间了,"提提说,"别忘了潮水还在不断涌过来呢。"

罗杰往前跨了一步,水一下没过了膝盖。

"你看,"他说,"我试过了。是软泥。我肯定是踩到路边了。"

"水没过我的靴子啦。"布里奇特说。她站住了,回头看着提提。

"别管靴子,"提提说,"你以前经常把靴子弄湿呢。罗杰,你待在原地。我去探路。"

"反正我身上都湿了,"罗杰说,"而且我现在知道路在哪儿了。"他往前一冲,发现水远远高过了他的膝盖。接着,那只装着辛巴德的篮子在半空晃了一下,罗杰挣扎着保持平衡,结果还是摇摇晃晃跌进了水里,溅起一大片水花。

"快回来。"提提叫道。

"我丢了只靴子,"罗杰一边挣扎着站起来,一边说道,"没关系。辛巴德的篮子一点都没弄湿。"

提提蹚着水走到他身边,接过篮子。罗杰已经从头到脚都湿透了,一只手伸到水里,把陷在泥里的靴子使劲往外拉。猛地一拽,靴子被拔出来了,但罗杰站立不稳,差点又跌入水中。

"地面太软了。"他说。

"你肯定走到路外面去了。"提提说。

"我也过来吗?"布里奇特问道。

"别过来,"提提说,"站着别动。听着,我站的地方地面是硬的。"

罗杰奋力走了一两步,站到了她身边。"现在到路面上了,"他说,"但是路上的水比刚才更深了。"

"那当然了,"提提几乎是生气地说,"潮水一直在涨。你在这儿站一会儿,接着辛巴德。我再去试试。"

她望着前方远处标示着被水掩藏起来的小路的柳枝,蹚水前行。好的,脚下的路还是硬的。只有几厘米的淤泥,但是再下面就是碎石路面了。水肯定很快就要浅一些了。只要她自己有把握走下去,那就可以告诉他们跟在她后面没有问题。她又走了一步。冰凉的水钻进了她的一只靴子里,接着是另一只。布里奇特的腿比她的要短得多。她停住了,还没等她反应过来,水已经在拍打她的膝盖了。她下定了决心。他们过不去。唯一能做的就是向后转,蹚过他们来时经过的水坑,然后跑回陆地上安全的地方。

"转身吧,布里奇特。还有你,罗杰。不要急。回去,回到四根柱子那儿的干地上去……好了,罗杰……我来拿着辛巴德。"

"那我们该怎么办呢?"布里奇特说。

"回到陆地上去,"提提说,"会没事的。我们生一堆火,把东西烤干。"

"可是宴会怎么办呢?"

"等到小船能划过来，约翰就会来接我们。"

提提又回头望望燕子岛。没看见一个人。一头水牛慢吞吞地爬到了堤坝顶，站在那里呆呆地看着她，然后又低头吃草去了。四周一个人都没有。

他们小心翼翼地蹚着水往回走，回到了还是干的那块地方，一边是他们蹚过的水道，另一边就是那个水太深、他们过不去的地方。

"好了，跑吧，"三个人刚从水里走出来，提提就说，"不能再耽误了。潮水一直在涨，那条水道肯定比刚才更深些了。"

"肯定的，"过了一会儿罗杰说，"已经没过我的膝盖了。"

"你带着辛巴德和背包，"提提说，"我来背布里奇特。"她把背包和篮子递给罗杰，然后弯下腰，裙边都湿透了。此时布里奇特已经开始担心了，她从水里爬到提提背上，提提深一脚浅一脚地走着。

"你可真沉啊。"她欢喜地说。

"所以他们才说我比黛西强呢。"布里奇特说。

"这儿太深了。"罗杰突然说道，提提脚下一空，背着布里奇特一起跌进了水里。

"天啊！"罗杰说。

"我连头上都湿了。"布里奇特说。

"不行，"提提费劲地站了起来，"我们过不去。得回到柱子那儿。抓住我的手别放，布里奇特，反正你已经湿透了，别管太多了。"

"可我们怎么上岸呢？"他们仨好不容易回到那块干地时，罗杰问道。

"约翰和苏珊发现我们不在营地，肯定会过来的。他们会看到我

们，然后划船过来。我们能做的就是等他们过来，先把你靴子里的水倒出来。"

这段路位于涉水滩的中间位置，路面上有四根柱子。这会儿，路面比之前更短了。路两头是越来越宽的水道。路的两边，只要他们能看见的地方，都已经被水淹没。水的一边直达麦哲伦海峡和通往合恩角的通道，另一边一直延伸到了妖精河和乳齿象岛。水位还在迅速上升。上午经过涉水滩的时候，提提想象自己在水底下，抬头看着船的龙骨从头上经过。现在，他们不再是犹太人，走过去连鞋都不会湿，而是埃及人了。他们被困在大海的中央了。往前不行，往后也不行，进退两难，只有在那儿等着，看着脚下如同狭窄的孤岛一样的路面越缩越小。

要是带队的是约翰，他会怎么做呢？游泳过去，找艘船来吗？游到小路又伸出水面的地方，距离并不远。她差点就把衣服脱下来准备游过去了，又突然想到那样的话，就把罗杰、布里奇特还有辛巴德丢在大海中央干等了。接着她想到，可以让罗杰游过去求救，可要是有暗流怎么办？要是他被暗流冲走，离开路面了怎么办？除了这儿，到处都是软烂的泥巴。要是他被陷在泥里了（她已经目睹过这是多么容易发生的事），她就只能把布里奇特一个人留在那儿，自己游过去帮他。布里奇特现在倒是没事，可是把她一个人留下，是绝对不行的……

"你觉得他们很快就会看到我们吗？"布里奇特说。

"我肯定。"提提说，"等他们到了营地，就会发现我们不在。"她镇静地说道，看着小岛的岸边，一边竭力不让自己的声音中露出惧怕的语气。小岛从来没有看起来这么孤零零的，现在连水牛都离开了堤坝。

347

"水已经没过那块小石头了，"罗杰说，"我在远点的地方再放一块。"

他在泥地里翻找出卵石，排成一排，从水边数起，每一块都距离前一块大概两厘米远。可他还没把最后一块石头放好，第一块已经消失在水里了。

"我们接下来怎么办？"罗杰说。

"等等吧，"提提说，"我们能做的只有等待了。我来给每个人发一份巧克力。"

"那好吧。"罗杰说。

他们走到了四根柱子那儿，位于路面的最高点。那里将会是最后被淹没的地方。罗杰把装着辛巴德的篮子挂在一根柱子顶上。提提在背包里翻出一板巧克力后，把背包挂在另一根柱子顶上。她把巧克力掰开，分成了三块大小一样的。布里奇特和罗杰小口吃着巧克力，提提也吃了一口，却惊讶地发现，自己根本不想吃。有那么一小会儿，她觉得自己快要吐了。为什么就没人到堤坝上去看看他们在不在呢？

"就像发洪水一样，"罗杰说，"可惜我们没有方舟啊。对了，我们喊一下会有用吗？"

"太远了，"提提说，"他们听不见。但试试也行。我们一起喊'喂'。"

罗杰赶紧把巧克力吞掉，还没好好品尝呢。

"好了，准备。"提提说。

"喂——"他们喊道。

"再来一次，"提提说，"一……二……三……喂——"

穿过红海的路

秘密水域

349

虽然三个人使出了全身力气叫喊，而且还喊得整齐划一，可这声音从那一大片水面和泥地中传出来，听上去仍然是那么微不足道。

"喂——"罗杰喊道。

"别喊了，"提提说，"注意看着，看到有人再喊。这样空喊是没用的。"她知道，再这么漫无目的地喊几声，他们两个就要和她自己一样开始担心了。

罗杰在干路上走了走，回来时脸色凝重。

"我放的石头全都淹没到水下了。"他说。

"那当然了。"提提说。她盯着他的眼睛，冲着他皱了皱眉，然后回头看了看布里奇特，布里奇特正隔着篮子跟辛巴德说话呢。要是罗杰知道情况很糟糕，在他面前假装不知道是没用的，但是不管发生了什么，他们必须让布里奇特高高兴兴的。

罗杰都懂，不需要任何解释。

"天哪！"他突然说，"我真希望把我的小笛子带过来了。我们来唱歌怎么样？来吧，布里奇特，我们来唱《绞刑手强尼》。看看你忘词了没有……"

提提真希望他选首更欢快的曲子，不过唱《绞刑手强尼》还是比不唱强。

"然后我绞死了我奶奶。"布里奇特唱道。

"那不是第一句啊。"罗杰说。

"拖出去，男孩们，拖出去。"提提看着远处的堤坝唱道。

"我把她小心地吊起来。"布里奇特唱。

"吊吧，男孩们，吊吧。"三个人一起唱。

他们唱的绞刑手强尼绞死亲戚们的顺序不对，而且直到最后一句歌词才唱到人们说他是为钱把人绞死的。但是罗杰没有再抱怨，而且大家干劲十足地唱完了合唱部分，哪怕罗杰和提提心里都在想着别的事情。肯定会有人出现在什么地方的，而且得越快越好，不要连布里奇特都意识到，他们所在的那座小小的孤岛在越缩越小，直到完全被淹没，那时候他们就会被困在红海中间，四周除了水只有水了。

"现在你来唱一首。"布里奇特说。

"喝醉酒的水手，该拿他怎么办？"提提唱道。堤坝上是约翰的脑袋在动吗？"醉酒的水手，该拿他怎么办？"不是，不管是什么，反正已经离开了。"喝酒的水手，该拿他怎么办？"陆地上也一个人都没有吗？"大清早哟大清早。"嗯，目前看来，布里奇特没事。继续唱下去。"嘿，嘿，她起床了。嘿，嘿，她起床了。"罗杰是不是看到什么人了？"嘿，嘿，她起床了。"不是，他只是看着岸边。天哪，我们是不是该马上游过去呢？"大清早哟大清早。"现在太晚了。

"继续唱，提提，"布里奇特说，"接下来是铜器……"

"你唱吧，"提提说，"我们来给你伴唱。"

让他把铜器擦亮，

让他把铜器擦亮，

让他把铜器擦亮，

大清早哟大清早。

　　"我们生堆火怎么样?"罗杰说,"一股烟升到空中,所有人都能看见。"

　　"我们没柴火,"提提说,"你又不能烧泥巴……我来说个主意吧,我们可以把包裹都拆开,把外面的纸给烧了……"

　　"幸亏店老板把什么东西都包上了,"罗杰说,"他肯定想不到包装纸还会有这么大的用处。'我总是说,我们该把气象预报员推举到……'这个老店主真是个好家伙……"罗杰又笑了,"我打赌他不明白我为什么非得跑开不可。"

　　"我来点火。"布里奇特说。

　　"好的。"提提说。

　　"你必须一次就点着。"罗杰说。

　　"只要不被风吹灭就行。"布里奇特说,"不会被风吹灭的,除非你把它吹灭。根本就没风。"

　　"纸其实不多。"提提一边说,一边从背包里把包裹一只只翻出来,"听着,布里奇特,你和罗杰把剩下的奶油面包吃了。我们可以把装面包的袋子给烧了。"

　　"方糖装在纸盒里,"罗杰说,"我们回到营地之前,不用盒子装糖也可以。"

　　"姜汁饼干是装在纸袋子里的。"布里奇特说。

　　"那我们可以拿来用了。"提提说,"玉米片也是装在一只可以烧的盒子里的。他还在那些装牛奶可可粉的罐子中间塞了些纸。"

"喂，"罗杰悄悄对提提说，"我们是不是该把辛巴德的篮子也烧了？篮子全是用树枝做的。"

"不行，"提提说，"要是我们必须游过去，得用它来装辛巴德。"

罗杰看了看他们和小岛之间越来越宽阔的水面。

"要是必须那样的话，我们再想办法。"提提轻轻地说，"把布里奇特夹在我们俩之间，或者我来带布里奇特，你尽量别让那只篮子碰到水。"

"地上不是很干，"布里奇特正忙着点火，"纸一碰到地面就湿了。"

"这样烟就更多了呀。"提提说。

罗杰抽出小刀，在涉水滩高处的一根柱子上砍了几下，砍下来一两根木条。"太湿啦，"他说，"我也猜到了，每次潮水上来它都会淹到水里去……"他说话的时候脸色都变了。提提知道他也在思索，他们站的地方水会淹多深。她生气地瞪了他几眼。"好样的，布里奇特。这是火柴。先把纸点燃，然后再引燃纸板……"

"那根柱子周围长着海草，"罗杰说，"应该能冒出点烟来。"

"用一根火柴就点着了！"布里奇特说，"我知道我能行。真希望苏珊看到了。"

"我也看到啦。"提提说着，又望了望远处的堤坝。

纸烧起来了，但烧得也太快了点，不过那被撕成一条条的纸板也点着了火，一缕烟升起来，飘走了。罗杰把海草放到火上，火差不多都要灭了，但又旺了起来，传来一股海草烧着的味道。罗杰又用力砍了几根木条，可是，没什么东西可烧的，火怎么都大不起来。很快纸就烧完了，他们又浪费了几根火柴，想把烧焦的纸板点着，想把那些湿漉漉的木条

点着，可终究徒劳一场。火还是熄灭了，烟雾信号刚才也发出去了，可是没有任何迹象表明有人看见了。

"要是苏珊看到背包里糖啊姜汁饼干啊玉米片啊什么的都混到一起去了，会说什么呢？"布里奇特说。

"她会叫我们把它们分开。"罗杰说。

红海中央这块还没被水淹没的地方，水已经灌进两侧的车辙里了。浮出水面的路越来越短了。除了两对柱子中间那一点地方，其他地方都没入了水中。

"我们会被弄湿吗？"布里奇特突然问道。

"你已经湿得不能再湿了，"提提说，"我摔倒的时候，你就掉到水里去了。听着，别让我们的小猫咪吓着了。你告诉它，他们马上就会来救我们了。"

"好吧。"布里奇特说着，走到挂着辛巴德篮子的那根柱子旁，对着小猫说抚慰的话语。

提提和罗杰走到水边。

"我们是不是最好游过去？"罗杰问。

提提朝着小岛的方向望去。"不，"她说，"除非万不得已。你知道岸边的泥地是什么情况。我们只能等着，直到找到能上岸的硬地。"

"到时候这儿的水就深得不行啦。"

"我知道，"提提说，"这都是我的错。我们不该停下来，应该一路走到岛上去。"

"其实是辛巴德的错，"罗杰说，"也有我的错。"

"不是那样的。"提提说，"他们为什么没人朝这个方向看？"她几乎是恼怒地说，"你瞧，我们最好把衣服脱下来，准备游过去。把衣服捆在一起，再把辛巴德的篮子搁在上面。"

"布里奇特知道怎么浮在水面上，"罗杰说，"你叫她不要动，她就不会动。"

"天哪！"提提说，"这是我们经历过的最糟糕的一次冒险了！"

水已经在拍打他们的脚了，他们又回到了柱子那儿。水已经爬上了路面。车辙里已经都是水了。红海中间的那条细细的小路消失了。他们站在水里，水面几乎从陆地一直延伸到了岛上。

罗杰突然把湿了的衬衫扯了下来。

"还不急，罗杰，还不急。"提提说。

"用它发求助信号。"罗杰说着，把衬衫拧干。

"没东西可以把它挑起来。"提提说。

"把我扶上去。"罗杰说。

"值得一试。"提提说。

"吹个口哨召唤一下风吧，"罗杰说，"衬衫太湿了，挥不动。"

布里奇特听话地试了试，但没吹出声来。船宝宝已经开始对两位一等水手失去信心了。

"继续吹，布里奇特，"罗杰说，《西班牙女郎》容易点，先舔舔嘴唇。"

布里奇特的嘴唇的确发出了一点声音。果不其然，刚才只能给水面带来丝丝波纹的微风这时大了点，于是提提双手捧着罗杰的一只脚，把

他举了起来，罗杰爬上柱子，坐在顶上，双脚牢牢地夹住柱子。他双手举过头顶，一只在上一只在下，把衬衫举了起来。一阵风吹来，水面上泛起阵阵浪花，拍打着柱子下面布里奇特靴子的顶部，也把求救用的衬衫吹了起来，让它在风中飘扬。

"这面旗帜真棒，"罗杰说，"要是不这么湿，就更好啦。"

"你看见什么人没有？"提提问。

"水已经漫过我的靴子啦。"布里奇特说。

"听着，布里奇特，"提提说，"你知道怎么浮起来，你马上就要浮在水上了。只要保持脸朝上躺在水面上一动也不动就行。我会游过去，把你送上岸。简单得不能再简单了。"

"可是我不行啊，"布里奇特说，"那么长的距离我做不到。没有人来吗？你说过他们要来了。辛巴德怎么办？"

"罗杰会带辛巴德过去。没事的。然后我们跑着跑着身上就干了，人人都会为你骄傲万分的。"

"苏珊会同意吗？"布里奇特说。

"当然会了。约翰也会同意。你已经不小啦。"

布里奇特倒吸一口气。

"没别的办法了，"提提说，"我会一直紧紧抓住你的。"

"我们什么时候开始呢？"布里奇特说。

"就现在。"提提说。

"辛巴德也会弄湿的。"

"罗杰会尽力不让它弄湿。"

"那背包里的东西怎么办？为盛宴准备的糖和饼干怎么办呀？"

"那些就没办法了，"提提说，"我觉得高筒雨靴也只好不管了。噢，有办法了。我们把它们都拴到一根柱子上，等潮水退下去的时候，再回来拿。背包里有些绳子。你在这儿待着，我去柱子那儿拿绳子。等我们准备出发的时候再把辛巴德那只篮子取下来。最好把你的衣服也脱下来……"

"我们会把衣服也丢了吗？"

"喂！"突然，她们头顶上那个人做的旗杆传来一声大叫，接着把求救用的旗帜拼命地挥了起来。

"什么？"提提喊道，与此同时她也看见了。

"得救了！"罗杰说。

远处，在通往妖精河的水道口，一艘小黑点一样的小船正在水面上移动着。

提提突然既想哭又想笑。

"好啦好啦，布里奇特，"她说，"用不着游泳啦。水涨到我们腰之前他就会到啦。"

求救信号

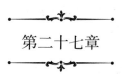

第二十七章

营救及之后

"水都漫过我膝盖好多了。"布里奇特说。

提提估算了一下他们与那艘小船间的距离。小船抵达之前，水位还会升高不少，而且已经感觉得到水流的湍急了。

"到这儿来，布里奇特，"她说，"我把你架到另外那根柱子上去。"

"我可以松开这根了吗？"

"抓住我。"

她蹚着水走到路的一边，在一个地方差点绊了一跤，猛然发觉自己踩进了车辙里的深水中。潮水涌入的速度肯定非常快。不过现在已经没关系了，船就要到了。只有这时，她才允许自己承认刚才有多么害怕，如果没船过来，她和罗杰就只有从那么宽的水面游过去，还要带着不会游泳的布里奇特，而小猫辛巴德在短暂的生命旅途中就要第二次面临被淹死的危险了。

"往上去。"

她把布里奇特举到柱子上面，让她像罗杰那样坐在那儿，她自己则站在柱子下面等着。"

"那你呢？"布里奇特说。

"我没事，"提提说，"我们都没事了。"

"是我的衬衫起了作用。"罗杰说，"喂，那不是约翰，是乳齿象。"

水位越涨越高，但提提不再担心了。乳齿象把船划得像是在比赛一

样，小船飞速地朝他们驶来。他们身上湿了吗？全都湿啦。罗杰趴到泥水里去了，提提摔倒过，布里奇特也跟着摔到了水里。可是湿漉漉的衣服又能算得上什么呢？比这糟糕得多的事差点就要发生了。红海的水已经把那条路全部淹没了，不过他们终于还是不用游过去了。

布里奇特坐在那根柱子上面，看着乳齿象手里的桨飞快地在水面上挥舞。提提也一样，目不转睛地看着赶过来的小船。罗杰呢，因为当旗杆的努力有了回报，现在已经沉浸在自己的成功之中了。他转过头，想看看还有没有别人注意到他发出的信号，看到了困在红海中的埃及人。

"哈啰，"他喊道，"提提！还有别的船也过来了！"

三艘小船正从红海的另一个入口驶来，就是合恩角和陆地之间的那条水道。他们的船上没有升帆，也没有桅杆。船上的人正在飞快地划着。有人挥了挥手。

"卡拉巴达那格巴拉卡！"一声气喘吁吁的喊叫从乳齿象的船上传来，现在距离已经很近了。

"卡拉巴格那达巴拉卡！"提提、罗杰和布里奇特转过头去齐声喊道。

一分钟后，乳齿象靠在桨上，来到他们跟前。他划得太用力了，气喘得几乎说不出话来，而且他看上去比那几个燕子号船员更着急。

"你们真是运气好，"他喘着粗气说，"潮水上来得太快了。再过半小时，你们就只能游泳了。你们在这儿干什么呢？弄不好会淹死的。"

"你看到求救信号了吗？"罗杰问。

"还好我看见了。"乳齿象几乎有点生气地说，"喂，你们是知道的，涨潮的时候，这儿的水可深了。"

"我们没打算当埃及人。"罗杰说。

"还好没事，"乳齿象说，"约翰和苏珊让你们乱跑，真是疯了。"

"他们不知道，"提提说，"都是我的错……但我确实给他们留了个路标。"她拿下装着辛巴德的篮子，放进船里，"快点，布里奇特。松手滑下来，我接着你。"此时水已经齐腰深了，她帮着布里奇特从柱子上下来，上到船上。

"现在你上来吧，"乳齿象说，"我来接罗杰。"

"我们人会不会太多了？"罗杰说，"我没事的。我可以等另外一艘船过来。喂，他们是怎么回事啊？"

刚才在远处划船的那些人都不见了。船舷上方，一只脑袋、一只手都没露出来，就像随波逐流的无主船一样。

刚才乳齿象一直都是背朝着他们划船，而且他划到柱子附近的时候，光顾着看要营救的那几名探险者了。他这才第一次看见另外那几艘船。

"都是随着潮水漂来的。"他说。

"一分钟前还看到有人在划船呢。"提提说。

"现在没了。"乳齿象说。

接下来，一艘船的轮廓改变了，船沿上凸起了什么东西，是一个人的脑袋。有人正往外瞧呢。

乳齿象哈哈大笑。

"没关系的，"他说，"下来吧，罗杰。船上地方多着呢，只要我们不晃来晃去就行。"

"那根柱子上还挂了只背包呢。"提提说。

"我们过去拿。"

漂浮在那儿的三艘小船上，除了有几只脑袋冒出来，没别的东西了。船上的人在远远看着营救埃及人的过程。乳齿象咧嘴笑着，把塞得满满的小船朝水面上通向农庄的小路划去。

"怎么啦？"罗杰问。

"你是在笑我们身上都弄湿了吗？"布里奇特说。

"你们原本会比现在湿得多呢。"乳齿象顿时严肃了起来，但是他扭头看看漂在海上的小船，又笑了起来。突然，他停下桨，身子前倾，轻轻地用手指戳了戳布里奇特，然后咂了咂嘴。

"比黛西胖多了。"他说。

"我们一直在往她嘴里塞奶油面包。"罗杰说。

"那就好。"乳齿象说完，又划了起来，直到龙骨嘎吱一声碰上了石子地，船停在了小路露出水面的地方。

被营救的埃及人从船上走了下来。

"太感谢你了。"提提说。

"不用谢。"乳齿象说，"你们最好赶紧跑回营地去，越快越好，你们的头儿已经等候多时啦。"

"你不来吗？"罗杰说。

"待会儿。"乳齿象说完，把船朝漂浮着的小船划了过去。

"快点，"提提说，"能跑多快跑多快。我们得把衣服全换了，再把湿衣服晾起来。"

　　他们排成一列，匆匆忙忙地在堤坝顶上往前跑，衣服都湿透了，每迈一步，靴子里的水就扑哧扑哧地发出声响。布里奇特跑在前面，时不时地放慢脚步走一段，但每次时间都不长。提提知道，可能罗杰也知道，他们真是躲过了一劫，可是对布里奇特来说，通过涉水滩的经历不过就是衣服弄湿了而已，而且这事已经过去啦。她正在想别的事呢。就在今晚，她将接替黛西的位置，成为一个人类祭品，这可是整个仪式中的重头戏。

　　"天哪！看看他们都干了什么！"罗杰是第一个看到那个巨大的篝火堆的。木材都已经准备好，就差点火了，是他们离开的时候搭好的。

　　他们到了营地，四处张望着。那边是苏珊的篝火堆，就堆在她那整洁的火炉边上，已准备就绪。而堤坝下面是体积庞大的一堆浮木、从船上拆下来的旧木头、棍子、劈开了的箱子和篮子什么的，还有从一只破木桶上拆下来的碎片。

　　"真是漂亮啊。"罗杰说。

　　"这根柱子是干什么用的？"布里奇特看着钉在地上的一根结实的柱子问道。

　　提提看看柱子，再看看布里奇特。"有可能是给你准备的。"她说。

　　"哦。"布里奇特半信半疑地说。

　　"还有别的图腾呢。"罗杰说。

　　"鳗鱼部落肯定是把他们的图腾拿过来了，"提提说，"那个是乳齿象

的。看那儿，他们在我们的图腾上挂了好多贝壳。可约翰和苏珊到哪儿去了？"

除了他们几个，营地里空无一人。

"他们来过这儿的，"罗杰往约翰的帐篷里瞧了瞧，说道，"他的地图还在这儿呢，上面画上了通往镇上的那条路。他们肯定就在附近什么地方。"

"快点，"提提说，"他们回来之前，我们要把湿衣服都换掉。他们看到我们身上都是干的，就没那么糟糕了。"她把罗杰拿来发信号用的衬衫使劲拧了拧，直到再也滴不出一滴水了，然后在灌木丛上摊开晾着。

"来吧，布里奇特。把衣服脱下来。内衣也脱了。别走，别湿嗒嗒地跑到苏珊的帐篷里去啦。我要不了一分钟就把衣服换好了，然后我去给你找条连衣裙出来。你也把衣服换了，罗杰。"

"我要去穿上泳衣，"罗杰说，"还要到上岸的地方去把泥巴洗掉。"

"好主意，"提提说，"把干净衣服弄得到处是泥可不好。我也要去洗掉。不过布里奇特不能去，况且她身上也没弄到什么泥，只是湿了。拿着，布里奇特，这是毛巾。你就从头到脚使劲擦干吧。"

提提、罗杰，还有布里奇特的湿衣服都摊开在灌木丛上等着晾干。六只高筒雨靴倒放着，好让里面的水排干。提提和罗杰穿着泳衣跑下堤坝，到了刚才上岸的地方，一头扎进水里，把身上的泥洗掉，然后再蹚着水上了岸。

"我脚上又有好多泥了。"罗杰说，此时他们正跟跟跄跄地走过盐碱

滩那儿的泥地。

"我也是。"提提说，"快点，我们去坐在池塘边上，把腿伸进去洗洗干净。"

"你看布里奇特，"罗杰说，"她这是要去参加聚会呢……"

布里奇特已经把自己擦干了，还换上了干净的白色连衣裙，着急地在头上扎发带呢。"我看起来怎么样？"她问道。

"好极了。"提提说，"你没看见别人吗？"

"没有，"布里奇特说，"辛巴德回来就倒头大睡了。"

"我们喊一声吧。"罗杰说。

"喂！"他们喊道。

没有人应答。

"来吧，罗杰，我们先把自己弄干净了再说。"提提说。

他们坐在池塘岸边，把脚伸进水里扑腾着，此时身上也快干了。就在这时，他们终于看见了约翰和苏珊，正从营地北边的堤坝那儿走来。

"他们来啦。"罗杰喊道，"哈啰！"

约翰和苏珊都没理他。他们一言不发、脸色阴沉地走了过来。

"出事了。"罗杰一看到他们的脸色就说。

约翰和苏珊走进了帐篷。

"提提，"苏珊说，"你们到哪儿去了？"

"听着，"约翰说，"真是太糟糕了。我们为了找你们，都绕着岛走了大半圈了。"

"我们留了路标的。"提提说。

"在哪儿呢?"约翰问道,但是没等他们回答,就继续说道:"我们没法把地图画完了。都怪你们。爸爸明天早上要来接我们。九点钟。我告诉他,地图还没画完,他说我们要离开了。他要我们把所有的东西都打好包,准备好,一等潮水上来就运到船上去,这样就不会耽误任何时间。他已经让那个农夫捎来了消息。你们没看到吗?就粘在饭点日晷的那根棍子上。"

他伸手取下那张皱巴巴的纸,上面写着:"你们爸爸说他明天涨潮时来接你们。我来找你们的时候,你们都不在。"

"就明天?"提提倒抽了一口气。

"啊,天哪!"罗杰说。

"三点钟之前舵就修好了,"约翰说,"我们第一次打电话过去就接通了,是爸爸接的。然后我和苏珊一路跑回来,时间正好够我去那条西北通道,确定那里的情况。要是你们好好在营地里等着,而不是让苏珊着急,弄得我们俩耽误了几个小时找你们,我就已经去了。现在我们再也无法完成任务了,一切都太晚了,地图缺了那一大块,就宣告任务失败了。"

"可我们不在营地里呀。"罗杰说。

"布里奇特!"苏珊说,"谁让你穿上干净连衣裙的?"

"另外那条湿了。"布里奇特看着灌木丛,那儿各式各样的衣服都晾着呢。

"布里奇特……哎，我说提提，你怎么又让她掉进水里了？还有罗杰，你也是，你们到底在干什么呀？"

"我们也没办法，"罗杰说，"这种事谁都会遇上。曾经也真的发生在埃及人身上了，只是要严重得多。"

"我们被困住了，"提提说，"你们看……"

突然，一声长长的、尖厉的哨音从堤坝背后的什么地方传过来。苏珊吃了一惊，手伸进衣袋里，却空着出来了。

"我的哨子，"她大声说，"肯定是南希或者佩吉拿走的。但你们三个到底干什么了，把自己弄得那么湿？"

"辛巴德发现了一条小河，"罗杰说，"那不是提提的错。"

营地北面传来一阵奇怪的击鼓声。接着另一阵鼓声作为应答也响了起来，好像是两根棍子快速地敲击在一起发出的声音，第二阵鼓声是从南边传来的。

探险者们四处张望。

又是一阵鼓声，这次就在营地背后很近的地方。

接着，好像从上岸的地方，鼓声再次传来，然后再从别的什么地方传来。

"那是什么？"约翰问道。

然后，声音从四面八方传来，那声音不像鼓声那么浑厚，而是节奏很快、声音清脆的击打声，好像半打秧鸡在彼此呼叫。什么也看不见，声音却从各个方向传来，而且越来越近。

　　埃及人的故事被中断了，继续讲述可要等到很久以后，因为突然间耳旁传来了野蛮的吼声："卡拉……卡拉……卡拉巴达……巴拉卡……巴拉卡……卡拉巴达那格巴拉卡！"

　　两秒钟后，野人们冲进了营地。

第二十八章

狂欢会

　　一时间，探险者们被逮了个措手不及，根本没时间做防御的准备。谁都没预料到会发生这样的事。有那么一会儿，他们就可怜兮兮地站在营地里。一切都乱套了。除了布里奇特，他们每个人都觉得自己多少有点责任，因此对其他几个人都愤愤不已。

　　接着，苏珊的哨子被吹响了，吹哨子的人本没有这吹哨的权利，然后又是鼓声，这儿那儿的到处都是。一切都改变了。野人到了他们中间。一共有六个，而不是四个。看这些野人的打扮啊！头发上插着羽毛，身上都用黑泥涂上了作战时的图案，脸上用污泥画成一条条的，眼睛上还涂了往上延伸的线条，就像太阳落下的光线一样。南希干得不错，等她全部涂完之后，连帮她忙的鳗鱼们，都彼此认不出来了。至于那些探险者呢，当野人们从四面八方叫喊着冲进营地之后，他们就只能站在那儿抖个不停了。

　　但他们连发抖的时间都没有。身为船长和探险队首领的约翰，发觉自己同两个野人一起倒在了地上，两个野人身上画的条纹活像只老虎似的，扑在他身上。他又是踢又是拽，结果一根套索套到他脚脖子上收紧了。绳子在他身上绕了两圈，还打了结。把他绑好以后，两个野人丢下他，冲过去给一个又瘦又小的野人帮忙，那个野人想要把苏珊给困住。罗杰发现自己被一个力大无比的野人举了起来，野人喊道："鳗鱼万岁！不要像条海蚯蚓似的扭来扭去啦。我身上的作战文身还没干呢。"罗杰并

涂上作战文身

拢膝盖，压在野人的肚子上，然后猛地推了出去。野人松开了手。罗杰
一下摔倒在地上，立刻爬起来跑了。那个力大无比的野人向他扑过去，
抓住了他的脚踝。这次他可逃不掉啦。野人从上面一把抓住他，把他的
手腕脚腕都在背后捆上了。又瘦又小的野人对付苏珊可是费了很大的劲，
因为苏珊稳稳地站着，一次次招架住了野人的进攻，可是三对一实在是
没办法，另外两个轻而易举制服了约翰的野人，现在把使劲挣扎的苏珊
按住，又瘦又小的那个趁机用绳子把她的胳膊肘绑在身体两侧，把她的
双腿也捆上了。"鳗鱼万岁！鳗鱼万岁！"他们一边喊着，把她丢到约翰
和罗杰旁边。这时另外两个野人，身上也是黑黑的，胳膊和腿上也涂了
条纹，把同样也是五花大绑的提提带了过来，一个抬着脚，一个抬着她
的肩膀。

"别吓着布里奇特！"苏珊焦急地低声说道。

那两个野人哈哈大笑，和其他野人会合。

布里奇特站在营地中央，目睹了探险者们被打得落花流水的全过程。
有那么一小会儿，她被突然跳出来的那些浑身涂着泥巴的野人吓了一跳。
接着她就明白了。她看着约翰、苏珊、提提和罗杰被押到地上捆起来当
了俘虏。

"那我呢？"她说。苏珊没必要担心。

"美味……美味……美味……"

野人们围成一圈，越靠越近。

"美味……美味……美味……献给神圣鳗鱼的美味！"

他们围成一圈，跳着、喊着。关键时刻终于来临了，布里奇特身穿

干净的白色连衣裙站在中间，一群人围着她又跳又转。她微笑着站在那里，想着接下来会发生什么。她开始认出那些野人来。那个个子高大、腿长长的野人一定是南希。她知道南希游泳衣背后划破了一块。她认出了乳齿象，他那头硬邦邦的黄头发十分显眼。那两个最开始袭击约翰的野人肯定就是德姆和迪了。反正她也分不出他们到底谁是谁，何况他们浑身都用泥巴涂上了一条条斑纹，就更难辨认了。瘦瘦的那个，比其他任何人都跳得更起劲的肯定是黛西了。要是他们没找到更好的选择，就会由她来充当人祭了。

布里奇特期待地等着。他们到底要做些什么呢？

那个跳得最起劲的瘦瘦的野人暂时离开了跳舞的圆圈，一下子跳进了长长的草丛中，然后又走了回来，手里拿着什么东西，跳着舞越来越靠近。她把手里的东西来回甩着，在布里奇特眼前挥了挥，又突然往后一退，再猛地往前一冲，然后突然把这个东西往布里奇特头上一戴。布里奇特的手赶紧去抓那东西，顿时松了一口气，因为她发现那只不过是串贝壳做成的项链。

"给鳗鱼们做上记号。"瘦瘦的野人唱道，她那双眼睛在一圈圈泥巴涂成的黑眼圈下显得亮晶晶的。

"给鳗鱼们做上记号。"她继续唱道，其他人和着唱起来：

> 给鳗鱼们做上记号，
>
> 鲜美多汁的佳肴，
>
> 要喂给那扭动得

最欢脱的一条。

给鳗鱼们做上记号，

多么丰满肥美，

他们只要一想到，

嘴巴就砸吧不停。

野人们越走越近，嘴巴里发出响亮的咂嘴声。布里奇特不听使唤地朝后面退了退。一根手指头，接着又是另一根，在她胖胖的胳膊上戳了戳。他们都围着她。她动了动。野人的手指头在她身上这儿摸一下，那儿碰一下。忽然，她发现自己离那根插在地上的柱子已经近在咫尺了。

"把胳膊放下来。"瘦瘦的野人说。

另一个野人在她脚边忙忙碌碌着。

他们往后退了退。布里奇特背靠柱子站着，被绳子绑了上去，一根绳子围着她的腰，另一根绕着她的脚踝，一下被绑得死死的。

"逮住她，按住她。"鳗鱼们唱道。

逮住她，按住她，

紧紧绑住她。

高贵的鳗鱼

今晚定饱餐。

那瘦瘦的野人跑开了，回来的时候拿了一只罐头盖子。她用一根手指在上面搅了搅，然后跳着舞来到布里奇特面前，一根手指头上滴着红色的东西。布里奇特感到额头上一阵发凉，那瘦瘦的野人正往她额头上画一条扭动的鳗鱼呢。其他人在她面前跳着舞，对着她指指点点。

野人们的沾沾自喜突然被打断了。

刚被丢到其他俘虏旁边，罗杰便开始想办法挣脱出来。那个身强力壮的野人捆住他手腕的时候，他尽量将两只手腕分开，现在他把两只手靠近，想方设法用一只手把另一只手上的绳子松开。

绳子已经有点松开了。从他躺着的地方可以看到，野人们正围成一圈逼近布里奇特。他想大声喊出来，让她坚持住，但又立马改变了主意。那样的话只会惊扰到那些野人。

他对着约翰悄悄说："我这只手马上就可以出来了。"

约翰身上的绳子比其他人捆得都紧。他想翻个身，但是失败了。

"他们在干什么呢？"他轻轻问道。

"他们逮住布里奇特了。"罗杰说。

同样被绑着的苏珊挣扎着。

"再过十秒钟，我就去反击他们。"罗杰说。

"别犯傻啦，"约翰说，"你一个人怎么对付得了那么多人？你得先给我和苏珊松绑。"

"还有我。"提提小声说道。

"好吧。"罗杰低声回答。

"他们到底在对她做什么？"苏珊说，"唱歌……"

"他们把什么东西挂到她脖子上了。"罗杰说，"他们把她绑到了柱子上，马上就要拿她献祭了……我挣脱啦……至少一只手解开了……另一只也解开了。噢，天哪！他在我腿上打了个死结，解不开啊……"

"割断它。"

"那可是我们的绳子啊。"

"别管这些了，"苏珊说，"他们会吓着她的。"

虽然是个死结，罗杰还是成功挣脱了。他尽量保持不动，以免被野人看到，悄悄把脚从绳结里脱出来，然后一点点挪到约翰身边，一会儿就把约翰手腕上的绳子解开了。野人们把俘虏排成了一排，于是约翰的胳膊松开后，便忙着替苏珊松绑了，虽然罗杰还在给他解脚上的绳子。

"现在好了。"约翰说。

"听着，"提提说，"我的一只胳膊已经出来了。"

"别动，"苏珊说，"我来割绳子。我才不管这是谁的绳子呢。"

"他们有人在朝这边看吗？"约翰悄悄问道。

"他们把她绑到柱子上了。"罗杰说。

"他们往她脸上画了什么。"提提说。

"快点。"约翰说完便一跃而起，朝着野人们冲了过去。

"营救……营救……"罗杰咆哮着，把一个野人扑倒在地，自己也绊倒了，然后一头直冲到那个把他绑起来的身强力壮的野人怀里。

"燕子号万岁！"提提喊叫着，把那个手里拿着红漆的瘦瘦的野人一把抱住。装着红漆的罐头盖子飞了出去，一下子扣到了布里奇特的白裙

子上。

布里奇特的白裙子印上了一大块红漆，再加上她额头上那个红色的鳗鱼印记，让她看起来就好像是被当场宰杀了一样。

"没事了，布里奇特，"苏珊喊道，"没事了，没事了。我们马上割断绳子把你放了。你马上就得救了。"

"啊啊啊，走开，"布里奇特尖叫着喊道，"走开！他们刚进行了一半啊。我才不要你们来救我！"

有那么一会儿探险者们几乎动摇了，不过目前看来，他们这次反扑还是很成功的。那个特别强壮的野人被罗杰的头撞得呼吸都困难了，那一撞就像一发炮弹正中他的肚子。他弯着腰喘着粗气，话都说不出来了。那个小个子野人还趴在地上呢。约翰正和两个野人纠缠在一起，其中一个还大喊道："第二斜桅和船头斜桅支索①！"然后又赶忙改口："伟大的康吉鳗啊！"被两个野人不断纠缠着的苏珊，用力朝绑人祭的柱子冲过去。

那个强壮的野人终于恢复了气息，气喘吁吁地说："卡拉巴达那格巴拉卡！"其他野人也随声附和。

"营救！"探险者们喊道。

"走开！"人祭喊着。

"卡拉巴达那格巴拉卡！"南希喊道，然后又说："你们这些笨蛋，你

---

① 南希常用的水手语，表示感叹。

们究竟是不是鳗鱼啊？"

"卡拉巴格那达巴拉卡！"提提紧紧抓着那个瘦瘦的野人喊道，野人则竭力想把手臂挣脱开来。

"卡拉巴格那达巴拉卡！"约翰说，"说呀，苏珊，快说呀。"

"卡拉巴格那达巴拉卡！"苏珊说。

"卡拉巴格那达巴拉卡！"罗杰说，"喂，不好意思啊，把你撞疼了。"

战斗结束了。探险者和野人们现在都成了野人，站在那里气喘吁吁地看着彼此。

"要不要点火？"南希问，"整个部落都到齐了。鳗鱼部落，还有歃血姐妹……跟歃血兄弟。当然是黛西点火。去吧，乳齿象，去把神圣的炖鱼拿来。罗杰可以给你搭把手。"

"炖鱼就在附近，"乳齿象说，"在进攻前我就用船把它带来了，现在应该还是热的呢。不过，反正篝火要生起来了，还要烧一烧才能做好……再加点人肉……"

"天啊！"罗杰说，"布里奇特知道吗？"

黛西生火一开始遇到了困难。火柴划了一根又一根，可总是点不着。苏珊看着她，最后终于看不下去了。她找来很多干草，揉成一团递给黛西。"用这个引燃试试，"她说，"然后把它丢到柴堆中间去。先在中间挖个洞。"

那团干草还真是个管用的引火物。瘦瘦的、身上抹了细条纹的野人黛西把干草团推进了那一大堆棍子和木头堆底下。忽然一下，火堆烧着

了，木柴堆里传来了噼啪声，小小的火苗冒了出来，在柴堆中间跳跃着，向上蔓延着。柴堆中间的木头都点燃了，发出低沉的吼叫，火苗一下子蹿了上来，一股浓烟冲上了天空。

"鳗鱼万岁！鳗鱼万岁！好啦，他们回来了！"

罗杰和乳齿象从盐碱滩那边走来了，抬着一口两耳大锅。黛西冲到他们面前，掀起锅盖。大锅里面是一口炖锅，泡在水里，水还在冒着热气。

"这锅东西已经炖了很久啦。"乳齿象说。

"现在该布里奇特了。"黛西说。

掀了盖子的大锅被放在地上，紧挨着人祭。

黛西手里拿着把童子军小刀，跳着来到布里奇特跟前。

"这儿来点。"她说着，比画着从布里奇特胖胖的胳膊上"切"了一块肉下来。她又跳着舞离开了，掀开里面那口炖锅的锅盖，把那块看不见的肉丢了进去。锅盖一掀开，里面那炖鳗鱼的香味便弥漫进了周围的空气中。

"人间美味啊！"黛西说，"你们从来没吃过这么好吃的东西！"

"配上一点布里奇特的肉会更好吃。"乳齿象舔着嘴唇说。他也走到柱子前，仔细挑了一块他想吃的肉，拿到锅里去，走开的一路上还贪婪地用鼻子使劲闻着。

南希挑选布里奇特身上肉的时候可挑剔了。"不要有骨头的，"她说，"要又肥又多汁的。要块嗞嗞作响的好肉，还要发出噼里啪啦的声音，就像猪肉一样。"她选好了地方之后，万分急切地把她看中的那块肉"割"

了下来，布里奇特畏缩了一下，虽然那刀子根本没碰到她。

"别吓着她了。"提提说。

"我没被吓着。"布里奇特响亮地说。

每个人都轮流从布里奇特身上"割肉"，然后把美味的肉丢进炖锅里。接着，大家冒着可能烧焦眉毛的危险，把大锅推到了篝火边上。那些狂喜的野人整齐地拍着手，喊出部落的密令，一边围着篝火的熊熊火焰跳舞。

绑在柱子上的布里奇特，这位"血淋淋的受害者"，就在一旁看着他们。献祭仪式结束了。她身上最好的肉都已经在乳齿象的炖锅里，和鳗鱼一起炖着呢，她开始感觉大伙儿把她给忘了。

"现在我该怎么办呢？"等提提跳着舞靠近她时，她问道。

"人祭总是在最后关头被解救出来。"提提说，"再过半分钟，我就把你身上的绳子割断。你也得跳鳗鱼舞，然后加入我们的狂欢宴会。"

"没错，"黛西说，"就当自己是一条鳗鱼。扭起来，跳起来！"

过了一小会儿，人祭已经和其他人一起跳起来了。

"跳起来把，鳗鱼宝宝。"南希说。

大锅里的水又开了。苏珊一边用手遮着眼睛以防火焰，一手拿条毛巾，掀开锅盖。

"快好了吗？"乳齿象问道，"应该好了吧。"

南希猛地趴到地上。"我不行了，"她喘着气说，"再也跳不动啦。"

"他们会跳够的。"黛西躺倒在她身边说，"即使是康吉鳗也不可能一直跳下去啊。"

布里奇特是最后一个开始跳的，发现现在只有自己一个人在跳了。

"喂，"苏珊说，"盘子不够用啊。"

"谁要盘子啊？"南希说，"吃鳗鱼和布里奇特的肉用手就行啦，我们还要用粥碗来喝汤，这个倒是可以合用。"

"要是一半的人用碗，一半用盘子，那就够了。还有一些人要用叉子才行。"

"用茶匙吧，"佩吉说，"有六把大的、六把小的。"

"罗杰，你在干什么呢？"苏珊看到罗杰爬进了作储藏室的帐篷。

"我去拿酒。"罗杰喊道，"快来，约翰。我两只手拿不了那么多瓶。你拿着蛋糕，提提。我们待会儿回来拿姜汁饼干和香蕉。"

歃血兄弟姐妹们围坐在一起，在篝火熊熊火光的映照中大吃大喝了起来。他们两人共用一只杯子，因为沃克太太没想到会有十一个人吃饭，接着，他们为神圣的鳗鱼干杯。

"在大西洋深处遨游。"黛西说。

"以尸体为食。"提提说。

"哎呀！"佩吉说。

"别当个胆小鬼嘛，"南希说，"最好的鳗鱼都是以尸体为食的。它们最喜欢的就是淹死的水手。"

佩吉把她的盘子推开了。

南希瞪着她："就像我们吃布里奇特一样。"

"可是我是人祭啊，"布里奇特说，"又不是尸体。"

鰻魚舞

"差不多的，"黛西舔着嘴唇说，"我们从来没把鳗鱼煮得这么好吃过。"

"那是因为有了布里奇特的肉才这么好吃。"乳齿象说。

"乳齿象的身体里有我们的血，你们身上又都有他的血，"黛西说，"所以我们都是鳗鱼部落的成员了，吃了这些鳗鱼之后，我们就更像鳗鱼了。"

"我们吃了布里奇特的肉，就会变得更加壮实。"罗杰说，"哈！我刚刚吃了她一块香喷喷的肉。美味无比呀。来吧，佩吉，再吃一口。"

布里奇特安安静静地吃了一会儿，细细地咀嚼着。"我吃不出来自己是什么味道。"她最后说道，"反正我以前从没吃过鳗鱼肉，所以尝不出来有什么不一样。"

"明天我们要做什么？"黛西说，一时间，一大半鳗鱼部落的孩子就又变回了探险者。

"噢，天哪！"约翰说，"你们都不知道发生了什么。不会有明天了，一切都结束了。明天早上涨潮的时候妖精号要来带我们离开，明年我们才能再来这儿。我还没去西北通道呢。谢天谢地你们今天把田凫地那块地方考察好了。"

"我们没有，"南希说，"根本就没时间。准备这个鳗鱼宴会要做的事情太多了。搭篝火堆就花了好长时间，然后我们还得到燧石岛把战鼓拿来，然后又该来这里和乳齿象碰头了。我们打算明天去田凫地。唉，真的非常抱歉。"

"那也是没办法的事，"约翰说，"我该去西北通道探测的，结果没

去。要是我们不知道那儿到底是不是座岛，地图上那整个部分就太可笑了。我早就该去确认一番的。"

"都是我的错，"提提说，"我非要去看什么辛巴德河。"

"不是的，"罗杰说，"是船长和大副的错。你做了一个很棒的路标，他们却没看到。"

"约翰告诉我说要回家。要是我们回来了，他就不会找我们，就有时间去穿越西北通道了，要是真有那通道的话。"

"噢，好吧，那样你们就错过当埃及人的经历了。"南希说，"烧烤的公山羊！我真希望在大海中间柱子上坐着的是我！"

苏珊惧怕地瞪着眼。

"怎么了？"约翰问道。

"你们不知道吗？我们都看到了。"南希说，"我们那时顺着潮水悄悄摸过来，好和乳齿象碰头，给他画上作战的文身，然后在你们看不见的地方上岸，再包围营地，给你们来个标准鳗鱼式的进攻。那时候我们就看到他们了。我们死命地划，但乳齿象已经先到了。我们身上涂满了作战的图案，所以只好躺在作战的独木舟里……"

"那些船是你们的啊？"罗杰说，"我们看到有人划船，然后就只有空船顺水漂走了。"

"可是你们在大海中间？"苏珊说。

"我们还挥舞求救信号呢。"罗杰说，"要是乳齿象没及时赶到，我们就只好游回来了。我和提提都计划好了。"

"噢，提提。"苏珊说。

"第二斜桅和船头斜桅支索！"南希大声说，"有点鳗鱼的样子吧，苏珊。没人淹死，他们连湿都没湿，至少看上去不是很湿。而且那也是很不错的探险啊。现在我们知道红海的厉害了。"

"没这事我们也知道。"苏珊说。

"我们就是到得太晚了。"罗杰说，"前方的水已经连成一片了，我们试着想穿过去，但是水太深了，我还不小心踩到路外面去了……我们想回去，但是水太深了。后来我们点了一堆火。再后来我就爬到柱子上去，挥衣服求救了。"

"辛巴德河，你们是怎么说的来着？"南希说。

"我拿给你看。"提提走到她的帐篷里，去拿当时画的草图。

"把主地图也拿来。"约翰说。

"高兴点吧，提提，"她们走回来时南希说，"现在一切都安全结束了，没人会真的在意的。"

"不是因为那个，"提提说，"但的确要怪我，现在我们只能让地图顶上那块空着回去了。"

暮色降临，有几个身上画着条纹的野人正在往火上加木柴。有部分木柴是一艘破船的旧船板，上面还有铜钉，铜在火上一烧，发出绿色的火焰。在闪烁的火光中，探险者们和野人们一起看着地图，一边分享着杯子里热气腾腾的可可。

"那一块在这里正对得上。"约翰说，"对了，那条小河通向哪里？"

乳齿象看了看提提的草图。"还不错，"他说，"这条河通向主航道，就是这儿……我来标上去好吗？"他伸手在口袋里摸铅笔，却忘了自己用

泥巴涂着条纹的身上除了一条泳裤外什么也没有。他在火堆边缘找了块烧黑了的木头，把那个地方在地图上标了出来。

"要是我们没在北边留下那些问号就好了，"约翰望着暮色中妖精河河口外的秘密水域，说道，"要是我们把那一块也画上去，就没这么糟糕了。其他的地方都画得挺好的。"

"我们明天上午去不行吗?"南希说。

约翰咕哝了一声。"我们得把每一样东西都打包好，潮水一涨就运上船。"他说。

"不管怎样，这地图画得棒极了。"黛西说。

"我们帮你们画完不行吗?"乳齿象说。

提提听着，没有回答。

"不行，"约翰说，"野人可以当称职的向导，但是这样的事我们必须自己做。只有探险者们走过那条通道、知道那确实是条通道，才能把它标在地图上。"

提提悄悄捅了捅罗杰。

"哎哟。"罗杰说。

"对不起。"提提说，过了一会儿又捅了他一下。这次罗杰明白了。旋即，他俩悄悄离开了围在篝火旁的那一圈人。

提提急切地说了好几分钟。

"我有一根绳子，长度够了。"她说完之后，罗杰说道。

"那好，"提提说，"我把其他东西准备好。"

他们回到其他人那儿，在野人和探险者们中间穿行而过，然后再看

了眼地图。

天色越来越暗了。远处传来一声悠长的雾角声，接着又是两声。黛西和她的兄弟们跳了起来。

"是传教士，"黛西说，"看啊。"

岛的后面，一发信号弹直冲进黑漆漆的夜空，爆发出一大片火花。

"我们得走了，"黛西说，"我们答应过，他们一发信号，我们就要立即回去。我们也带了一发，这就发出去，表示我们看到了。"

她跑开了，一会儿工夫就拿回一发绑在棍子上的信号弹来。她把信号弹插在地上。

"你要把它点燃吗？"罗杰问。

"布里奇特来点。"

彼时的这位人祭点燃了作为应答的信号弹，它呼啸着飞入黑暗之中，然后化成星星散落下来。

"现在我们必须赶快回去了。"黛西说。

"可你们的船在哪儿呢？"约翰说。

乳齿象已经跑了起来，尽管天很黑，但他的脚步还是稳稳当当的，他朝着停船的地方跑过去。

"他找着了。"黛西说，"我们上了岸后，他就把船拖出来停到那座小岛后面了，从这里看不见。"

"我们的衣服还在其中一艘船上呢。"佩吉说。

等鳗鱼部落的成员和他们的歃血同族来到停船处时，已经听到黑暗中传来了桨声。很快，乳齿象就划着他的小船靠岸了，船后面拖着野人

那三艘小舢板。

再过了一两分钟，四个野人就划船离开了。乳齿象回他的巢穴，其他三人往妖精河河口划去。

"真是太美妙了，"黛西说，"有些事明年我们不会再做了……"

五位探险者和两个涂着条纹的野人在黑暗中一起站在栈桥上，倾听着哗啦哗啦的桨声。

"卡拉巴达那格巴拉卡！"喊声从水面上传来。

"卡拉巴格那达巴拉卡！"岸上的人们和已经快到他那条小河河口的乳齿象都喊道。"来吧，佩吉，在水里洗一洗，洗掉作战文身，"南希说，"我有事要跟你说。"她对佩吉说起了悄悄话。

"没错，"苏珊说，"要是就这样去睡觉的话，那睡袋里的泥巴就永远弄不掉了。还有，布里奇特，你早就该上床了。"

南希和佩吉冲洗完之后，在余火未烬的篝火旁把身体擦干。"幸好天很黑，"南希说，"看不到毛巾有多脏。不过这些毛巾我们以后也不要了。快点擦干吧，能睡的时候就赶紧睡会儿。"

"你们在储藏东西的帐篷里干什么呢，提提？"苏珊问道，"把东西放回去吗？那就对了。但是洗碗碟的事情要等到明天早上再做呢。"

"好的！"提提说。

布里奇特蛮不情愿地上了床，不过头一碰到枕头就立即睡着了。毕竟，她上午做了回以色列人，下午又当了回埃及人，晚上还成了人祭，这么多事情在同一天发生也够累了。

"田凫地和西北通道的事，可真是没办法了，"约翰说，"爸爸会理解

我们的。喂，提提，你把地图都拿到你的帐篷里去了吗？"

"是的，"提提说，"你要吗？"

"不要。"约翰说。

"你们还不去睡觉吗？"苏珊说，"明天早上我们还得早起呢，收拾行李会花去全部的时间。"

"我知道。"约翰说。

他在那儿站着待了一两分钟，看看火苗逐渐熄灭，再看看漆黑的夜色，想着这周的探险。地图没能画完，他们终于还是失败了。唉，那也是没办法的事。现在最重要的是要把东西全部打包，在救援船到来之前把一切都准备好。他走进自己的帐篷，脱下衣服，准备度过最后一个在营地的夜晚。

在亚马孙号船员的帐篷里，南希捅了捅佩吉。"听着，佩吉，"她悄悄说道，"我把你弄醒的时候，你要是叫出声来，我就再也不跟你说话了。"

罗杰的帐篷那儿也有人在说悄悄话。

"提提，"一只手从帐篷壁下面伸了出来，四处摸索，直到抓住了另一只也在黑暗中摸索的手，"你拴好了吗？"

"拴好了。"

"不要扯得太用力啦。别把我的脚指头也扯下来。"

"好吧，不会的。你也不要扯得太用力啦。"

391

"是你吗，提提？"约翰听到了轻轻的说话声。

"晚安。"提提说。

"晚安。"约翰说。

黑暗中，提提在自己的帐篷里，把拴住罗杰的绳子的另一端紧紧地拴在自己的拇指上。在漆黑的夜晚用单手来拴绝非易事，她还没拴好就知道了为什么罗杰没把绳子那头拴在手上，而是拴到脚指头上了。毕竟拴在脚趾上要容易得多，但她最后还是拴好了。她轻轻地拉了一下，另一端也拉了一下作为回应，不过可没她拉得那么轻。她躺了下来，拴着绳子的手伸到睡袋外面。她把另一只手也伸了出去，摸了摸身边那一小堆东西。没问题，她一样东西都没忘。她沉沉地进入了梦乡。

第二十九章

打包收拾

约翰在他的睡袋里动了动。帐篷壁上透出了阳光。是该起床了吗？
他把睡袋往下巴底下拉了拉。帐篷门口有只蜘蛛吊在它那看不见的丝上，
往下落了几厘米。他看着蜘蛛又爬了上去，边爬边织网。外面阳光灿烂，
奇怪的是，他醒来后却觉得很沮丧。那感觉就像是早上醒来，才发现昨
天考试中把"minimus"错写成了"parvissimus"。有什么事不对劲。突
然他想起来是什么事在作怪了。探险失败了，今天他们就要启程回家了。
地图没画完，西北通道没找到，而确认田凫地是不是一座岛的东北通道，
到目前也只是一个猜想而已。南希辜负了他……哪怕就在他这么想着的
时候，他都忍不住微笑起来，因为他想起了南希是因为去干什么而没去
探险的，想起了野人们围成一圈，身上涂满了泥巴条纹和斑点的模样。
还有，提提也让他失望了……不对，那么说不大公平……他本该看见那
个路标的……不过，提提独自去探险的后果就是，他没能有时间去进行
他本来安排好了的探险……而且差一点就发生难以想象的悲剧。一想到
那几个傻瓜居然让自己困在了不断上涨的海水里，他手背上的皮肤就不
禁吓得发痒……要是他们乖乖听话，按照指令办事，那等他和苏珊到家
的时候，他们就在营地里了，那样的话，他就可以赶在南希和野人们进
攻之前，赶紧到西北通道那里走一趟，那样地图的事情就可以大功告成
了。现在呢，他们只有带着没有完成的地图离开，等下次再来了，要是
还有机会再来的话。而且，没有去过的那些地方又不是偏远得不行，那

样的话不去也就算了。可它们就在中间，在秘密水域的岸上啊，一切都毁了。是岛屿呢，还是大陆？谁知道呢？没人有时间去看个究竟了。

爸爸会很失望的……接着约翰想起来，爸爸也是奉命行事。地图的事可能会让他失望，可要是他开着救援船到了这里，发现约翰辜负了他的期望，探险者们没有把帐篷打包好马上上船，那样的话，他会更失望的。

现在几点啦？他把睡袋推到了膝盖的位置，一脚把它踢开，从帐篷里爬了出来。苏珊把南希的手表带到她的帐篷里了。约翰查看了一下饭点日晷，影子所示的位置离早餐树枝还差好几厘米呢。他抓起木桶、肥皂和毛巾，到池塘边匆匆洗了洗。

"真是烦人的小东西。"他自言自语，正看到罗杰和提提的帐篷门垂着，本该收起来好让空气流通，现在却是放下来的。

他穿上衣服，把睡袋和床铺全部卷了起来，松开帐篷的钢索，再拔出固定帐篷的钉子，把几根支柱放在一边，卷起帐篷和防潮垫。

苏珊从帐篷里伸出了头。"嘘！"她说，"布里奇特还睡着呢。"

"她马上就得起床了，"约翰说，"妖精号要来了，每一样东西都要打包准备好。我正要把其他人都叫醒。"

"就让他们多睡会儿吧，"苏珊说，"他们反正会吵醒布里奇特的。我先准备早饭。"

"现在几点了？"

"七点半。南希的手表在这儿。把它挂在图腾上，这样就不会忘了。"

"你起来的时候，我先生火。但是要赶紧了，我把水桶留在池塘边

上了。"

今天找到足够的柴火并不困难。野人篝火的余烬还是温热的,挑些没烧完的枝条堆到苏珊的火炉里,那火焰就又旺盛地烧了起来。

布里奇特把头探了出来。"该起床了吗?"她问道。

"没错,"约翰说,"你反正醒了。带上你的牙刷过来吧。时间不多,只能给你们打两桶水。我们要把所有的东西都打包好。快点,苏珊,吹哨子!天哪!我真希望我们有只船上用的铃铛。喂,大伙儿都起床了!南希船长!把你的大副踢出来!罗杰!提提!一等水手们,快出来!把腿伸出来!"

到了提提的帐篷门口,他弯腰把手伸了进去,一把抓住她睡袋的尾端,使劲一拽,想把睡袋连同提提一同拽出来。他差点栽了个跟头,因为睡袋很容易就拉出来了,里面却什么都没有,紧紧抓住睡袋的只有那只被吓坏了的小猫咪。过了会儿,它不害怕了,就恢复了平日的尊严,站起身来,在阳光下眨了眨眼,伸了伸懒腰。

"哈啰!"约翰说,"提提已经起来了。罗杰,你快出来!"

没有人回答。他往罗杰的帐篷里看了看,里面也是空的。

约翰朝亚马孙号船员的帐篷里看去。睡袋里鼓鼓囊囊的,说明探险者们正躺在那儿呢。

"南希!"他喊道,"起床了。整座营地都等着我们收拾打包呢。"

没有人回答。

"我用冷水和海绵给她擦擦。"布里奇特说着,蹦蹦跳跳地过来,一只手拿着睡衣,一只手拿了块海绵。

"快点。"约翰说。

"可是她们不在这儿啊。"过了一会儿布里奇特说。

"她们当然在这儿啊。"约翰说。

"没有。"布里奇特说,"你看,她们往睡袋里塞了东西,看上去就像有人一样。"

"真讨厌,"约翰说,"今天又不是四月一日愚人节。但好在大家都起来了。她们起床倒是静悄悄的。"

"她们在哪儿呢?"苏珊说。

"可能下去最后一次玩水了。"约翰说。

他往布里奇特头上浇了两桶水,为了讨吉利,又浇了一桶,然后就开始收拾作储藏室的帐篷,松开帐篷的钢索,再拔出固定帐篷的钉子。他看到苏珊正瞅着昨晚盛鳗鱼的碗碟,那些都还没洗呢。

"哎呀!我都忘了。还得洗昨天晚上的碗呢。不要想着玉米片了。给他们吃煮鸡蛋吧,可以直接用手拿着吃。我们的时间真的不多啦。"

"好吧,"苏珊说,"每人两只鸡蛋。你能吃两只吧,布里奇特?刷好牙了吗?你管那样叫洗好脸了?"

"对呀,"布里奇特说,"是洗好了。"

"妈妈可不会这么认为。你过来,把水桶拿过来。"

"哎哟,"布里奇特说,"你都快把我额头上的皮扯下来了。"

"黛西昨晚到底是用什么东西画的啊?"苏珊说,"你额头上的鳗鱼图案可要陪你过完这辈子了。"

"哎,别管它了,"约翰说,"我们回家的时候再把它擦掉。现在一定

要在船来之前把全部东西都收拾好。喂，我把你们的帐篷拆了好吗？快去，布里奇特，去收拾你的背包。"

"喂，"苏珊在存货中翻个不停，"到底是谁把糖和饼干还有玉米片都混在一起了？"提提忘了告诉她，埃及人被困红海之时是用什么作燃料点火的，"还有，这巧克力是怎么了？我敢肯定，即使在昨晚的宴会之后，还剩不止两板呢。再说昨晚没人吃过香蕉吧。"

约翰疑惑地四处查看。"我的指南针呢？"他说。

"噢，天哪，"苏珊说，"这次打包东西简直跟上次去霍利豪依一样乱了套。最后时刻大家就偏偏少了这样那样的。等我们把其他东西收拾好了，指南针也就出现啦。先把早饭吃了。鸡蛋煮好了……"她长长地吹了一声哨子。

回答她的，只有一只被惊动的杓鹬，还有盐碱滩上那群突然骚动起来的海鸥。

"再吹一次。"布里奇特说。

"喂！吃早饭啦！"约翰喊道，"听着，苏珊，我到下面去把他们轰上来。"

五分钟后，他从停船的地方往回走着。这次的旅途他很生大家的气，除了苏珊和布里奇特，至少她俩待在了应该待的地方。

"船不见了。"他沉着脸说道，一边忙着在一丛草上擦掉靴子上的泥巴。

"两艘都不见了？"苏珊问。

"是啊，"约翰说，"我打赌是南希的主意，他们肯定是去跟乳齿象道别了。"

"那他们的鸡蛋可就要凉了。"苏珊说。

"他们才不管呢，"约翰说，"乳齿象会给他们准备早饭的，一吃起来就没完没了忘了时间。噢，天哪！看看时间，都已经几点了！他们的帐篷还没收拾呢，还没等他们开始收拾，妖精号就要来了！"

"我还以为他们会叫上我们一起去呢。"布里奇特说。

"他们知道我们是不会去的，"约翰说，"他们知道我们要忙着把东西都收拾好。"

"别管了，先来把你们的早饭吃了吧。"苏珊说。

苏珊、约翰、布里奇特和辛巴德几乎是一声不响地吃完了早饭。布里奇特跟辛巴德说了会儿话，但也没说什么。约翰和苏珊不停地查看，看看要打包的东西啦，再瞧瞧待拆解的帐篷啦，整座营地的东西总要想办法变成容易装运的包裹吧。他们还不时地望望停船的地方，期待着能看到另外几个人急急忙忙往回赶。

三张小小的帆出现在妖精河的河口。

"那是鳗鱼们的船。"布里奇特说。

几分钟后，三个野人蹚着水走过了盐碱滩。

"卡拉巴达那格巴拉卡！"他们喊道。

"卡拉巴格那达巴拉卡！"探险者们回答。

"南希去哪儿了？"黛西说，"人都哪儿去了？喂，首领，昨天的事我们真的太抱歉了。我是说没有时间去田凫地的事。我们要是知道昨

天是最后一天，肯定会去的。可是南希说，她觉得你们还会待上一段
时间……"

"没关系，"约翰尽量高兴地说，"我们明年会把那块地方补上的。我
没完成的部分其实还挺重要的，应该说更重要。"

"我额头上的鳗鱼印记该怎么办？"布里奇特说，"苏珊想把它擦掉，
可是擦不掉呢。"

黛西欣赏着她昨晚的杰作。"这鳗鱼还真不赖。"她说。

"可你是用什么画上去的？"苏珊说，"擦肥皂好像根本没用。"

"红漆，"黛西说，"用点松节油擦一下就擦掉了。还有她连衣裙上的
那一大片红色也是。这只不过是条小鳗鱼而已。去年夏天运气可糟糕了，
不过就是那个时候我们开始尝试画印记，德姆和迪在我身上到处画鳗鱼。
你们该听听传教士们后来都说了些什么。"

"可是其他人都到哪儿去了？"德姆和迪一起问道，让人觉得他们想
赶紧转换话题。

"去和乳齿象道别啦，"约翰说，"他们真不该去的。再过半小时，爸
爸就要到了。"

"我去把他们叫回来。"德姆说。

"乳齿象来了。"迪说。

"卡拉巴达那格巴拉卡！"乳齿象说道，一边跺着他那沾满泥巴的
靴子。

"卡拉巴……格安达……巴拉卡！"黛西说。

"是格那达……格那达……"布里奇特说，"我专门听你会不会说

错呢。"

黛西恶狠狠地咬了咬牙。"昨天晚上我们吃你没有吃够，"她说，"除了骨头和肉片，什么都没吃。我都没想到割一块舌头尝尝。真希望当时想到了。"

"其他人都在磨蹭什么呢？"约翰问。

"没见着他们啊。"乳齿象说。

"什么？那他们去哪儿了呢？他们把两艘船都弄走了。南希真是脸皮太厚了，提提和罗杰也应该有点脑子啊。我们得把整座营地收拾打包好，他们是知道的。爸爸说了，一分钟都不能耽搁，他要我们把所有的东西都放在船上做好准备。"

"喂，"德姆说，"你知道你们的救援船，船帆是什么颜色的？"

"深红色。"

"我想就是。现在有一艘挂着深红色百慕大船帆的船正从海上开过来。我们远远地看到了。"

大家争先恐后地跑到堤坝上，往东可以看到远处浩瀚的大海。那边远远的海面上，一艘挂着红色三角帆的小船正朝着外圈浮标处驶来。

"我敢肯定那就是妖精号。"约翰说。

他来回搜索着秘密水域。没看到别的帆。"全都出问题了！"他愤愤地说，"地图没画完，现在爸爸来接我们了，什么都还没准备好呢。"

"快点，"乳齿象说，"我们来帮忙。大家一起收拾营地。"

"扭起来吧，鳗鱼们，"黛西说，"我们把鳍抖一抖，营地就全都收拾好啦。"

接着大伙儿一起跑回营地。四个野人和三个探险者扑向帐篷、储藏室和床铺。罗杰的帐篷、提提的帐篷，还有亚马孙号船员的那顶大帐篷都被拆了下来。约翰和苏珊这边在忙着装包，那边帐篷准备好要装进袋子里去了，他们忙着转来转去，告诉鳗鱼们帐篷应该怎么折叠起来。苏珊腾不出手洗碗，黛西和她的兄弟们可能洗得达不到苏珊的要求，但好歹东西都洗完了，一个鳗鱼拿着营地里的洗碗巾，把最后一只杯子也擦好了。"这些鸡蛋怎么办？"黛西说。"我不知道，"苏珊回答，"把锅里的水倒掉，再把蛋放回去。他们不来吃早饭，只能怪他们自己。布里奇特，快去看看能不能看见他们了。"

乳齿象背起装着亚马孙号船员帐篷那又长又重的包袱。

"等他们把船划回来再说吧，现在就搬到上岸的地方也没用，"约翰说，"只会把东西弄得到处都是泥。"

"把东西放在我们的船上。"乳齿象说。

"救援船来接探险者，野人们就用作战独木舟来运货。"黛西说。

"这样能节约很多时间，"苏珊说，"但我真希望他们几个赶快出现啊。"

来来回回，来来回回地，探险者和野人们蹒跚着把帐篷啊、包啊、箱子啊、水桶啊什么的都放到了野人们的船上，然后又急急忙忙蹚着水，从泥泞的盐碱滩往回走。

布里奇特一路跑到了营地。"我哪儿都看不到他们，"她说，"是妖精号来了。望远镜在哪里？"

"望远镜去哪里了？"约翰说，"谁看到望远镜没有？我也还没找到我

的指南针呢。"

没人看见指南针在哪里，也没人看见望远镜去了何方。

"一般都是提提拿着的。"布里奇特说。

约翰和苏珊回头看着他们安营扎寨的地方。他们看看颜色比别处略浅的搭帐篷的地方，看看灶台，苏珊做早饭的火堆快灭了，再看看那一大块熏黑了还盖着灰的地面，那儿是鳗鱼部落献祭仪式时点燃篝火的地方。现在营地上空空如也，只留下那根上了漆的图腾柱，上面那条鳗鱼的脖子上面挂着贝壳做的项链，还挂着南希的手表，再有就是饭点日晷了，饭点日晷的影子早就把表示早餐的树枝甩在了后面。除了这两样东西，其他东西全都装到了野人们的船上等着运到大船上去。可是，探险者的船不见了，四个探险者也都没了踪影，这一切又有什么用呢？

约翰正要把那根长棍从地上拔出来，它的影子显示出时间怎么从一餐饭来到下一餐饭。

"哎呀，别拔它，"黛西说，"留下来作个纪念吧。"

"那图腾柱呢？"约翰说。

"那是你们的，"乳齿象说，"对吧，黛西？"

"那当然了，"黛西说，"你们带着吧，等你们再来时，再把它竖起来，全世界的鳗鱼们就会扭着来帮忙的。"

约翰看了看南希的手表。

"快九点了，"他说，"那些傻瓜会到哪里去呢？"

"潮水已经平缓下来了。"乳齿象说。

他们走到堤坝那儿，又朝外面望去。

没错，那艘救援船妖精号就在那儿呢，正驶进秘密水域，它已经离开了开阔的海面。

"吹的是西风，"约翰说，"妖精号要沿'之'字航行，那样会花上点时间。"

"可是他们在哪儿呢？"苏珊说。

布里奇特是第一个看到他们的。"看那儿，看那儿。"她用手指着。

"他们在那儿做什么呢？"乳齿象说。

几乎就在他们的对面，从秘密水域北岸通往内陆的那条宽阔小河上游很远的地方，一艘升着棕色帆和一艘升着白色帆的小船正并肩行驶。

"朝他们挥手。发送信号。"苏珊说。

约翰打出旗语。抓——紧——回——来——"我身后只有天空，"他说，"但他们或许没在看。"

"他们往这边来了。"乳齿象说。

"两艘都是。"黛西说。

"两艘船都该让右舷受风。"迪说。

"他们原来是跑去最后一次比赛了。"苏珊气愤地说。

"妖精号到来之前，他们回不来。"约翰说。

救援船越来越近，在秘密水域里迂回前进，一会儿朝着北岸，一会儿又朝着探险者和野人所在的岛的方向。两艘小船顺着小河向南行驶，风是从船的梁上吹过来的，所以用不着抢风。小船速度飞快地开了过来。

"他们能行的。"黛西说。

"不可能的。"约翰说，但他内心开始希望他们能行。

"哪一艘在前面？"乳齿象问，"我看是升着白帆的那艘。"

"棕色帆的。"黛西说。

"船是直朝着我们来的，真难看出哪艘在前面。"德姆说。

"棕色帆的是顶风。"迪说。

"加油，提提。"布里奇特说。

"加油，南希。"黛西说，接着又说，"对不起……提提很不错，但是南希更像鳗鱼。"

"她们都错啦，"约翰说，"最后一个早晨了，她们明明知道要待在这儿却出去比赛。但是我说，我真的觉得她们能抢先抵达。"

"加油，大伙儿加油啊。"布里奇特喊道。

"爸爸在干什么呢？"苏珊说。

所有人都转移了视线，本来他们在看那两艘顺着小河朝他们飞速驶来的小船，现在都看着正在秘密水域里稳稳驶来的救援船。有个人站在桅杆旁，是爸爸。

"他在升一面旗帜呢。"约翰说。

一小包东西升到了桅顶的横杆，伸展开来，那是一面深蓝色的旗帜，中间带着一个白色的正方形，在风中飘扬起来。

"天哪！"约翰说。

"这是什么意思？"乳齿象问。

"是蓝色彼得旗，"约翰说，"大家都要准备上船啦。即将起航。他太赶时间了，连锚还没抛，就把旗帜升上去了。"

"他们会成功的，"黛西说，"他们马上就要出那条小河了，我们看看

405

谁会先到。"

"要是他们比妖精号先到就好了。"约翰说。

"真是激烈的比赛啊,"乳齿象说,"快看那儿。"

"加油,加油!"鳗鱼们喊着。两艘小船离开小河,稍稍侧向右舷,接着并肩穿过秘密水域向这边飞速驶来。有那么一会儿,两艘船上的人都好像把握不准航行的方向了,因为船一来到宽阔的水面,原先一直让陆地挡住的救援船的红帆,第一次出现在了舵手们的眼前。

第三十章

西北通道

提提强迫自己睡着，但与此同时，她也努力把自己变成一只闹钟。觉是一定要睡的，但是千万不能睡过头。她知道，除非把他叫醒，否则罗杰是不会自己醒来的。不管发生什么，只要天开始蒙蒙亮，她就一定要让自己醒来。她刚睡了两个小时，突然在黑暗中醒来了。她睡了多久？一个小时？半个小时？还是四个小时？她自己也不知道。反正还没到时间。她又试着睡了会儿，结果这下睡不着了。一切都取决于她在合适的时刻醒来。提提躺在那儿，摸了摸拴在大拇指上的绳子，脑海中还想着地图左上角的那块空白，约翰在那里画了个问号。从那个缺口进去会是什么样的情形呢？说不定是一条走不通的小溪。算了，要想知道那儿究竟有些什么，就得去实地探访一番。明天一早（还是说已经是今天早上了？）是纠正昨天所犯错误的唯一的机会了。她脑中默默比画着水道的虚线……那一个个点就像羊一样。她一边数，一边把虚线的小点放进脑海中的地图，数着数着忘了有多少，然后从头再来……一点……一点……又一点……她又醒了，发现帐篷亮了些，快能看见帐篷的轮廓了。嗯，不能再呼呼大睡了。现在就要静静等着，看着天色变亮，等着到点拉绳子把罗杰叫醒。她听到了盐碱滩上海鸥的声音……渐行渐远。

她再次醒来时，不禁惊慌失措。帐篷里已经照进了光线，什么东西都看得清清楚楚，连昨天晚上准备好的那一小堆东西也一目了然。她拉动绳子，接着听到隔壁的帐篷里传来一阵惊讶的咕哝声。接下来又没了

声音。要是罗杰大叫一声醒来把营地里的人都吵醒，那可不行。她又轻轻地拉了拉绳子，还是没有动静。她再拉，这次耐心地拉了很长一段时间。这回对方有了回应，猛地往回一拉，恨不得把提提的拇指给扯下来，接着又是一下。她轻轻地往回拉了三下以示回应，接着绳子就松了。罗杰已经把绳套从脚趾上摘了下来。她把绳子收回来，然后爬到她的帐篷门口，把头探进早晨清冷的空气中。罗杰也把他那乱蓬蓬的脑袋伸了出来。

"你准备好出发了吗？"他说。

提提把手指放在嘴唇上，示意安静。

"当然了，"她低声回道，"别嚷嚷。"她爬出帐篷，冷得瑟瑟发抖。她挨近罗杰，对着他的耳朵悄悄说："把你的羊毛大衣穿上，拿块油布毡垫着坐。太阳升起来后就会暖和点了。千万别发出响声。假装自己是鳗鱼部落的一员。"

"靴子呢？"罗杰低声问。

"里面是湿的，没法穿，"提提低声回道，"不穿更好。快点，当心不要踩到火堆边的棍子……嘘！"

有那么一会儿她好像听到别的帐篷里发出了声响，吓了一大跳。也不知道是什么东西发出的声音，但随后没再听到。他们就像圆滑的鳗鱼一样，悄无声息地爬出了营地，走下堤坝，踩着湿漉漉的草坪走过盐碱滩。此时没有雾，但一层薄薄的晨雾正在升起。一声不响地，罗杰把巫师号拉了过来，提提又悄悄地把她装着必需品的背包放到了船上。又是一声不响地，罗杰收起缆绳，把锚放到船头。可锚碰到了船舷，发出了

声响。这两个探险者此时脚踩烂泥，面面相觑，回头向晨雾中若隐若现的帐篷顶望去。

"快上来，"提提小声说，"我们待会儿再把污泥洗掉，现在可别再发出声音了。"

"我要划船吗？"

"还不用。"

罗杰坐在船尾，提提把巫师号推进水里，这才坐了下来。她小心翼翼地拿出桨，一次只拿一支。她划第一下的时候，有只桨架"嘎吱"响了一声。她把那支桨从架子上拆下来，卸下桨架，在水里蘸了蘸，再安上去。她又划了一下。一支桨上包覆的皮革在桨架摩擦之下又发出了声音。她把桨放到水里，把皮革弄湿，又试了一下。这下好了。她静悄悄地划着桨，一点哗啦啦的水声都没发出，稳稳地把船摇了出去。她一直紧贴着岸边划着，这样即使有人从营地那儿望过来，也什么都看不见。

她划得不快，因为开始涨潮了。小船驶出了妖精河，来到了秘密水域。她调转船头朝西，把桨停了下来。两岸不断向后退去。潮水现在和他们往同一个方向跑，直奔秘密水域。探险之旅总算成功开场了。

"罗杰，"提提说，"你最好吃点早饭吧。"

"我也是这么想的。"罗杰说。

"带了巧克力和香蕉。"提提说着，在背包里翻动着。

"等太阳升起来就会暖和点了。"罗杰说。

"已经暖和些了。"提提说。

一团乌云挡住了地平线，乌云上方染上了一层玫红色的光晕。此时

的太阳已经爬到乌云后面了。水面上的波纹一圈圈地迎接他们。西边吹过来一阵轻风。有一两分钟的样子，他们就这么随潮水漂着。提提拿出指南针放在脚下。她把望远镜架好，放在身边的座板上，打开一张地图，仔细看了一会儿，然后抬头望着秘密水域前方的水面。她啃了一大口巧克力，然后又摇起桨来。

直到他们快到约翰盼望着探测的那个缺口时，她才把桨停了下来。在那儿，她把桨收起来，开始拿着指南针拼命地测量方向。

"妖精河这边这个点是东偏南方向，"她坚定地说，"反正差不了多少。还有乳齿象岛上苍鹭栖居的树都排成一排，方向朝南。我们把这些地方都标得很准确。如此说来缺口的位置就没错。"她画了个十字表示他们现在待的地方，还标上了罗盘方位，一条通向远处那个点，另一条通向苍鹭的老巢。

"我们现在能升帆航行吗？"罗杰说，"风够大，而且不用抢风调向。"

"最好升起来吧，"提提说，"然后你来掌舵，我就可以把地图铺在座板上了……目前为止我们干得不错，要是之前把帆升起来，就会花上很长时间。"

她升起棕色的船帆。巫师号开始在水里移动起来。

"尽量保持居中航行，要是搁浅了就让风帆帮助我们挣脱。无论发生什么，我们都不能陷在泥里，不然还要浪费时间从泥里出来。"

"是！长官。"

"别开得太快了。让帆自行摆动起来。"

"是！长官。"

"航向西北。"提提看看指南针，在地图上记下。

"是西北方向。"罗杰说。

"但你不能靠着指南针来掌舵，"提提说，"保持航行在中间就行了，我来看指南针，然后记下船行进的方向。"

"天哪，"罗杰说，"我们现在就算上路啦。"

两侧的河岸向中间不断收窄。他们已经离开了秘密水域，正随着潮水航行在狭窄的水道里。他们左右都被泥地包围着，泥地过后是低矮的平顶堤坝，就像他们建营地的那道堤坝一样。在他们的前方，堤坝仿佛从中间合拢了。

"这儿看上去到不了任何地方。"罗杰说。

"肯定有路的，"提提说，"你看水沿着泥地边缘流动的方向就知道了。"

"前面就要到尽头了……我们是不是最好把帆降下来，让速度慢一点？"

"到现在为止一切都很顺利。天哪！那是怎么回事？"

船突然轻轻颠簸了一下。提提丢下铅笔，把活动船板抬起了一半还高。罗杰放开了帆。提提用一支桨伸进水里捅了捅。

"现在够深了，"她说，"刚才肯定是一个浅滩。"

他们继续向前慢慢滑行，但哪怕是提提都开始觉得他们驶进了一条死胡同。

两侧的河岸此时已经离他们很近了。前面是一个长满草的小土坡，

好像堵住了小溪的去路。

"没有路了，"罗杰说，"我们是不是最好调头回去，免得搁浅了？"

"要是没路就没路吧，"提提说，"总之最重要的是弄清楚……喂……"她的声音都变了，"看那儿。那个土坡没有把堤坝连起来……"

"哪边？快！"罗杰喊道。水道尽管很窄，却分成了两条。

"右边……右边，"提提说，"我是说右舷方向。"

"另外那条看起来大些。"罗杰说，但那个覆盖着绿草的土坡已经到了他们左边，阻挡了来风，他们正在一条狭窄的小沟里行驶。提提用一支桨戳了戳泥泞的河岸。河沟向右弯去，似乎到堤坝下面就是尽头了，接着又拐向了左边，突然间，风又吹起来了，他们失去了小土坡对风的遮挡。此时他们看到面前是一条水路，在一片硕大的泥滩上蜿蜒前行。

一只长着红嘴、身上大片栗色羽毛的鸭子正站在土坡那儿看着他们。

"是一只翘鼻麻鸭，"罗杰说，"要不就是公鸭。"他接着又说："我说，另外那条水道也通得过。那儿是座岛。最好去确认一下。"他没再多说，把小船调了个头，慢慢地逆流而上，来到了比他们刚刚通过的小沟稍微宽些的水沟里。等他们回到了小河分叉的地方，那个长满草的小土坡还是在他们左边。

"好的，"提提说，"就叫翘鼻麻鸭岛……这总归是个新发现。小心，碰到了……"

不过船只是转弯的时候搁浅了一会儿，然后，在风力和潮水的共同作用下，小船飞速驶回了西边的水道，接着又回到了内陆海上那一片闪闪发光的泥地和泛着波纹的水面上。

"我们现在干什么？"罗杰问。

"船要往北走，"提提说，"继续开。保持居中位置。"

"什么的居中？"罗杰问，但提提没有回答他。潮水从翘鼻麻鸭岛两侧的水沟涌了出来，正在泥地上蔓延。右边是一道堆起来的堤坝，堤坝下面是泥地，然后就是他们正在航行其中的水道，再接着，他们左边是一片更宽阔的泥地，过了泥地，那远远的地方，又是一道堤坝，毫无疑问是用来保护陆地上的草场的，那儿的天际线上显现出大树的轮廓。

突然间他们右边的堤坝到头了。目之所及都是无边无际的泥滩。他们现在所处的水道已经拓宽成了一条大河，在泥地中蜿蜒前行。

"现在是向东行驶，"提提说，"我们在那块陆地后面呢，看那儿看那儿，那儿有条小溪，那儿还有一条，不过它们都走不通，不然的话我们在另一边的时候就会看到了。"

接下来她又拿起指南针和铅笔忙活起来。

"这儿和红海一样大，"罗杰说，"可哪里是出口呢？"

"除了刚才那两条河沟，肯定还有一个出口。"提提说。

她拔长望远镜的内镜筒，在远处的海岸上搜寻起来。

"看这儿，"她说，"这一侧什么东西都没有，不然那天你们在这儿的时候约翰早就看见了。结果布里奇特被抓走了。"

"的确没有，"罗杰说，"我还忙着采黑莓来着。"

"前面什么地方肯定有出口。"

"可是水面马上就到尽头了，除了淤泥什么也没有。"

"后面就是水。"

"可是淤泥横在水中间啊。我告诉过你的。我们没路了。"

提提拉起活动船板。巫师号前进了几厘米，接着又陷住了。提提赶紧把帆降下来，罗杰的脑袋被帆桁砸了一下，他本想伸手接住不让帆掉进水里的。

"现在该怎么办？"罗杰揉着脑袋问道。

好一阵子提提没有回答。她拿一支桨在泥里戳了戳，桨陷进去了。她前后摇了几下，把桨拔了出来。她刚想再戳下去，忽然想到即便他们没法继续往前走，也没被困住。潮水会继续上升，船会再次浮起来，他们就可以原路返回。没错，现在不必自乱阵脚。

"再吃点早餐怎么样？"她说。

"我随便。"罗杰说。

"还剩两根香蕉。"提提说。

太阳已经驱散云层升上了天空，头顶上是湛蓝的天空，两位探险者吃完最后的口粮，朝四周望望。

"有件事情，"罗杰说，"在老巫师号上坐着陷进泥里，可比在红海中间跋涉要好得多。要是没通道，那就没有吧。"

提提看着东边和南边低低的海岸，然后回头看了看翘鼻麻鸭岛。"我们肯定走了一半路了，"她说，"前面的水更多呢。"

"被淤泥挡住了。"罗杰说。

提提站到了船头的座板上，双脚分别站在桅杆的两边，一只手扶着桅杆，另一只手拿着望远镜。的的确确，前面都是泥地，他们就像搁浅在了一个类似海湾的地方。泥地在左右两边延伸，左侧与那陆地上绿色

的海岸线相交。但他们正前方，在泥地的另一边的又是一大片水，从对面插进这片泥地。提提仔细地观察着。

"喂，罗杰，"她说，"你能爬到桅杆上去吗？船现在很稳当，不会翻的。我坐在船底。"

"当然可以。"罗杰说。

"那就爬上去，看看泥地过去的那片水域。"

罗杰立马爬上桅杆，然后站在那儿向远处望去。

"就是水。"他说。

"是不是比之前更近了点？"

罗杰继续看着。"当然是，"他最后说，"潮水在上涨。"

"那肯定还有个出口，"提提说，"不然的话潮水怎么过来的，水会从哪儿来呢？"

问题无解。从桅顶上很容易看出，两股水流正越过泥滩，向彼此靠拢。一股就是刚把他们带到这儿来的水流，另一股正在涌过来和它汇合。

"它们还有多久会汇合？"罗杰说，"你看，我没法永远待在上面，我要下来了。"

"我们马上要过去了。"提提说。

一点一点，那两股水流越靠越近。巫师号动了动，浮了起来，往前走了一下，又停住了。提提忙着画地图，她把眼睛能看到的海岸线尽可能都画了下来，罗杰在旁边看着。

"我去过那条小河，"他说，"但那儿走不通。约翰希望它能通向什么地方，可是没有。"

"他在图上记下来了吗？"

"记下来了。"

"那就好，"提提说，"会有用的。"然后她拿着指南针，仔细测好海岸线上那个深深缺口的方位。"东南方向。"她说完，画了一条线，并在旁边用铅笔记下了方位。

一点一点地，水位继续升高，虽然还不足以让巫师号浮起来，但越来越接近泥地那边的那片水面了。把两片水面隔开的泥滩越缩越小了。泥滩变成了一个狭窄的地峡，把两大片泥地连接起来。然后地峡不见了，两片水面汇合了。

"罗杰，"提提说，"我们只能走那边，朝着另一片水面过来的方向。大概是东北方向。"

"船在动……没有，又陷住了……动了动了。我们把帆升起来吧，这样等船一浮起来，就可以让风吹着走了。"

他们把帆升了起来。因为方向舵比龙骨的位置更低，他们把方向舵卸了下来，准备好用桨来控制方向。

"无论如何，我们都绝不能再把方向舵弄坏了。"罗杰说道。

每过几分钟，船就会停一下，然后接着向前，然后又停下来。突然，船从泥里挣脱了，平稳地向前行进，速度越来越快。

"东北方向，"提提说，"东北方向。用桨稳住船。我把方向舵放回去。我们出发了。"

"这儿的水深一些了，"罗杰说，"而且风从后面吹过来，我们用不着活动船板了。"

　　"我们会成功的，"提提叫道，"我们会成功的！"

　　小船的速度越来越快，在平滑的水面上飞驰而去。翘鼻麻鸭岛那儿的入口已经被远远甩在身后了。不过还没有任何迹象表明还有其他的出口。在船头的左右舷方向，陆地离他们越来越近了。就连提提也开始担心，他们是不是进入了一个海湾，而两边的陆地实际上是一整块呢。时间在流逝。如果他们不得不调头，原路返回，那他们能在妖精号抵达之前回到营地吗？而且还有那么多东西得打包收拾呢。"噢，天哪！"提提对自己说，"我是不是又把事情搞得一团糟了？"接着她想起来虽然现在水已经连成了一片，但原本是有两片水面的，一片是经过翘鼻麻鸭岛过来的，另一片肯定来自别的什么地方。

　　"前面有野草！"罗杰喊道，"有不少呢。"

　　"我知道。"提提说。

　　"还有堤坝！"罗杰喊道，"喂，提提……我们得回去了。"

　　"保持航向，继续向前！"提提说。

　　"是，长官……继续向前。"

　　小船继续向前驶去。一丛丛的野草从左边、右边和前面伸出了水面。他们常见到的堤坝，就是为了不让土地被海水淹没而修筑的那种堤坝，已经离他们越来越近了。看上去似乎走不通了。

　　"那儿有个缺口，"提提说，"那两道堤坝没有连起来。"

　　"我们马上就要搁浅啦。"罗杰说。

　　"前面就是沼泽地。"提提说。

　　"我该调头吗？"

"好的……不要……再等一分钟……继续前进……我看见另一侧有水。"

他们离沼泽地越来越近了。那是一块块的泥地，周围是绿色的软泥，还有条条细流，以及高高的野草。到处都有积满水的地方，但没有成型的水道。那些小小的细流都只延伸到沼泽地里几米远。

罗杰指着说："那条最大。"

"也许就是那条。"提提说。

他们几乎没有时间选择。他们两旁都是一块块黏糊糊的泥地。他们开进来的这条小沟是几十条小沟中的一条，向左弯去，向右弯去，又向左弯去。他们感觉到巫师号像是在啃泥巴一样。小船这边碰到了什么，那边碰到了什么，最终陷进了泥里。

"噢，天哪，"罗杰说，"现在连调头的地方都没有。"

"我们必须往前走。"提提说，"只要能穿过去就行，那边有大片水面。"

他们从小船里出来，滑滑的双脚直往泥地里陷，他们想把小船抬起来。

罗杰蹒跚着走过一片沼泽地，望了望另一条蜿蜒的水沟。"喂，提提，"他喊道，"水位还在往上涨呢。等到水位涨得够高要花上好久呢。"

"噢，天哪！"提提说，"我正希望久一点。等水位高起来的时候，营地里的东西都得打好包。要是我们不能在他们起床之前回去，他们会急坏的。"

"爸爸会等我们吗？"罗杰问。

"我们必须在他来之前回去。"提提说。她仿佛看到孤立无援的探险者们在岸上等着,两个一等水手都不见人影。救援船开进来了,约翰竭尽全力地解释着。想到这儿,她不禁吓得心惊肉跳。可是他怎么解释得了呢?他又不知道他们在哪儿。而他们现在是前进不行,后退也不行,眼睁睁看着前方的水面,却被困在这里了。

突然间,她看到了,在沼泽地里长的所有这些高高的野草,在草茎上留着泥巴的痕迹。

"罗杰,"她说,"这块都会淹到水面以下。我们只要等着水涨上来就行了。"

"可我们还有时间吗?"罗杰说,"听我说,我是不是最好到干地上去,然后给他们发信号求助?"

"噢,不要不要,"提提说,"那样你只会陷到泥里去。再说了,他们又能做什么呢?我们就等着水位升上来就行了。"

"那好吧。"罗杰说。他拿起望远镜,"喂,那边有些燕鸥。扎进水里觅食呢……它们也在吃早饭呢。"

"你吃过早饭了,"提提说,"该不是又饿了吧!"

"那倒不是。"罗杰说着,又把皮带扣紧了一格。

"我们能做的就是等待,"提提又说,"有几块沼泽地已经在水底下了。你看这儿,船真是脏得一塌糊涂,我们把里面的泥清理下吧。"

一点一点地,水位不断升高。沼泽地变成了许许多多的小岛。野草已经站在水里了。提提看着前方,想确定水是最先在哪里出现的,那里应该是最深的地方。

小船抖了抖，又抖了抖，因为帆还挂着，船开始向前滑行了。

"我来掌舵，直到我们穿过去，"提提说，"你帮我看着四周。"

小船开动了，提提掌着舵，避开杂草长得最茂密的地方。这感觉就像是通过一块被水淹了的田地时，尽量躲开前面一丛丛的蓟草。

突然罗杰喊道："帆船！看那艘帆船！喂，提提，他们发现我们不见了，约翰来找我们了。"

提提咕哝了一声。那真是他们能碰到的最糟糕的事。要是约翰来找他们了，营地里的东西就没法及时收拾好，那么妖精号来了的时候，就会发现什么都没准备好呢。那样的话，事情就全都搞砸了。她的好心，到头来又办成了坏事。

"那不是约翰，"看着水面的罗杰说，"那是亚马孙号的船员。他把她们派来了。"

"天哪！我真希望知道现在几点了。"提提说。

水里的野草少了，也矮了。小船两次碰到泥地，但都没停下来。

"我们通过了！"罗杰喊道，"我们成功了。我可以看到我们的岛了，还有当地人的农庄。"

"你过来掌舵。"提提说着看了看指南针，"往南。那儿不错。你来掌舵，我把它画在地图上。"

另一艘船正向他们飞速驶来。佩吉在掌舵。南希挥舞着一张纸。

"喂！"她喊道，"我们成功了。绕着田凫地走了一圈。这块就没问题了，约翰终于可以把地图画完了。"

提提也挥舞着她的地图。

"我们发现了西北通道。"她喊道,"现在几点啦?"

"不知道。苏珊把我的表拿走了。喂,你们难道绕了整整一圈?"

"没错,就是绕了一圈。"罗杰喊道,"我们在日出之前就把早饭吃了。"

"我们什么都没吃。"佩吉说。

"我们什么也不想吃。"南希坚定地说,接着又说:"听着,我们跟你们比赛,看谁先回去。"

罗杰看看提提。他知道提提是个更加出色的舵手。

"继续,罗杰,"提提说,"尽你最大的努力就行了。我得把地图画完。"

于是,两队探险队员并肩驶过小河,朝秘密水域驶去。

"你们还没把帐篷收起来吗?"南希喊道。

"没有。"

"我们也没有。"

"喂,南希,"提提说,"潮水停了,现在的水位肯定是最高了。"

"烧烤的公山羊,我难道不知道吗?"南希说,"可我们没法再快了。等他们知道我们做了些什么,就不会生气了。再说现在还看不到妖精号呢。"

但就在这时,两艘船并肩驶离了小河。他们看到近在眼前的妖精号正在秘密水域里破浪前进,蓝色彼得旗已经在桅顶的横杆上飘扬起来了。

"天哪!噢,天哪!"提提说。

"真是的!"南希说。

这感觉就像是通过一块被水淹了的田地

　　"他们在那儿呢，大家都在，"罗杰说，"鳗鱼们，还有乳齿象，所有人……那些帐篷都不见了……"

　　"把舵稳住。"提提说完，用颤颤巍巍的手在地图上画了一条线，本想着画直线，却画成了曲线。

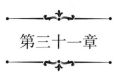

第三十一章

告别鳗鱼部落

两艘小船一起驶入妖精河，萤火虫号领先半个船身的距离。

"要是你掌舵我们就赢了。"罗杰说。

"不会的，"提提说，"你非常棒。地图也画好了……可以加到总图上去了……而且我们也回来得不是太晚。看啊，看啊，他们把营地里的东西全都装进鳗鱼们的船上了。"她把铅笔和橡皮塞进口袋，"到头来事情还是都办成了。"她向后看看，妖精号已经开到河里来了。妈妈在掌舵，爸爸站在前甲板上，准备下锚。她看看前面，鳗鱼们的四艘小船全都浮在水面上，装的东西堆得同船舷一般高，每艘船上有一个野人在划船。地上的帐篷已经不见了。约翰、苏珊和布里奇特站在盐碱滩边上停船的地方，潮水拍打着他们的脚面。约翰正愤怒地比画着什么。布里奇特抱着辛巴德，同时挥起一块手帕，欢迎救援船的到来。他们打包的时候肯定忘了把平底锅装上，因为现在苏珊手里正端着呢。

"得救啦。"南希站在萤火虫号的桅杆边，随时准备着把帆收下来，"干得好，鳗鱼们！"

"等他把锚抛下去再说。"他们听到乳齿象说，几艘野人的小船正划出去迎接妖精号，"给他留点地方调头。"

"提提，"约翰站在岸边喊道，"赶紧把你的帆放下来。"

"船往顶风的方向转一下，罗杰，"提提说，"然后对准上岸的地方……就是现在！"

帆被放了下来。提提抬起活动船板，巫师号向前滑去，一下子停靠在了上岸的地方。

"听着，提提，"约翰说，"这事真是错得离谱。你们应该等到我们回到风磨坊再去赛船。你知道爸爸要在涨潮的时候来这儿。"

"安静点，船长，安静。"萤火虫号在巫师号旁边停了下来，南希已经跳了出去，"她没去赛船。我们也不是比赛去了。他们去西北通道考察了，我们去考察了东北通道。地图终于画完了。给他看看，提提。"她把自己的地图在约翰眼前展开，"我们只需要把这块补全就行了。田凫地的确是座岛。黑莓地也是座岛。再说有谁迟到了吗？没人迟到。烧烤的公山羊！你们没看到吗？"

提提什么也没说，只是把地图交给约翰，上面标着方位，海岸线也画了上去，还用一行虚线表示巫师号经过那个缺口在北海航行的路线。

约翰盯着地图。接着，一阵长长的声响表明妖精号的锚已经抛了下去。他看到野人的小船飞速离开岸边，一共是四艘，船上装着营地的全部家当。万事俱备，就像爸爸要求的那样。一分钟也没耽误，并且在最后的紧要关头转危为安，反败为胜。秘密列岛探险的全图总算要画完了，除了回家后把最后那几个地方填上去，再用墨水上色，已经没什么急事要做了。约翰说不出话来，只是抓住提提的手摇了摇。

"那我们呢？"南希说。于是大家开始欢欣鼓舞地互相握起手来。

"你们吃早饭了吗？"苏珊问。

"那些是鸡蛋吗？"罗杰掀开苏珊手上的平底锅，看看里面是什么东西。

"又硬又冷。"苏珊说。

"谁在乎那些？"南希说，"拿出来吧。"

"快点，"布里奇特说，"我们都在等你们的船呢。辛巴德想上船了。"

妖精号已经调转船头，停住不动了。

哗啦啦……咯咯咯咯咯咯咯咯……锚链抛了出去。沃克指挥官系紧缆绳，拉上千斤索，这才有时间四处看看。

"喂，玛丽，"他说，"他们还真不错。帐篷拆下来了，一切都准备就绪了。可他们是怎么找到那么多船的？"

四艘满载着货物的小船正朝着妖精号划过去。停船的地方还有两艘，上面的人正忙着把帆卷起来。

"可这些人又是谁呀？"沃克太太说，"我们的孩子我都数过了。布里奇特、苏珊、约翰、提提、罗杰，还有布莱克特家的女孩，都在岸上呢。可这些孩子是……"

"我猜是朋友吧，"沃克指挥官说，"怪不得我们那几个捣蛋鬼刚才没收拾东西，反而航行去了。我还在考虑开个军事法庭处置他们呢，不过看来他们是一条一条按我说的办了。"

四艘满载货物的小船靠得更近了。

"你们好！"沃克指挥官说，"你们是谁呀？"

黛西停下手中的桨，咧开嘴，露出了她那灿烂的笑容，先指指妖精号，再指指快把她的小船塞满了的大大小小的家当，接着又指了指岸上的探险者们，最后又指了指妖精号。

她开口了。

"伊阿拉罗各，奥鲁萨阿贡。"

"对不起，"沃克指挥官说，"请再说一遍。"

"伊阿拉罗各，"黛西指着自己说，"奥鲁萨，"她又指了指岸上的探险者们，"阿贡……"

另外三个也停下不划了，先看了看黛西，又看了看沃克太太。

"他们是野人。"沃克太太说。

"那当然，"沃克指挥官说，"我该想到的。"他在船侧挂了两块挡板，然后指了指他们。

"野人？"他说，"快点来这儿，快！"

黛西把船靠近，然后迅速用密语发送指令。

"抓住。"沃克指挥官喊道，丢给她一根绳子，"喂，你，快点。"他扔给一言不发微笑着的德姆一根绳子，然后在船的另一侧又挂上两块挡板。很快，两艘野人的小船就停在了船边。"好了，"指挥官说，"赶快把所有的东西运上来。快点把东西都搬上来，一二三……呼……呼……"他转过身对沃克太太说："幸好你想到了把牛眼糖都带上。"接着他又说："你。黑乎乎的小家伙，壮小伙，快到船尾来。上来，帮忙放东西。"

真是奇怪，那些野人能完全听懂他的话。

一时间，妖精号的座舱里就堆满了铺盖卷、帐篷包，还有别的东西。甲板上也堆得满满当当的。黛西和她的兄弟们在下面，一边把东西装到舱里，一边用一种很像英语的语言交谈着，沃克船长和乳齿象则把一只只包裹从舱口递下去。沃克太太一边把东西从前舱口丢进舱里，一边不

时地望望停船处的那几个人。

现在探险者的船已经划过来了，船帆收了起来，桅杆降了下来，那些煮硬的鸡蛋也终于没有浪费掉。

"哈啰，约翰，"爸爸说，"好小伙。我们来的时候看到你们的船，还以为你们的时间不够用呢。看来是我错了。一切都井然有序，而且一分钟也没耽误。把缆绳给我。"

约翰张开嘴正要说什么，但又把嘴闭上了。不管怎么说，一切都很顺利。妖精号的锚刚抛下去，野人们就把帐篷啊、铺盖啊，还有这次探险的其他装备都运过去了，真是机智无比。

"哈啰，布里奇特，"妈妈说，"我来抱小猫吧。好了。来，拉你一把，上来吧。哈啰，苏珊。一切都好吗？没出什么事吧？"

"不用问啦，"爸爸说，"你看他们就知道了……对了，约翰，你的地图画得怎么样了？我估计你们没什么时间，没画多少吧？"

"我们画完了。"约翰说。

"什么？画了多少？我记得你昨天还说，还有好多地方没去呢。"

"只剩两个地方了，"约翰说，"提提和罗杰去了一个地方，南希和佩吉去了另一个地方。我们回去的路上就把它们填上去。"

他打开画板，地图就在画板上。爸爸看着地图。

"这些都是你们画的？真不错呀。真是一幅杰作。那是提提画的，我认得出来。那头海象……不，是海豹……对不起……真是太棒啦。我也喜欢你们画的水牛……"

"当然啦，还用墨水全部上好色了呢，"提提说，"我今天晚上就描

完，然后用不同的虚线把不同的路线标示出来。"

"这样就很不错啦。"爸爸说，"过来看看，玛丽。但是这个角上写的是什么呀……'秘密群岛探险……燕子号、亚马孙号与鳗鱼部落'……鳗鱼是谁？"

"就是那个部落。"提提说。

"要是没有他们，我们根本不可能成功。"约翰说，"他们每一个人都帮了忙。我们去上游那一带水域还有芒果群岛的时候，是六艘船一起去的……"

"乐于助人的野人啊，"爸爸说着，看了看他们，"那一袋子牛眼糖呢？传一下，大伙儿分分。对了，就是该和这类野人见面，只可惜他们不懂英语。喂，说你呢，吃吧，吃吧。吃吃看我们的牛眼糖，很甜的……还带着点薄荷味。"

"您怎么知道他们是野人呢？"提提问。

"噢，我们当然知道啦，"沃克指挥官说，"他们看上去不就是嘛，对吧？从他们的眼神就能看出来是野人。"

"您要是昨天看到他们就好了。"南希已经把萤火虫号驶近了大船，等着有空位的时候再过来。

"海盗们，你们好呀，"沃克指挥官说，"你们的妈妈会在伦敦跟你们碰头，为了去学校要好好打理一番呢。"

"我们度过了一段美妙的时光。"南希和佩吉一起说道。

"哈啰，罗杰，没饿着你吧？幸亏我们在食物吃完之前就来接你了。"

就在这时，微风吹开了布里奇特的头发。

"布里奇特!"妈妈叫道,"你这是怎么了?你额头上那块红红的东西是什么?"

"是血,"布里奇特说,"是血。我当了人祭。没关系的。黛西说用松节油就可以轻松洗掉了。你们谁都没说跟辛巴德打招呼呢。"

"哈啰,辛巴德。"妈妈和爸爸一起说道。

此刻,巫师号和萤火虫号两艘小船都停在了大船后面,准备被拖到风磨坊去。所有人都上船了。妖精号上挤了十三个人,加上一只猫。爸爸妈妈加上鳗鱼部落的所有歃血兄弟姐妹都在船上。他们有的站在前甲板上,有的坐在舱顶上,有的下去看看塞得满满的船舱然后再上来。那袋牛眼糖在大伙儿中间传来传去,整艘船上都是一股强烈的薄荷味。

"那到底是什么呀?"看到黛西正把她小心保存的图腾递给约翰,沃克指挥官问道。

"这是个图腾。"约翰说。

"这是鳗鱼部落的图腾。"黛西说完,想起自己应该是不会说英语的,立刻又以"伊阿拉罗各……奥利斯……伊拉……伊拉……别兰格……"等回复。

"啊,没错,"沃克船长说,"没有比这更清楚的了。"

"但是你们要带着它吗?"妈妈问,"这肯定是有人费了好大劲才做好的。"

"是乳齿象做的。"提提说。

"真不错。"沃克指挥官说,"谁是乳齿象?"

乳齿象害羞地笑了。

"你真该看看他的蹄印。"罗杰说。

"他不想自己留着吗?"妈妈说。

乳齿象摇了摇头。

"奥利斯别兰格。"黛西说。

"现在就是我们的了,"提提说,"他送给了我们。我们也是鳗鱼部落的人。"

"我们所有人身上都有着鳗鱼血。"罗杰说。

"都是消过毒的。"南希说。

"我比其他人流的血都多。"布里奇特说。

"没事的,妈妈,"苏珊说,"我们还用了很多碘酒呢。"

"喂,玛丽,"爸爸对妈妈说,"看起来我们回家后会听到不少有意思的故事呢。我们该把那个东西挂在桅杆顶上,把布里奇特的发带绑在上面做面三角旗。你们的旗帜去哪儿了?等我们出发了,我把蓝色彼得旗拿下来,我们就把那两面旗帜挂在一起。"

"我们真的马上就得出发吗?"提提说。

"是呀……我昨天就该来接你们的,但没能及时从伦敦回来。"

"噢,依我说,"南希说,"您没准时来可是件好事。"

"为什么?"

没人回答。去镇上修方向舵……探险队半队人马去找另一半人……几个埃及人被困在红海中央的水里……野人的进攻……狂欢会和献祭仪式……地图上弄不好就可能留下空白的地方……每个人都可以想到很多很多的理由。

"苏珊，"妈妈说，"我不懂他们说的话，但是你可以帮我翻译……你能否告诉他们，我们非常抱歉，我们必须赶紧走，还有我们一定尽量在以后的假期里跟他们见面。"

"他们有一艘船，"约翰说，"比妖精号还大。"

"那么，如果他们能到肖特利来，我们会非常高兴见到他们的。"

"真的非常感谢您。"黛西出人意料地用英语说道。

"我还以为你们不懂英语呢。"

"啊，好吧。"黛西说完笑了起来。

"大伙儿都上岸吧。"沃克指挥官喊道，接着来到前甲板。大家忙着匆忙道别。约翰和罗杰跑到前面，帮着把锚链拉起来。

野人们则跳上他们的作战独木舟，划了出去。

沃克指挥官忽然唱了起来：

再见啦，高贵的原住民，

再见啦，勇猛的野人，

我们奉命行事

前往古老的英格兰，

我们还须跨越辽阔的大海。

"卡拉巴达那格巴拉卡！"探险者们喊道。

"没关系的，他们不会告诉别人的。"提提看到乳齿象看着黛西时那焦急的神色，连忙喊道。

"卡拉巴格那达巴拉卡！"三个野人喊道。

"卡拉巴格那达巴拉卡！"第四个喊道。

"起锚啦。"沃克船长喊道，"约翰，你去掌舵。"

约翰跑到舵柄那里。沃克船长把三角帆升了上去。妖精号启动了。桅顶上拴着鳗鱼部落的图腾，那条涂了红色、蓝色和绿色，张牙舞爪的鳗鱼，脖子上拴着一条长长的白色丝带，迎风飘扬着。南希和提提已经把旗帜找了出来，等蓝色彼得旗一降下来，就把两面旗帜一起升了上去，燕子号的旗帜在横杆的一边，骷髅旗在另一边。

四艘野人的小船那儿传来一阵欢呼声，妖精号上的人们也以欢呼作为应答。

接着，野人的小船被挡在了陆地后面，妖精号在前，巫师号和萤火虫号一前一后地拖在后面，顺着秘密水域往大海开去。船经过了十字路口浮标。田凫号，那艘传教士的船就停在附近。探险者们觉得看到了两个传教士在跟他们招手，但是又不敢确定。再然后，传教士的船被燧石岛挡住。妖精号朝着回家的方向开去。一阵刚刚好的风伴随着落潮的海水将妖精号往那波光粼粼的海湾载去。探险者们挤在船上向后望，秘密群岛又一次融入了那连绵不断的地平线，消失不见了。

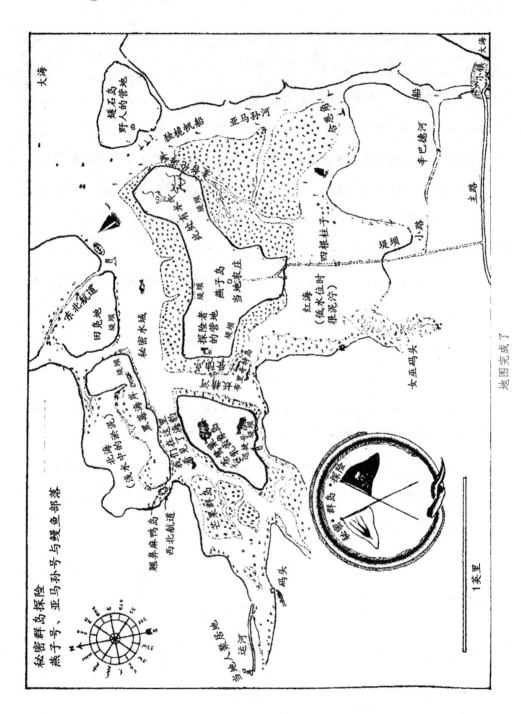